Emma Smith
Alibi Braut
Trau dich, wenn du mich liebst
Catch her Reihe 3

AF235563

EMMA SMITH

ALIBI

Braut

TRAU DICH, WENN DU MICH LIEBST

EMMA Smith
romance

Emma Smith
c/o Autorenbetreuung / Caroline Minn
(Impressumservice)
Kapellenstraße 3
54451 Irsch
Lovebooks1@outlook.de

Covergestaltung und Satz: Wolkenart - Marie-Katharina Becker,
www.wolkenart.com
Lektorat: Textwerkstatt
Korrektorat: Anna Werner
Herstellung und Verlag: BoD – Books on Demand, Norderstedt
1. Auflage
Paperback ISBN: 978-3-754303115

Kapitel 1

WIE ICH IHN ZUM TEUFEL SCHICKTE

SIENNA

»Sagt Sienna, ihr Ehemann möchte sie sprechen.«

Diese Stimme kannte ich. Diese Stimme hasste ich.

Gerade war ich dabei, von der heißen Lasagne zu naschen, als mich jeder anstarrte. Ich hatte mir die Zunge verbrannt, weil die Soße so heiß war, aber im Moment spürte ich nichts. Selbst Major Minton, der mir direkt gegenüber stand, zog erstaunt eine Augenbraue in die Höhe.

»Ach kommt schon«, lachte ich künstlich auf. »Als würdet ihr euch wirklich wundern.«

Natürlich wunderten sie sich. Niemand wusste es. Niemand sollte es jemals wissen.

Und obwohl ich innerlich vor Wut brodelte, weil er mich in diese Lage brachte, schmunzelte ich, als könnte der Mistkerl vor der Tür mir nichts anhaben.

Erhobenen Hauptes und mit diesem künstlichen Lächeln, das ich perfekt beherrschte, ging ich durch das Esszimmer in den Flur.

Will und Phoebs und auch Zach und Ivy verfolgten

jeden einzelnen Schritt, jede Regung, jede Reaktion. Aber ich würde ihnen diese nicht geben.

Ich griff die Türklinke, reckte das Kinn in die Höhe und sah dem Mann in die Augen, den ich nie wieder sehen wollte. Das hatte ich mir geschworen.

Mein Herz vollführte einen Salto. Es schlug wie verrückt in meiner Brust, als ich den Blick seiner graublauen Augen erwiderte. Es waren so viele Monate vergangen. So viele, in denen ich mir nicht einmal vorgestellt hatte, wie es sein würde, ihn wieder zu sehen. Ganz einfach, weil ich es nicht konnte.

Cole Turner sah noch immer heiß aus wie die Hölle. Mein Blick fiel auf sein Nirvana-Shirt.

Und er trug mein Lieblingsshirt!

Bastard!

Auch er checkte mich ab. Nun, viel würde er nicht erkennen. Das schwarze Kleid verbarg meine Figur komplett. Meinen Schleier hatte ich zwar nach hinten geschoben und doch wusste er sofort, was dieser Look suggerieren sollte.

Nachdem er mich gemustert hatte, sah er mich wieder an. Ein milder, ja, fast schon liebevoller Ausdruck machte sich in seinen Zügen breit.

Den brauche ich nicht. Nicht von dir!

»Sienna.«

Ein Wort. Mein Name. Eine Gänsehaut breitete sich auf meinen Armen aus, als ich seine tiefe und wohlklingende Stimme hörte. Auch wenn ich selbst unter Folter niemals zugeben würde, wie sehr ich seine Stimme vermisste.

»Cole«, erwiderte ich knapp. Dann schlug ich die Tür zu.

»Was zum … du kannst ihn doch nicht einfach so …«, rief Ivy erschrocken.

»Beruhige dich, Ivy. Bestimmt gibt es eine ganz einfache Erklärung«, unterbrach Phoebs sie schnell.

Wie immer war sie die Ruhe selbst.

»Na, dann bin ich ja mal gespannt«, schnaubte Ivy und Zach drückte sie an sich, damit sie sich etwas beruhigte.

»Da gibt es nichts Großes zu erzählen. Er ist mein Ehemann, ich bin seine Frau.« Ich zuckte so beiläufig wie möglich mit der Schulter.

»Du bist … Er ist … WAS?«, kreischte Ivy und ich lächelte, als würde die Tatsache, dass ich verheiratet war, genauso wenig bedeuten wie ihr Ausbruch.

»Sienna!« Phoebs ergriff Ivys Schultern und blickte mich konzentriert an. »Ist das wieder irgend so ein Collegestreich? Du kannst doch nicht einfach so mit diesem Cole verheiratet sein!«

Ich wollte direkt antworten, aber da kamen mir die anderen dazwischen.

»Wer ist dieser Cole eigentlich? Habe ihn hier auf dem Campus noch nie gesehen«, fragte Zach. Auch Will wirkte ziemlich nachdenklich: »Ich auch nicht.« »Er wirkt auch älter als wir«, schlussfolgerte Zach.

»Sorry, Sherlock und Watson, ich habe noch ein paar Dinge zu erledigen«, mischte ich mich ein und lief dann die Treppe hoch.

»Du kannst doch nicht einfach abhauen!«, rief Ivy ihr nach.

»Sieh zu und lerne«, trällerte ich.

»Das darf doch nicht wahr sein!« Ivy fuhr aus der Haut.

»Und was machen wir …«

Ich hörte Phoebs nicht mehr zu, sondern schloss die Zimmertür hinter mir und drehte den Schlüssel um, damit niemand hereinplatzen konnte. Dann lehnte ich mich an die Tür.

Ein Atemzug.

Zwei Atemzüge.

Drei Atemzüge.

Doch dann schluckte ich, weil ich die Gefühle nicht mehr zurückhalten konnte.

»Mistkerl«, flüsterte ich verzweifelt. Dann warf ich mich aufs Bett, drückte mir eines meiner Kissen ins Gesicht und schrie meinen Frust heraus.

Als mein Hals keinen Ton mehr von sich gab und keine Tränen mehr übrig war, starrte ich einfach an meine Decke. Es war schön, etwas kühles, neutrales anzusehen. Das beruhigte mich. Das beruhigte mein Herz.

Und doch hielt es mich nicht davon ab, an die Zeit zurückzudenken, in der ich lernte, dass es schlimmere Menschen gab als mich.

***

Ich stand jetzt seit ein paar Minuten vor der Anrichte in der Küche und starrte auf das blinkende Licht des Anrufbeantworters. Mir war klar, von wem die Nachricht war.

Seufzend drückte ich die Taste und Dads autoritäre Stimme ertönte.

»Hier ist dein Vater.«

»Ach was«, schnaubte ich und ging um die große Theke herum zum Kühlschrank.

»Deine Mutter und ich sind jetzt erst mal in Dubai. Geschäftliches erledigen.«

»Natürlich.«

»Wir werden dich Sonntag anrufen, um zu hören, wie es dir geht. Geh ran, wenn ich anrufe.«

»Natürlich«, behauptete ich erneut.

»Es gibt ausreichend Lebensmittel, Kreditkarten liegen im Safe. Wenn du Hilfe brauchst, ruf Janet oder Alejandro. Genieß die Sommerferien. Ach ja, alles Gute zu deinem Abschluss.«

Nachdem mir klar geworden war, dass ich keinen Hunger hatte, schlug ich die Kühlschranktür mit einem ordentlichen Wums wieder zu.

»Natürlich«, antwortete ich verbissener. »Übrigens, mir gehts gut, Dad. Schön, dass du dir Sorgen machst. Was ist mit Mom? Konnte sie nicht anrufen, weil sie sich gerade im Spa erholt? So eine Schlammkur soll ja ziemlich anstrengend sein.«

Seufzend griff ich mir aus Langeweile einen Apfel, biss hinein und setzte mich auf die Theke, um diesen dämlichen Anrufbeantworter anzustarren.

Das Teil war in den letzten Monaten die einzige Verbindung zwischen meinen Eltern und mir gewesen.

Je älter ich wurde, umso schlimmer wurde es.

Obwohl der Apfel nach nichts schmeckte, biss ich noch einmal hinein.

Und jetzt?

Heute war mein Schulabschluss. Alejandro, unser Fahrer, war bei der Übergabe der Zeugnisse dabei gewesen und Janet, meine Nanny. Welche 18-Jährige brauchte noch eine Nanny?

Aber es war trotzdem schön, dass sie mich begleitet hatten. Die beiden waren für mich mehr Familie, als meine eigenen Eltern.

Ich versuchte den Frust nicht wirklich zuzulassen und ging in den Garten, um mich abzulenken. Gut, es war im Grunde kein Garten. Es waren vielmehr vier Footballfelder, die zu einem Garten umgestaltet wurden.

Hatte ich schon die 24 Millionen Dollar teure Villa erwähnt, in der ich den Sommer über alleine wohnen würde? Und die 16 Zimmer, 7 Bäder, das Heimkino, den Fitnessraum und – ach ja – die Tiefgarage? Nein? Nun, mein Zuhause war nur Protz, kein wirkliches Zuhause. Protz hier, Protz da. Hauptsache man sah, dass wir scheiße reich waren. Aber Liebe? Zuneigung? Familie? Was war das? Damit konnte man ja niemanden beeindrucken!

Während ich immer weiter durchs Gestrüpp und noch

mehr Gestrüpp lief, wurde mir klar, dass ich immer noch zu frustriert war.

Meinen Apfel hatte ich erst halb gegessen, als ich an die Grundstücksgrenze kam.

Da unser Haus in einer sehr sicheren Gegend lag, war der Zaun nicht besonders hoch, sondern ging mir nur bis zur Schulter. Neugierig sah ich hinüber.

Doch mehr als ein paar Bäume konnte ich nicht auf der anderen Seite sehen, dazu war auch das Grundstück zu groß. Vor ein paar Wochen stand das Haus noch zum Verkauf – zumindest hatte Alejandro das erzählt. Ich wusste, dass das Haus ebenso groß war wie unseres. Irgendein reicher Lackaffe hatte es sich bestimmt unter den Nagel gerissen.

Seufzend warf ich den Apfel über den Zaun und wandte mich um, damit ich wieder in mein eigenes Gefängnis gehen konnte.

»Autsch!«

Ich erstarrte und drehte mich langsam wieder um.

»Was zum …«

Der Fluchende war aufgestanden und rieb sich die Stirn. In der anderen Hand hielt er meinen Apfel.

Wow, das war ein Volltreffer. Und das nicht nur im wahrsten Sinne des Wortes: Vor mir stand ein verdammt gutaussehender Kerl. Dann bemerkte er mich und ich korrigierte mich schnell: Nicht nur gutaussehend, sondern auch noch sexy!

»Deiner?«, fragte er mit einer tiefen Stimme und hielt mir den halben Apfel hin.

»Vermutlich vom Baum gefallen«, behauptete ich schnell, ohne zu überlegen.

Der Fremde sah sich um, aber da die einzigen Bäume auf seiner Seite des Grundstücks standen und man immer noch zig Yard laufen müsste, um sie zu erreichen, wussten wir beide, dass ich gerade vollkommene Scheiße redete.

Er trug kinnlange Haare, die er mit einem Stirnband bändigte, das mega cool an ihm wirkte. An mir und zigtausenden Menschen nicht, aber an ihm sah es toll aus.

Dazu trug er eines dieser weißen Achselshirts und eine tiefsitzende Jeans, wenn ich mich nicht täuschte. Schließlich konnte ich nicht zu lang starren.

Ich dagegen musste auf ihn wirken wie eine kleine Göre, mit schulterlangen, dunklen Haaren, die zu einem unordentlichen Zopf zusammengebunden waren, dazu die Leichenblässe, die ich mir absichtlich schminkte, um mich äußerlich von meinen Eltern abzugrenzen. Mom war eine rassige Brasilianerin und liebte ihren gesunden, braunen Teint. Mein Nasenpiercing, das ich mir aus Trotz hatte stechen lassen, um meinen Dad einen Herzinfarkt zu bescheren, vervollständigte meine Rebellion. Dad tobte damals bestimmt eine Viertelstunde, dann waren die Aktien in China wieder interessanter für ihn.

»Ich sehe keinen Apfelbaum.«

»Was?«, flüsterte ich.

»Ich sagte, ich sehe …«

Schnell hob ich die Hand, weil ich mich nicht in irgendwelche Tagträume stürzen wollte. Der Typ war mir fremd, auch wenn er heiß aussah.

»Schon gut, ich war es. Ich habe den Apfel rüber geworfen. Zufrieden?«

»War das eine Entschuldigung?«

Ich zuckte mit der Schulter. »Mehr bekommst du nicht.«

»Schade«, erwiderte er und ein süffisanter Ausdruck erschien in seinem Gesicht.

Hoffentlich bemerkte er nicht, dass mein Körper mit einer Gänsehaut reagierte, das wäre echt peinlich.

»Versuchst du etwa gerade mich anzumachen?«

Als hätte ich ihm eine imaginäre Ohrfeige verpasst, zuckte er schuldig zusammen.

»Shit, sorry. Ich wollte nicht … Du bist womöglich gerade erst 16 oder so etwas.«

»18«, beeilte ich mich ihn zu korrigieren.

Auch wenn er nicht beruhigt aussah, grinste er wieder. »Du siehst jünger aus.«

Okay. Das war's. Ab sofort mochte ich meinen neuen Nachbarn nicht mehr.

»Das war ein Scherz.«

»Wie alt bist du denn, du so weiser, alter Mann?«

Seufzend rieb er sich die Stirn, als hätte ich etwas gefragt, das selbst das FBI nicht erfahren durfte.

»Zu alt.«

Zu alt für was?

»Bevor wir hier weiter philosophieren, wer wann geboren ist, sollten wir uns einander vorstellen. Ich bin Cole.«

»Sienna«, gab ich zögerlich von mir.

Er zeigte mit dem Kopf Richtung meines Hauses.

»Du wohnst also nebenan?«

»Was hat mich verraten?«

Er grinste und setzte sich plötzlich auf den Zaun, um mich weiter anzusehen.

»Eine Klugscheißerin«, stellte er fest und ich schnaubte erneut.

»Nur, wenn man mir die Bühne dazu gibt«, antwortete ich ehrlich.

»Ah, du magst es also zu unterhalten?«

Mochte ich es? Ich zuckte mit der Schulter.

»Ich bin einfach nur nicht auf den Mund gefallen, denke ich.« Dabei lehnte ich mich an den Zaun.

»Und warum kriechst du dann hier durchs Gestrüpp? Solltest du nicht die Ferien oder so etwas genießen?«

»Vermutlich sollte ich das«, erwiderte ich. Wenn es jemanden gäbe, der Zeit mit mir verbringen wollte. Aber da ich die letzten sieben Jahre in einem reinen Mädcheninternat verbracht und die meisten Mitschülerinnen auf die eine oder andere Weise in ihre Schranken verwiesen hatte, gab es keine Auswahl an echten Freundinnen.

Einen langen Moment blieb es still zwischen uns beiden.

»Und was machst du so?«, fragte ich interessiert nach.

Erst wirkte er überrascht, aber als er mich ansah und anscheinend nicht das fand, was er dachte, antwortete er: »Ich bin in der Unterhaltung.«

»Unterhaltung?«

Stirnrunzelnd sah ich ihn an und musterte ihn ausgiebig.

»Was?«, fragte er.

»Du siehst nicht aus wie ein Stand-up-Comedian.«

Dieses Mal lachte er schallend.

»Mann, Sienna, du bist echt …«

»COLE?«, rief plötzlich jemand.

Wir beide drehten uns zur Stimme um, sahen aber dank der Bäume noch nichts.

»Verflucht!« Cole kletterte vom Zaun und sprang leichtfüßig auf seine Seite.

Er hob seine Jacke auf, die auf dem Boden gelegen hatte und hob grüßend die Hand.

»Man sieht sich, Nachbarin!« Dann war er schon zwischen den Bäumen verschwunden.

***

WEIHNACHTEN 2016:

»SIENNA!«

Nein! Nein und nochmals nein!

Ich stampfte wortwörtlich durch das Gestrüpp, um mich vor Janet zu verstecken.

»SIENNA! KOMM SCHON, KLEINES!«

Nein, ich war noch zu wütend.

Ich war extra zu Weihnachten nach Hause gefahren und jetzt hatten Mom und Dad mir per SMS mitgeteilt, dass sie doch in Kanada bleiben würden. Irgendeine scheiß Konferenz, die sie unbedingt noch besuchen mussten. An Weihnachten!

Ich zog mir meinen Mantel zurecht.

»GUT, ICH LASSE DIR DEINEN FREIRAUM.«

Dann hörte ich keine Schritte mehr und atmete erleichtert aus.

Als ich mich umsah bemerkte ich, dass ich wieder, wie im Sommer, weit durch den Garten streunte und schließlich zum Zaun gegangen war. Ungewollt oder rein instinktiv?

Ich stützte mich mit den Händen ab und schob meinen Hintern auf den Zaun. Er war abgerundet, sodass man gut darauf sitzen konnte.

Es war kalt und …

»Hey, dein Hintern befindet sich auf meinem Grundstück!«, rief plötzlich jemand, dessen Stimme ich wohl immer erkennen würde.

Ich versuchte nicht zu grinsen, als ich mich zu ihm drehte.

Cole kam trotz der niedrigen Temperaturen nur mit einer Lederjacke bekleidet auf mich zu.

Mir fiel sofort auf, dass er die Haare jetzt kurz geschnitten hatte. Bei unserer ersten Begegnung sah er schon echt toll aus, aber jetzt?

»Hey!« Mehr brachte ich nicht heraus.

Na toll. Sag ihm doch gleich, dass du auf ihn stehst.

Er runzelte die Stirn, als er auch mich von nahem sah.

»Der Nasenring ist weg, die Haare sind länger.«

Ich nickte, ohne ihn aus den Augen zu lassen.

»Steht dir«, stellte er lächelnd fest.

Ivy würde jetzt lauthals Schnauben, weil es zumindest

hundert Männer gäbe, die mir ein größeres Kompliment gemacht hätten. Phoebs wäre tiefrot angelaufen und ich? Ich wusste, dass ich hübsch war. Nicht nur, weil man es mir ständig sagte, sondern auch, weil ich so wie ich war absolut zufrieden mit mir selbst war.

Nur warum zum Teufel konnten mich nicht die Menschen lieben, deren Liebe ich am dringendsten brauchte?

»Du hast die Haare ab«, sagte ich, um die Stille zwischen uns zu beenden.

»Ja-a …« Er kratzte sich verlegen den Nacken. Mich überraschte seine Reaktion. »War nicht meine Idee.«

Wer hatte sie dann gehabt? Aber ich fragte nicht nach. Heute war ich echt nicht gut drauf und wollte eigentlich nicht groß reden.

»Wie ist das College so?«, fragte er und setzte sich ebenfalls auf den Zaun.

Seine Frage überraschte mich, was er auch an meiner Mimik ablesen konnte.

»Dein Poolboy ist auch gleich mein Poolboy und das Personal tratscht die ganze Zeit. Da habe ich einiges aufgeschnappt.«

Vermutlich wusste er sowieso schon alles.

»Es ist … nicht so schlecht, wie ich gedacht habe.«

Und tausende Meilen von Zuhause entfernt.

»Genieß es. Ich hätte echt alles dafür gegeben, hinzugehen.«

Ich blinzelte und schaute hinter mich.

»Es sieht nicht so aus, als könntest du dir das nicht leisten.«

19

Noch immer wusste ich nicht, was er eigentlich machte.

War er ein reicher Erbe? Wurde er auch von seiner Familie enttäuscht? Flüchtete er womöglich deshalb immer in den hinteren Teil seines Gartens?

»Ach, das Haus ist nur gemietet«, wiegelte er schnell ab.

Okay, das reichte. Wenn er mir nicht sagen wollte, was Sache war, würde ich es selbst herausfinden.

Er sagte, das Personal tratschte? Dann würden sie auch sicher wissen, wer Cole in Wirklichkeit war.

»SIENNA!«, hörte ich Janet wieder durch das Gestrüpp rufen.

Automatisch klammerte ich mich an Coles Lederjacke und versuchte mich hinter ihm zu verstecken – was natürlich nicht klappte.

»Hey, Vorsicht. Du könntest mir ernsthaft wehtun!«, lachte er und ich blickte ihn schnaubend an.

Ich konnte die muskulösen Oberarme ganz genau spüren.

»Ja, genau. Du brichst gleich zusammen.«

Belustigt hielt er meinem Blick stand. Ich ließ das merkwürdige Kribbeln gar nicht erst zu, das langsam emporstieg und sprang vom Zaun runter.

»SIENNA!«

Ich blickte mich um, aber sie war nicht zu sehen.

»Warum flüchtest du eigentlich immer? Habt ihr da drin so etwas wie einen Kerker oder so?« Seine Frage war witzig gemeint und doch konnte ich darüber nicht lachen. Als er es bemerkte, wurde er sofort ernster.

»Brauchst du Hilfe, Sienna?«

Cole hatte bisher nicht oft meinen Namen ausgesprochen. Aber wie er es tat, gefiel mir. So vertraut.

»Keine Angst, Mr. Grey wird mir schon die Tracht Prügel verpassen, die ich verdiene.«

»Keine Witze, Sienna. Wenn du Hilfe brauchst …«

Schnell wiegelte ich ab.

»Es gibt nichts, was ich nicht auch allein schaffe.«

»Klingt einsam.«

Ich stockte, als ich seine Worte hörte.

Ja, einsam war ich. Obwohl ich Ivy, Phoebs und die anderen Mädels auf dem College kennengelernt hatte, kannten sie mich trotz allem nicht wirklich. Ich wollte es auch nicht anders.

»Und du bist jetzt der Profi in solchen Dingen? Immerhin verkriechst du dich auch hier hinten und verbringst Zeit mit einer 19-Jährigen!«

»Happy birthday.«

»Was?« Cole brachte mich vollends durcheinander.

»Na, bei unserer letzten Begegnung warst du noch ein Jahr jünger …«

Er grinste schief, aber irgendwie bekam ich das Gefühl, dass er mich gerade absichtlich auf ein anderes Thema bringen wollte.

»SIENNA, TEUFEL! WO VERSTECKST DU DICH?«

Wenn Janet fluchte, war es kurz vor Zwölf.

Ich seufzte. »Ich muss zurück.«

»Bleibst du über Weihnachten?«, fragte er.

»Ich denke eher nicht. Der Campus braucht mich wohl dringender«, versuchte ich die Enttäuschung über meine Eltern zu überspielen.

Cole war währenddessen auch vom Zaun gesprungen und nickte mir zu, als würde er es verstehen.

»Fröhliche Weihnachten, Sienna.«

»Wünsche ich dir auch, Cole.«

Er stand mit den Händen in seiner Jeans auf der anderen Seite und das erste Mal wirkte er nicht viel älter als ich.

Als hätte es etwas gegeben, das uns verband.

Blödsinn!

Ich wollte mich gerade abwenden, da sagte er noch: »Oh, und vielleicht hast du ja Zeit nächste Woche gegen zwanzig Uhr CBS einzuschalten.«

»Wovon sprichst du?«

Er zwinkerte mir zu.

»Schau es dir einfach an!«, rief er mir noch hinterher und machte eine kurze, winkende Bewegung.

Cole ließ mich mit sehr vielen Fragezeichen im Kopf zurück.

***

JUNI 2017:

Ich lag auf meiner Decke, die ich seit drei Tagen jedes Mal mitnahm, um mich dann auf die Wiese zu legen und darauf zu warten, dass … Ja was?

Cole war bisher nicht aufgetaucht und es sah nicht so aus, als würde er das in nächster Zeit noch tun.

Vorhin hatte ich noch mit Ivy und Phoebs per Video telefoniert und die beiden hatten mir zumindest für eine kurze Zeit wieder das Gefühl gegeben, dass ich nicht ganz allein war.

Es war nur dieses Haus, dieses Gefühl stetiger Enttäuschungen, das mich einsam werden ließ.

Ich seufzte.

Und trotzdem kommst du jedes Mal zurück, weil du hoffst, dass es doch noch anders sein könnte.

Die Wolken zogen über mir vorbei. Eine schöner als die andere. Es war Sommer und herrlich warm.

Ich liebte diese Jahreszeit.

Plötzlich schwebte ein Gesicht über mir. Da ich die ganze Zeit in den Himmel gestarrt hatte, erkannte ich ihn nicht sofort und zuckte vor Schreck zusammen, weil ich ihn nicht hatte kommen hören.

»Auf wen wartest du denn?«

Ich setzte mich auf und schaute ihn an, als er sich neben mich auf die Decke fallen ließ, als würde sie ihm gehören.

Aber bevor ich etwas sagen konnte, boxte ich ihm auf den Oberarm.

»Aua! Was soll denn …«

»Du bist Cole Turner!«, warf ich ihm vor.

Cole rieb sich den Oberarm und räusperte sich etwas verschämt.

Ah, besaß er also doch so etwas wie ein schlechtes Gewissen.

Als er mir vor sieben Monaten den Tipp gegeben hatte, ich sollte CBS einschalten, hätte ich nicht gedacht, dass er im TV erst einen Fernsehauftritt als Sänger hatte, um anschließend eine Gastrolle in einer dieser merkwürdigen Krimiserien zu spielen.

»Warum hast du mir nicht gesagt, wer du bist?«

»Ehrlich gesagt, habe ich anfangs gedacht, dass du genau weißt, wer vor dir steht. Immerhin passt du genau in die Zielgruppe, zumindest behauptet Mimi das ständig.«

Wer zum Teufel war Mimi?

Er bemerkte mein fragendes Gesicht.

»Meine Managerin.«

»Ah, wenn Mimi das sagt. Ich bin sieben Jahre auf einem reinen Mädcheninternat gewesen. Handys gab es da nicht.«

Mir jagte der Gedanke an diese Jahre noch immer einen Schauder über meinen Körper.

»Du wirkst nicht wie jemand, die das aufhalten würde«, stellte er amüsiert fest.

Ich schnaubte. »Ich war für den illegalen Handel mit Süßkram verantwortlich, mein Freund. Weißt du eigentlich, wie viele Arbeitsstunden das in der Woche waren?«

Cole schüttelte den Kopf.

»Nun.« Ich runzelte die Stirn. »Ich auch nicht.«

Er lachte kurz und stützte seine Arme auf den Knien ab, dann musterte er mich kurz.

»Du hast dich verändert.«

Ich verdrehte die Augen.

»Du nicht, Rockstar.«

»Ach komm. Ich bin immer noch dein dämlicher Nachbar, der dank deines Apfels noch heute die Beule spürt.« Er kratzte sich an seiner Schläfe und ich schnaubte erneut.

»Ja, ist klar. Du hast den wievielten Emmy gewonnen?«, fragte ich spitz nach.

Cole verdrehte die Augen, obwohl er stolz sein müsste.

»Es ist nur … eine Trophäe. Nichts, worauf das man stolz sein sollte.« Er zupfte am Gras herum, während er vor sich hin starrte.

Ich hatte die gleiche Sitzposition wie Cole angenommen, nur dass ich auf die andere Seite sah.

»Hast du dich deshalb hier in den Garten verzogen? Ist der Trubel nichts für dich?«, hakte ich bei ihm nach.

»Keine Ahnung, kommt drauf an.«

»Auf was?«

Wir beiden sahen uns an.

»Wovor du dich hier versteckst?«, stellte er die Gegenfrage.

»Ach, komm schon. Das ist doch wohl nicht zu schwer zu erraten. Armes, reiches Mädchen fühlt sich nicht geliebt und flüchtet in eine Ecke, in der sie nicht die Befürchtung haben muss …«

»Was?«, fragte er nach.

»Du weißt schon. Du suchst die Ruhe, weil es dir zu viel wird. Ich suche die Ruhe, weil es mir zu viel wird.«

»Mit dem Unterschied, dass du dich aufs College verziehen könntest, wenn es übel wird.« Cole stupste meine Schulter mit seiner an. »Ist doch so, oder?«

»Was sagt das über mich aus? Dass ich eine Masochistin bin?«, grinste ich, um meine wahren Gefühle zu verstecken.

Er hatte es auf den Punkt gebracht.

Warum kam ich trotzdem her, wenn es hier nichts gab, das auf mich wartete?

»Auf welches College gehst du?«

»UK.«

»University of Kentucky? Nicht schlecht.«

Ich nickte.

»Und sehr weit weg.«

»Gott sei Dank«, erwiderte ich und bemerkte, wie er mich ansah.

»Du hast dich verändert«, stellte er erneut fest, als wäre das etwas Gutes.

»Hm?«

»Ich meine, du bist älter geworden«, erklärte er weiter und starrte wieder vor sich hin.

»Wow. Ein Blitzmerker. Vorsicht, morgen bin ich das auch. Einen Tag älter«, erwiderte ich klugscheißerisch.

Cole grinste.

Er trug heute nur ein Shirt und seine abgetragenen Jeans. Ich hatte so einiges über Cole im Internet gelesen, nachdem ich ihn das erste Mal im TV gesehen hatte.

»Und ich weiß, dass du im Gegensatz zu mir ein echter Opa bist«, grinste ich.

Cole reagierte genau so, wie ich gehofft hatte. Er stöhnte und verdrehte die Augen.

»Du hast mich gegoogelt.«

»Aber natürlich«, stellte ich klar.

Genervt fuhr er sich durch sein immer noch kurzes Haar.

»Du weißt schon, dass ich dich töten muss, oder?«

»Wieso? Ich meine, die 30 zu knacken ist doch nichts schlimmes.«

»Ich bin 26«, stellte er düster klar.

Ich zuckte beiläufig mit der Schulter.

»Ich runde nur auf.«

»Großer Gott, sie rundet auf«, redete er mit sich selbst.

»Also, wo ist das Problem?«

»Ich hatte keines, bis mir klar wurde, dass du so jung bist«, gab er fast schon kleinlaut zu.

Okay, das war jetzt eine überraschende Antwort.

»Ähm … soll ich jetzt wirklich darauf reagieren? Ich verstehe gerade echt nicht, was das mit mir zu tun haben soll.«

»Keine Ahnung. Du bist die Einzige in meiner Welt der Stars, Bühnen und monatelangen Tourneen, die mir ins Gesicht sehen kann, ohne in Ohnmacht zu fallen oder …«

Ich hob schnell die Hand. »Wenn du mir jetzt sagst, ohne dass ich meinen Slip nach dir werfe und ein paar Kinder von dir möchte, dann werde ich dir eine knallen.«

Cole lachte kurz auf. »Siehst du, was ich meine?«

»Und deswegen hast du Bedenken, weil du eigentlich mein Großvater sein könntest?« Ohne zu überlegen klopfte ich ihm aufmunternd auf die Schulter. »Grandpa Cole macht sich Sorgen. Wie süß.«

»Nett«, antwortete er und betrachtete meine Hand, die

noch immer auf seiner Schulter ruhte, um mir danach in die Augen zu sehen.

Die ganze Zeit über hatte meine Nervosität keinen Platz gehabt. Jetzt kam alles wieder zurück.

Schnell ließ ich seine Schulter los.

»Wie lange bleibst du?«, fragte ich so desinteressiert wie möglich.

»Wieso?«

»Keine Ahnung, ich bleibe vermutlich den ganzen Sommer hier. Wäre schön, ein paar Stunden mit meinem Grandpa verbringen zu können.« Ich grinste ihn strahlend an, während er die Augen verdrehte.

»Das wird mir jetzt ständig …«

»Gib mir kein Futter.« Ich zwinkerte ihm zu und er schüttelte lächelnd den Kopf.

»Ich bin noch ein paar Tage hier. Danach gehts nach Japan.«

»Nicht schlecht.«

»Na ja, viel vom Land werde ich nicht sehen können. Ich gebe ein paar Konzerte.«

Ein paar Konzerte? Soweit ich wusste, stand eine ganze Tournee durch Asien an. Warum spielte er dies ständig runter?

»Ich bin morgen wieder um dieselbe Zeit da. Wenn du also Lust hast, komm vorbei«, schlug ich vor.

Cole musterte mich lang und nachdenklich.

»Vielleicht mache ich das.«

Und er tat es. Jeden Tag, bis zu seinem Abflug. Wir

redeten über Gott und die Welt. Nun gut, wir redeten eher über Dinge, die Gott niemals hören sollte. Über den ersten Alkoholabsturz oder den ersten Diebstahl. Bei mir waren es Süßigkeiten, bei ihm eine CD. Die Tage mit ihm fühlten sich gut an. Vielleicht irrte ich mich auch, aber womöglich gefiel ihm die Zeit mit mir auch.

»Damit ich das richtig verstehe. Du hast noch nie einen Song von The Doors gehört?«, fragte er jetzt zum dritten Mal, weil er es einfach nicht glauben konnte.

Ich schüttelte erneut den Kopf. Wir saßen wieder mal auf dem Zaun und lungerten schon seit Stunden herum.

»Jesus«, seufzte er. »Du musst aber.«

»Sagst du«, grinste ich.

»Sage ich!«

»Du sagst auch, dass es nichts Besseres gibt als Zartbitterschokolade.« Noch immer wurde mir schlecht bei dem Gedanken, dass er diese pfundweise bunkerte.

»Moment mal. Es GIBT nichts Besseres als Zartbitterschokolade.«

»Ansichtssache.«

»Ansichtssache?«

»Na ja, du siehst das so und die restliche Weltbevölkerung nicht«, teilte ich ihm mit, damit er begriff, was für einen furchtbaren Geschmack er hatte.

Cole lachte schallend.

Das tat er die ganze Zeit über und irgendwie gefiel mir das sehr. Nicht, weil ich ihn zum Lachen brachte. Sondern eher, weil er es konnte.

Auch wenn er vor etwas zu flüchten schien, schien es

mir nicht so, als würde er oft daran denken. Ich dachte auch nicht oft an meine unendlich tragische Familiengeschichte. Vermutlich, weil ich es bereits aufgegeben hatte, auf anderes zu hoffen.

»Danke, Sienna«, sagte er plötzlich und blickte mich ziemlich ernst dabei an.

»Wofür?«

»Dies und das halt«, antwortete er vage und natürlich konnte ich nichts damit anfangen.

»Nun, dann freue ich mich, dass ich dir bei dies und das helfen konnte.«

Erneut lachte er kurz auf.

»Du bist definitiv …«

»COLE!«, kreischte plötzlich eine weibliche Stimme durch den Garten.

Wir beide zuckten erschrocken zusammen, weil es so urplötzlich kam.

»Shit«, fluchte er und sprang direkt auf seine Seite des Gartens.

Ich würde lügen, wenn ich mich darüber freuen würde, dass unsere Zeit jetzt zu Ende war. Morgen würde er nach Japan fliegen.

Er sah sich um, aber es war noch niemand zu sehen, dann lächelte er mich an.

»Auch wenn ich jetzt vielleicht etwas sage, das du nicht hören möchtest.«

Verdutzt blickte ich ihn an.

»Du wirst mir fehlen, Nachbarin.«

Ich werde ihm fehlen?

Ein, zwei feste Herzschläge sahen wir uns einfach an, dann wandte er sich ab und ging.

Er würde jetzt gehen. Und ich würde ihn diesen Sommer nicht mehr sehen.

»Vielleicht«, rief ich ihm schnell zu, obwohl ich gar nicht über meine nächsten Worte nachgedacht hatte. Und sowas passierte mir nicht oft. »Vielleicht du mir auch!«

Grinsend drehte er sich im Gehen zu mir um.

»Ich weiß!«

Arroganter Idiot!

Aber auch ich lächelte.

»Schreib mir deine Handynummer auf und steck sie in meinen Briefkasten, Sienna. Dann ruf ich dich an!«

Bevor ich darüber nachdenken konnte, hatte ich bereits »Okay« zurückgerufen.

Dann verschwand er zwischen den Bäumen und ich war wieder allein.

Zwölf Minuten später legte ich einen kleinen Zettel mit meiner Handynummer in seinen Briefkasten und rannte so schnell wie meine Beine mich trugen, zurück ins Haus.

***

WEIHNACHTEN 2017:

Im Fernseher lief irgendein Actionfilm. Irgendetwas wurde gerade in die Luft gesprengt und irgendwelche menschlichen Teile flogen durch die Gegend. Wie interessant …

Seufzend schaltete ich um.

»Du treibst es mit meiner Schwester? In unserem Ehebett?«

Ich schaltete weiter und weiter und nichts lief, bis …

Erst als eine alte Folge Criminal Minds lief, legte ich die Fernbedienung zur Seite.

Plötzlich klingelte es an der Tür.

Janet war nicht im Haupthaus. Also musste ich die Tür öffnen und ehrlich … eigentlich wollte ich die gesamten Ferien gar nichts machen.

Es war mir schon zu viel, regelmäßig aufs Klo zu gehen.

Das Semester war anstrengend, meine Eltern wie immer abwesend und trotz allem war hier der einzige Ort, an dem ich mich vor der Welt verkriechen konnte.

Gut, vielleicht lag es nicht nur am Semester. Womöglich auch an der Schlagzeile, die ich vor zwei Wochen im Internet gesehen hatte.

Cole Turner ist vergeben!

Darunter ein Pärchenbild von ihm und … irgendeinem 0815-Model, das dringend mehr essen sollte. Da hatte ich endlich meine Erklärung, warum er mich nie angerufen hatte.

Selbst Phoebs und Ivy mussten letzte Woche beim Videochatten über den Scheiß tratschen. Hallo? Wen interessierte es, dass Cole vergeben war? Niemanden! N.I.E.M.A.N.D.E.N.

Okay, so ganz konnte ich mich selbst nicht überzeugen. Aber das bekam ich auch noch hin.

Wieder klingelte es.

Seufzend – nichts anderes tat ich im Grunde seit einer

Woche – quälte ich mich vom Sofa und ging in den Flur. Von dort aus konnte ich sehen, wer überhaupt vor dem Tor stand. Doch die Überwachungskamera zeigt niemanden.

Häh?

Plötzlich klopfte es direkt an der Haustür. Ich erschrak so sehr, dass ich zusammenzuckte und schnell die Kameraeinstellung direkt vor der Haustür einschaltete.

Cole!

Wie ein Fisch öffnete ich meinen Mund, um ihn schnell wieder zu schließen.

Wie zum Teufel war er durch das Tor gekommen? Und die wichtigere Frage: Was wollte er?

»Sienna?«, kam es plötzlich von der Tür.

Was zum …

»Ich weiß, dass du da bist. Euer Gärtner, Jacob, hat mir gesagt, dass du seit letzter Woche hier bist.«

»Er heißt Jacomo, du Idiot«, flüsterte ich murrend und verschränkte die Arme vor der Brust.

»Komm schon. Mach die Tür auf.«

Warum war er hier? Er hatte eine Freundin!

»Na gut. Dann geh ich wieder, aber ich werfe dir meine Handynummer in den Briefkasten. Dann kannst du …«

Wie bitte?

Bevor ich mich zurückhalten konnte, stapfte ich zur Haustür und riss sie auf.

Tatsächlich wirkte Cole zum ersten Mal, seit ich ihn kannte, ernsthaft überrascht. Hatte er nach der Nummer etwa erwartet, dass ich mich ihm nicht entgegenstellte?

Anfänger!

»Spar es dir. Ich werde dich nicht anrufen!«

»Okay«, erwiderte er, wirkte aber etwas hilflos.

»Warum bist du jetzt überrascht? Dasselbe hast du doch auch mit meiner Nummer gemacht, die ich dir ...«

»Warte mal, ich habe keine Nummer!«

»Natürlich hast du nicht. Als würde ich dir das glauben«, fuhr ich ihn an und verschränkte die Arme vor der Brust.

Erst jetzt bemerkte ich wie ungepflegt er wirkte.

Cole hatte sich anscheinend eine Weile nicht rasiert. Auf den Bildern mit seiner Freundin trug er noch keinen halben Bart und seine Haare waren auch ziemlich ungepflegt.

Seine Klamotten sahen jetzt nicht völlig heruntergekommen aus, aber seine ganze Körperhaltung wirkte verändert.

Was war passiert?

»Du siehst gut aus«, stellte er fest und ein milder Ausdruck – vielleicht Erleichterung? – stand in seinem Gesicht geschrieben.

»Natürlich sehe ich gut aus«, teilte ich ihm kurz und knapp mit.

Er gluckste. »Dein Selbstbewusstsein wird mir von Jahr zu Jahr unheimlicher.«

»Und dein Faible für das Outfit zotteliger Obdachloser immer beunruhigender«, konterte ich.

»Kann ich reinkommen?«

Konnte er das?

Und ich gab nach, machte Platz und eine einladende

34

Kopfbewegung, obwohl es bestimmt eher aussah wie ein epileptischer Anfall.

»Schön hier«, platzte es viel zu schnell aus ihm heraus.

»Ja ja. Genau«, erklärte ich und lief schnurstracks ins Wohnzimmer.

Dieses Haus war ein Palast. Es gab kaum Persönliches, keine Bilder. Alles war aufeinander abgestimmt, damit es aussah, als wäre es aus einem Livestyle-Magazin entsprungen.

Ich setzte mich auf die Couch und schaltete schnell um.

Cole bemerkte es trotzdem, nachdem er den großen, geschmückten Weihnachtsbaum begutachtet hatte, der in der Ecke stand.

»Criminal Minds?«, hakte er dann nach und setzte sich mir direkt gegenüber. Warum auch immer, aber ich war froh, dass er nicht auf derselben Couch saß wie ich.

»Ich hatte umgeschaltet, weil auf dem anderen Kanal Werbung lief«, log ich und starrte auf den Bildschirm.

»Das A-Team?«, fragte er skeptisch.

Ich zuckte mit der Schulter.

»Klassiker.«

Cole erwiderte nichts, wirkte aber wenig begeistert. Na und? Er sollte sich auch nicht an meinen Lieblingssendungen erfreuen! Er sollte sich überhaupt nicht …

»Was war das gerade eigentlich mit deiner Handynummer? Ich schwöre dir, ich habe im Briefkasten keine gesehen, als ich damals kurz vor dem Abflug …«

Ich hob schnell die Hand, weil ich nicht wollte, dass er weiter darüber redete.

»Nein, ich will das geklärt haben, Sienna.«

Ach, jetzt wollte er etwas klären? Sechs Monate später?

»Und ich will nicht darüber reden. Es ist ewig her, Cole.«

Einen langen Augenblick sagte er nichts. Dann seufzte er und fuhr sich durch sein länger gewordenes Haar.

Selbst als möglicher Obdachloser besaß er eine irre Attraktivität.

»Was macht das College?«, fragte er auf einmal.

Was machte das College?

»Es ist das College«, gab ich ihm eine noch weniger gute Antwort.

Cole nickte, als hätte ich ihm jetzt die Info gegeben, die er erwartet hatte.

»Wir sind Nachbarn, weißt du«, stellte ich klar, weil ich irgendwie doch noch die Oberhand behalten wollte.

Ja, ich war sauer gewesen, weil er nicht angerufen oder eine SMS geschickt hatte, obwohl ich so mutig war und ihm meine Nummer in den Briefkasten gesteckt hatte. Und ja, womöglich hatte ich falsch reagiert, als das mit seiner Freundin herauskam. Aber ich hatte kein Recht, sauer zu sein, weil Cole und mich nicht mehr verband, als die Grundstücksgrenze. Wir waren Nachbarn, die sich ab und zu mal am Zaun trafen und sich nett unterhielten.

Er konnte nichts dafür, dass ich mehr in unsere Bekanntschaft hineininterpretiert hatte. Aber er konnte sehr wohl etwas dafür, dass er schon wieder hier saß und etwas von mir verlangte, dessen ich mir nicht mal sicher war, was es war. Und wenn ich eines hasste, dann meine eigene

Unwissenheit und Unsicherheit. Und Cole Turner rief beides in mir hervor – immer wieder.

»Wir müssen keine Freunde oder so etwas sein«, ergänzte ich noch hinzu.

»Und was ist, wenn ich das aber will? Echte Freundschaft?«

»Glaubst du denn ernsthaft, ein kleines, unschuldiges Collegemädchen wäre da die richtige, Cole?«

Eigentlich hatte ich erwartet, dass er meine Frage direkt bejahen würde. Ob aus Ehrlichkeit oder reiner Freundlichkeit, war mir egal. Aber stattdessen zögerte er.

Dieser Mann war wirklich so verdammt undurchschaubar.

Wie ich, aber das war etwas anderes.

»Du hast mittlerweile mit einem 18-jährigen Mädchen genauso wenig gemein, wie ich mit meinem alten Ich, Sienna.«

Vermutlich stimmte das.

Ich rebellierte gegen alles und jeden. Mittlerweile ignorierte ich so viel, dass ich nicht mehr wirklich wusste, warum ich das machte.

Meine Eltern waren in der Südsee. Und? Dann feierte ich eben allein. Ivy nervte mich ständig mit dem Kleinkrieg gegen unsere Campusnachbarn. Mehr als einen blöden Spruch kam nie von mir zu diesem Thema, auch wenn ich sie gern geschüttelt hätte, um sie mal zur Besinnung zu bringen. Und Phoebs? Sie war wie Ivy meine beste Freundin, besaß so viel Selbstbewusstsein, dass selbst eine Rosine mehr davon hatte und war im Umkehrschluss viel zu introvertiert, um mal ein paar Männer auf sich aufmerksam zu machen. Wenn sie auf Will, den viel zu netten Burschen von nebenan, hoffte, dann würde sie mit 40 noch 'ne alte Jungfer bleiben.

Aber all das erzählte ich ihnen nicht. Also zumindest nicht ernsthaft. Irgendwie hatte ich meinen Spirit vor ein paar Wochen verloren und das hatte absolut nichts mit Cole und seiner neuen Flamme zu tun.

Gar nichts.

G.A.R. N.I.C.H.T.S.

Warum buchstabiere ich wegen dem Typen in meinem Kopf bloß immer alles einzeln?

Konnte mir das mal jemand sagen?

»Du wirkst ziemlich nachdenklich«, sagte Cole in die Stille zwischen uns.

Er sah mich aufmerksam an.

»Ich habe mich nur gerade gefragt, wie lang meine Einkaufsliste wird.«

»Autsch. Also bist du tatsächlich sauer auf mich.«

»Das expliziert, dass du mir wichtig wärst. Da muss ich dich leider enttäuschen.« Dazu zuckte ich desinteressiert mit der Schulter. Das konnte ich gut und jedes Mal glaubte man mir.

»Glaube ich dir nicht.«

Vielleicht sollte ich die Betonung »jedes Mal« ganz schnell wieder zurückziehen.

»Was wird das hier, Cole? Hast du bemerkt, dass dir mal keine Groupies hinterherjagen und jetzt willst du dir die Aufmerksamkeit von deiner Nachbarin holen? Dann tut es mir leid, aber ich stehe absolut nicht auf Musiker.«

A.B.S.O.L.U.T. N.I.C.H.T.

Da! Ich mach es schon wieder!

»Du verstehst es immer noch nicht, oder?«, fragte er plötzlich und wirkte sogar erheitert. Vermutlich hatte ich Cole unterschätzt oder er stand auf diese Erniedrigungsscheiße …

»Ich komme nicht oft nach Hause, weil das im Umkehrschluss bedeuten würde, dass ich im Urlaub bin«, begann er zu erklären. »Aber wenn ich dann hier bin, bin ich nicht Cole Turner, der Musiker und Entertainer. Ich bin einfach ein Kerl, der die Ruhe genießen möchte. Hier bin ich einfach ich.« Er beugte sich vor und stützte die Arme auf seinen Oberschenkeln ab, um mich anzusehen. »Und mit dir zusammen den Nachmittag zu verbringen ist genau das, was ich gern möchte, Sienna. Wenn du auf irgendetwas sauer bist, gut. Aber das ist für mich kein Grund wieder zu gehen. Du teilst gern aus, wenn du dich angegriffen fühlst. Auch das ist in Ordnung. Aber bitte … lass mich hier einfach sitzen, damit ich …« Er fuhr sich erneut durch die Haare. Erst jetzt bemerkte ich, dass sein Look nicht gewollt war. Cole Turner schien müde und kraftlos. Als hätte er ein Jahr durchgearbeitet, ohne Pause und ohne Rast.

War es wirklich nur das, was zwischen uns war? Dass er einen Platz brauchte, um zur Ruhe zu kommen?

Ausgerechnet bei mir?

»Weißt du«, sagte ich, nachdem ich mir viel Zeit für eine Antwort genommen hatte. »Meine Mitbewohnerinnen würden dich geistig nicht mehr für ganz klar halten, wenn sie erfahren würden, dass du ausgerechnet zu mir kommst, um etwas runterzukommen.«

Sein schiefes Lächeln brachte mich recht schnell wieder auf andere Gedanken, aber da er mir kein weltveränderndes Liebesgeständnis oder etwas ähnliches suggeriert hatte, verwarf ich diese ganz schnell wieder.

»Ivy, Phoebs und du wohnt noch zusammen?«

Ich schnaubte.

»Es gibt kaum Mädels, die es länger mit mir zusammen aushalten. Deswegen und womöglich auch, weil Wohnraum auf dem Campus rar ist, leben wir alle noch unter einem Dach.«

»Glaub ich nicht.«

Was dieser Mann alles zu glauben dachte, war echt nervig. Ich verdrehte die Augen.

»Du trittst ziemlich selbstbewusst auf, Sienna. Aber ich glaube, das ist alles nur Fassade.«

Okay, Memo an mich: Cole sollte so langsam echt mal einen Gang runterschalten!

»Ich bin nicht das Thema.«

Cole zog überrascht eine Augenbraue in die Höhe.

»Bist du nicht?«

»Wenn du hergekommen bist, um etwas Ruhe zu haben, dann solltest du mich nicht weiter analysieren, Cole. Glaube mir, das könnte nur deiner Gesundheit schaden.«

Einen langen Moment sah er mir in die Augen, die vor Trotz imaginäre Giftpfeile zu ihm rüber schickten.

»Ich hätte die letzten Monate vieles gegeben, um so mit dir zu diskutieren, Sienna.«

Warum tat er das?

Ich verstand es nicht.

Es konnte doch nicht daran liegen, dass ich sein soge-
nannter Ruhepol war?!

Immerhin war ich vielleicht vieles, aber nicht ruhig!

»Konntest du aber nicht!«, erwiderte ich trotzig.

»Da muss irgendetwas schief gelaufen sein. Ich habe
im Briefkasten nachgesehen, bevor ich zum Flughafen
gefahren bin. Das Personal hätte mich ja auch informiert,
es kommt schließlich täglich jemand vorbei. Nichts.«

Dieses Mal gab ich es auf, ihm zu antworten. Was
hätte das auch gebracht?

»Es tut mir wirklich leid, dass das nicht so geklappt
hat«, entschuldigte er sich und wirkte ziemlich niederge-
schlagen.

Und jetzt, Sienna?

Immer noch sauer?

»Schnee von gestern«, behauptete ich.

Was war das denn?

Phoebs Kulleraugen konnte ich oft echt nur schwer
widerstehen, wenn sie einen Streit zwischen Ivy und mir
beenden wollte. Aber das ein Kerl so etwas wie Mitleid in
mir erregte?

Mann, der Kerl könnte mir echte Schwierigkeiten …

»Also … wieder Freunde?«, fragte er hoffnungsvoll.

»Freunde«, seufzte ich, obwohl sich dieses Wort irgendwie so komisch schal anhörte und anfühlte.

Ich konnte gar nicht so schnell gucken, wie er sich ne-
ben mich setzte und zum TV sah.

»A-Team?«

Es gab jetzt zwei Möglichkeiten: Entweder wir sahen uns tatsächlich diesen dämlichen 80iger-Jahre-Rotz an oder aber ...

Gut, ich war halt kein Masochist – außer, wenn es darum ging, neben einem heißen Musiker zu sitzen, der irgendwo eine noch heißere Freundin hatte.

Deswegen schaltete ich um, damit meine ursprüngliche Serie laufen konnte.

»Viel bessere Wahl«, kommentierte er mein Zugeständnis als Criminal Minds weiter lief.

»Und übrigens ...« Er stocherte in seiner hinteren Hosentasche rum und zog einen Zettel heraus. »Meine Nummer.«

Ich starrte auf den Zettel, als wäre es wichtig, was ich jetzt tun sollte.

Immerhin könnte dies bedeuten, dass wir außerhalb unserer Blubberblase Kontakt hielten. Das erste Mal.

»Was wird deine Freundin davon halten?«, platzte es aus mir heraus, denn diese Frage stellte ich mir schon die ganze Zeit über.

Cole hielt mir den Zettel immer noch entgegen, aber sein Ausdruck hatte sich verändert. Er wirkte ernster.

Vermutlich wollte er mir gerade sagen, dass sie gar nicht mehr zusammen waren. Vermutlich war es ein ganz großes Missverständnis gewesen, als die Paparazzi sie händchenhaltend vor einem Restaurant fotografiert hatten.

Vermutlich ...

»Was soll sie schon großartig dazu sagen? Du bist meine Nachbarin«, antwortete er.

Vermutlich bist du einfach eine vollkommene Idiotin, Sienna Miller!

Cole Turner hatte mir mit dem Satz nicht nur die Hoffnung auf irgendetwas genommen, sondern gleich die Weichen gestellt, was ich für ihn sein würde.

Eine Nachbarin. Mehr nicht.

»Cool«, antwortete ich lahm und nahm den Zettel.

»Aber hoffe nicht, dass ich dir oft zurückschreibe. Das College ist so schon anstrengend genug«, teilte ich ihm kurz und knapp mit und konzentrierte mich wieder auf den Fernseher.

»Natürlich«, erwiderte er amüsiert.

***

MAI 2018

Es war ein cooles Semester gewesen. Noch cooler war es, weil ich dieses Mal Kontakt zu Cole hatte. Er meldete sich nicht regelmäßig, aber doch immer wieder mal.

Ich hatte ihm eine SMS geschrieben, nachdem ich aus den Weihnachtsferien wieder nach Kentucky geflogen war. Danach hatte ich lange nichts von ihm gehört, denn er tourte den Winter über durch Europa. Irgendwann erfuhr ich durch die Presse, dass er nicht mehr mit seinem Model zusammen war. Das war vor zwei Monaten. Ich hatte ihm daraufhin eine kurze Nachricht geschickt: »Tut mir leid wegen Ewa.« So hieß das ukrainische Model, das meiner Meinung nach zu fette Oberschenkel hatte, was ihre

Perfektion zunichte machte, von der so viele Magazine schwärmten. Aber hey, ich wollte es nur mal betont haben!

Wir hatten nie über Ewa gesprochen, nur zum Ende hin konnte ich mich nicht zurückhalten. Und statt darauf zu reagieren, fragte Cole nur: »Wann bist du wieder zuhause?«

Die Wahrheit war, es war schon lang nicht mehr mein Zuhause. Mit süßen 18 hatte ich mir dies stets eingeredet, um einen Grund zu haben, in dieses große, leere Haus zu gehen. Mittlerweile war ich fast 22 und kam nur zurück, weil es dort diesen Nachbarn gab.

Ich textete ihm also, dass ich im Juni zurückkäme und er schrieb, dass er sich darüber freute.

Keine Ahnung, ob er auch dort sein würde. Ich hatte zu viel Selbstachtung, um ihn zu fragen.

Ich erinnerte mich noch genau an diese Nachrichten, da zeitgleich die ersten Gerüchte aufkamen, dass Cole Turners Karriere einen Knick bekäme. Es wurden viele Spekulationen veröffentlicht, Begriffe wie »Alkoholexesse« und »Drogenprobleme« machten die Runde. Ich glaubte kein Wort. Cole Turner war von sich überzeugt, diesen Scheiß hatte er nicht nötig.

Ein Monat vor dem Semesterende klingelte mitten in der Nacht mein Handy.

Er rief sonst nie an und ich war überrascht.

»Hallo?«, murmelte ich, während ich den Kopf bereits wieder aufs Kissen fallen ließ.

»Hey. Sorry, dass ich dich so spät störe. Ich habe ganz vergessen, dass es bei dir mitten in der Nacht ist.«

»Schon okay«, murmelte ich erneut zurück.

»Sicher?«

»Scheiße, nein, aber jetzt bin ich eh wach. Ob ich jetzt kurz pinkeln gehe oder mit dir rede, was solls«, stellte ich klar und wischte mir meine langen Haare aus dem Gesicht.

Er lachte kurz auf.

»Alles klar.«

Es entstand eine Stille.

»Du rufst an, weil du nicht reden willst?«, unterbrach ich diese nervige Stille.

»Sorry, ich …«

»Du entschuldigst dich jetzt das zweite Mal. Was ist los, Cole?«

»Scheiße, ich weiß es nicht. Es läuft irgendwie alles nicht so, wie sich das Mimi …«, seine Managerin, wenn ich mich recht erinnerte, »… vorgestellt hat.«

»Okay. Dann tut es mir für Mimi leid, aber was hast du damit zu tun?«

»Manchmal stelle ich mir diese Frage auch, Sienna. Manchmal frage ich mich das auch.«

So langsam war dieses Gespräch echt creepy.

»Ist alles in Ordnung bei dir, Cole?«, hakte ich nach.

Er seufzte in den Hörer.

»Wenn wir uns wiedersehen, dann ist es das bestimmt.«

Mein Herz würde mir in die Hose rutschen, wenn ich eine anhätte. Ich trug meist nur ein übergroßes Shirt.

Warum sagte Cole diese Dinge, wenn wir nur Nachbarn waren?

Und erneut könnte ich mich selbst für diesen Gedanken ohrfeigen. Manche Männer wollten mich tatsächlich nicht ins Bett kriegen. Und leider Gottes war Cole Turner einer der wenigen!

»Sienna?«, hakte er jetzt nach, weil ich darauf nichts erwidern konnte.

»Was willst du denn jetzt von mir hören, Cole?«, seufzte ich in die Dunkelheit.

»Keine Ahnung, sowas wie: Ja, cool. Ich freu mich auch.«

»Worauf? Auf zwangloses Geplänkel? Ich bitte dich. Du kannst doch nicht so dumm sein!«

Ich stehe auf dich, Cole.

Ich mag dich, Cole.

Ich bin hier auf dem College und alle Jungs kommen mir wie … Jungs vor, weil ich sie mit dir vergleiche.

Aber verhielt er sich großartig anders?

»Jesus, Sienna. Ich kann so etwas nicht am Telefon mit dir besprechen.«

»Kannst du nicht?«, rief ich viel zu laut und horchte sofort, ob die Mädels mitgehört hatten. Aber es blieb alles still. Ich setzte mich auf. »Weißt du, was ich nicht kann? Diese endlos dämlichen und nichtssagenden SMS, die wir seit Monaten schreiben oder diese unsagbar bescheuerten Treffen alle sechs Monate, in denen wir so tun, als wäre es vollkommen normal, dass ein Rockstar und ein College-mädchen miteinander befreundet wären. Ich meine, ich erwähne Ewa und nicht mal darüber können wir reden. Was soll das denn für eine Freundschaft sein?«

»Sprichst du mit mir über deine Männerbekanntschaften?«, fuhr er mich an und ich war überrascht, dass er plötzlich auch verärgert zu sein schien.

Das war ja nicht zu fassen!

»Das geht dich ja wohl auch gar nichts an!«, stellte ich klar.

»Ach, das geht mich also nichts an? Aber über meine … Beziehung willst du reden, ja?«

»Du kannst das Wort Beziehung noch nicht mal wirklich aussprechen. Da musst du mir dann auch nicht erzählen, wer für das Beziehungsende verantwortlich ist, Cole. Das kann ich mir auch so schon denken«, schnaubte ich.

»Statt TMZ und wie die Vollidioten alle heißen, zu lesen, frag mich das nächste Mal einfach, wenn du den Namen meiner Freundin erfahren willst oder die Umstände, über diesen ganzen Scheiß.«

Dieser Scheiß war seine Freundin! Wow, selbst Zach war weniger Widerling als Cole gerade. Und das sollte was heißen.

»Weißt du, gerade ist mir etwas aufgefallen«, stellte ich so ruhig wie möglich fest.

»Was?«, fragte er barsch.

»Mit Arschlöchern rede ich nicht.«

Dann legte ich auf und feuerte mein Handy durch das Zimmer. Dabei flog es über den Schreibtisch und landete direkt in der Mülltonne.

»Da gehörst du auch hin, Cole Turner«, fluchte ich, zog mir die Decke bis zum Hals und schloss die Augen.

Zehn Herzschläge später stand ich seufzend auf, wühlte

das Handy aus dem Eimer und legte es wieder auf den Nachtschrank.

Falls er sich entschuldigen wollte oder so …

Kurze Zeit später klingelte mein Handy erneut.

Ich grinste ins Kissen hinein, bemerkte aber erst beim dritten Klingeln, dass derjenige wohl nicht so leicht aufgeben würde. Seufzend griff ich mir mein Handy. Sicher war Cole der Anrufer und wollte sich entschuldigen.

»Männer«, murmelte ich und erkannte dann Ivys Namen.

Ich verdrehte die Augen.

Heute Abend hatte sie vor, es endlich mal zu tun. Leider mit dem Falschen, aber ich hatte Ivy gewarnt. Deswegen wunderte mich ihr Anruf mitten in der Nacht nicht.

»Sag mir bitte nicht, dass ihr gerade dabei seid und du mich als Bedienungsanleitung benutzen möchtest«, murmelte ich in den Hörer.

»Wir haben ein Problem«, flüsterte sie zurück, als würde sie gerade an einem Komplott arbeiten.

»Okay, dann stufen wir mal dein Problem ein. Muss ich eine Schaufel mitnehmen?«, hakte ich nach.

»Das ist nicht witzig.«

Hatte ich auch nicht als Witz gedacht.

»Ich … ich muss in die Klinik. Du musst mich abholen!«

»Was? Oh Gott, was ist passiert, Ivy?«, rief ich aus und setzte mich rasch auf.

Was hatte der Bastard Simon ihr angetan?

Ich würde ihn umbringen.

Langsam. Weil ich Lust dazu hatte.

»Ich … Also, es ist … Ich glaube.«

Sie machte mich wahnsinnig!

Hey, Cole und Ivy hatten etwas gemeinsam. Gruselig.

»Meine Güte, Ivy! Hat er dir den Verstand rausgevögelt? Jetzt sag endlich, was los ist!«

»Es steckt in mir drin!«, fuhr sie mich an.

»Excusez-moi?«, war meine erste Reaktion. »Da komme ich nicht mehr ganz mit …«

»Verdammt noch mal, Sienna …. Ich muss in die Klinik, weil das … na, das Kondom«, stammelte sie. »Es ist in mir drin. Immer noch. Wir konnten es nicht finden … Danach.«

Ach du heilige …

Mich hielt nichts mehr und ich lachte Tränen. Träne über Träne rollte über meine Wange und ich dankte Ivy insgeheim für ihre Schusseligkeit.

Nach dem Telefonat – es stellte sich zum Glück heraus, dass Simon, der Idiot, das verlorene Kondom gefunden hatte – schlief ich ein wie ein Baby.

Hatte ich schon erwähnt, dass ich Ivy liebte? Ja? Nun, auch dies würde ich niemals laut aussprechen.

***

JUNI 2018

»Danke, dass du mich abgeholt hast, Janet«, bedankte ich mich und stieg aus dem Wagen.

»Ich freue mich doch immer, wenn du wieder nach Hause kommst«, lächelte sie.

Ich nickte mechanisch. Tatsächlich war ich wieder hergekommen. Und zum gefühlt hundertsten Mal hatte sie mir direkt am Flughafen gesagt, dass wir erneut allein waren.

Mom und Dad würden erst wieder im Oktober aus Europa zurückkommen. Ich konnte halt nicht mit dem Eiffelturm mithalten. Ihre einzige Tochter war nun mal nicht so wichtig. Was soll's!

Ihretwegen war ich dieses Mal sowieso nicht zurückgekommen.

Mich ließ das Gespräch mit Cole nicht los.

»Du, würdest du vielleicht meinen Koffer mit reinnehmen und ich gehe …«

Janet nahm meinen Rollkoffer und sah mich abwartend an. »Dir die Beine vertreten und so.«

»Genau.«

»Wenn du mit Beine vertreten, den einen Meter fünfundachtzig großen, braungebrannten Rockstar meinst, der schon vor zwei Stunden nach dir gefragt hat, dann …«

»Er war hier?«, fragte ich überrascht. »Wann?«

»Habe ich doch gesagt. Vor etwa zwei Stunden war er hier und …«

»Okay, danke«, rief ich ihr schnell zu, bevor ich loslief, um zu ihm zu gehen.

»Ja, gern geschehen. Die Jugend von heute«, hörte ich sie noch sagen, da war ich bereits durch das offene Tor gelaufen und fast mit jemanden zusammengestoßen, weil derjenige auch ziemlich schnell auf den Beinen war.

»Cole«, japste ich erschrocken.

»Nachbarin«, zog er meinen Spitznamen — oder wie auch immer man das nennen sollte — in die Länge und musterte mich.

Sein Haar schien noch länger geworden zu sein. Immerhin hatte er sich aber rasiert.

»Wow.«

»Was?«, fragte er.

»Vom Obdachlosen zum Steinmenschen. Glückwunsch. Nur selten fällt man noch tiefer. Du machst aber anscheinend noch eine Disziplin draus.«

Er wirkte amüsiert, statt genervt.

»Dein Charme war auch schon mal besser.«

»Wer sagt, dass ich Charme besitze?«, konterte ich.

»Touché.«

Wir grinsten uns an, als wären am Telefon nie Worte gefallen, die den einen oder anderen verletzt hätten.

»Lust mit rüber zu kommen? Ich wollte mir gleich ein Sandwich machen. Vielleicht hast du auch …«

»Klar, habe nichts Besseres zu tun«, erwiderte ich schulterzuckend.

Als würde er meine Lüge riechen, blickte er mich kurz nachdenklich an.

»Ich nehme, was ich kriegen kann.«

Was sollte das denn bedeuten?

Sein Vorgarten war genauso groß wie unserer. Nur die Bäume und Sträucher könnten mal wieder geschnitten werden. Vor dem Haus standen ein paar sehr teure Wagen.

»Du fährst Porsche?«, hakte ich überrascht nach.

»Der gehört Mimi.«

Mimi? Ach ja, seine Managerin.

Das Haus war schön, aber sehr, sehr kühl eingerichtet. Nirgends lag irgendetwas, das an Cole erinnerte. Ich folgte ihm in die Küche. Er hatte tatsächlich bereits Toast und Mayo herausgestellt. Die Küche war groß und mit allem bestückt, was man so brauchte.

»Schön hast du es hier.«

»Echt?«, fragte er überrascht nach und sah mich abwartend an.

»Nee, eigentlich wollte ich fragen, aus welchen Katalog dieses Haus stammt. Und das soll schon was heißen, weil meine Mom alles dafür geben würde, dass es so …«

»Kalt aussieht?«, half er mir die richtige Beschreibung zu finden.

»So ungefähr«, antwortete ich und lehnte mich mit meinem Oberkörper an die Kücheninsel, bevor er alle weiteren Utensilien aus dem großen Kühlschrank holte.

»Pastrami?«, fragte er.

Ich nickte und sah mich noch einmal hier um.

»Suchst du etwas?«

»Keine Ahnung. Jungfrauen, die gerade ausbluten, sehe ich auf den ersten Blick nicht. Wobei die hohe Decke ja echt dafür wie gemacht scheint«, erklärte ich.

Cole lächelte, während er weiter die Sandwiches bestrich. Neben mir lag eine Fernbedienung. Der dazugehörige Fernseher hing seitlich an der Wand. Ich schaltete ihn an.

»Ich muss ja ziemlich langweilig sein …«

Eigentlich wollte ich nur ein Hintergrundgeräusch haben, damit keine Stille zwischen uns entstand, aber da erschien plötzlich Coles Gesicht auf dem Bildschirm.

»Hey, du sorgst mal wieder für Schlagzeilen«, scherzte ich, bis ich bemerkte, dass es wirklich eine Schlagzeile war. Nicht zu ignorieren war die fette Überschrift: COLE TURNER VERLIERT DIE KONTROLLE!

Man konnte wacklige Filmaufnahmen erkennen. Es war vermutlich irgendein Paparazzi, der ziemlich gern Nahaufnahmen von Cole machen wollte. Dieser lief auf einem Bürgersteig und fluchte jedes Mal, wenn man ihm zu nahe kam. Am Ende rastete er vollkommen aus, indem er die Kamera zerstörte und nur noch der Bürgersteig aufgenommen wurde.

Jetzt hatte ich genau die Stille, die ich eigentlich nicht wollte.

»Hast du es noch nicht gesehen?«, fragte er und schnitt die Sandwiche in Teile. »Ich bin jetzt Staatsfeind Nr. 1, Sienna.«

»Tatsächlich nicht«, stellte ich fest.

Eigentlich googelte ich ihn ab und zu, aber seitdem wir telefoniert hatten und alles irgendwie aus dem Ruder gelaufen war, vermied ich es, weitere Informationen aus irgendwelchen Quellen über ihn zu bekommen. Obwohl er der einzige Grund war, weshalb ich überhaupt hergekommen war. Wobei ich das niemals laut aussprechen würde. Nicht mal unter Folter.

»Stimmt es denn?«, fragte ich dann doch.

»Was?«, frage er und stellte einen Teller samt Sandwich vor mich hin.

»Verlierst du die Kontrolle?«

Cole lächelte leicht. »Verlieren wir die nicht alle mal?«

»Nicht, wenn man es nicht will.«

»Sienna, Sienna. Fangen wir tatsächlich an, philosophisch zu werden?«

»Du könntest auch ganz einfach mal auf eine Frage mit einem Ja oder Nein antworten.«

»Wenn es dir hilft, kann ich dir sagen, dass ich mich gerade endlich mal wie ich selbst fühle. Und das ist schon lange nicht mehr der Fall gewesen«, antwortete er und biss herzhaft in sein Sandwich.

Irgendetwas verheimlichte er. Wobei … ich konnte auch schlecht all seine guten und bösen Seiten kennen, wenn wir uns nur alle paar Monate flüchtig trafen. Immerhin lernte ich erst jetzt sein Haus kennen und wie lange kannte ich den Kerl schon? Über zwei Jahre!

Ivy würde sich kaputtlachen bei dem Schneckentempo, wenn es um einen Mann ging. Wobei sie ja auch irgendwie was mit Zach am Laufen hatte, ohne dass sie selbst davon wusste. Aber das war eine völlig andere Story.

Plötzlich klingelte mein Handy. Seufzend kramte ich es aus meiner hinteren Jeanstasche und seufzte noch einmal lauter, als Dads Name auf dem Display leuchtete.

»Dad!«, begrüßte ich ihn.

»Wo zum Teufel bist du?«

»Wow. Dir auch einen schönen Tag. Der Flug war pünktlich, das Essen wie immer schlecht. Aber danke der Nachfrage.«

»Darum geht es jetzt nicht. Ich habe Janet angerufen

und die wollte mir tatsächlich erzählen, dass du spazieren bist«, bellte er in den Hörer und klang dabei tatsächlich noch sarkastisch.

»Es ist schönes Wetter«, behauptete ich und automatisch blickten Cole und ich aus dem Fenster. Regnete es gerade etwa? Ups.

»Egal, was du wieder treibst, du lässt es.«

Ich bemerkte, wie Cole auf sein Handy blickte und missmutig den Mund verzog. Die Regung war aber genauso schnell wieder verschwunden, wie ich sie gesehen hatte.

»Wieso? Hast du sonst vor, rüberzufliegen? Ich meine, du weißt schon, dass ich über einundzwanzig bin und mir scheißegal ist, was du erzählst, okay?«

»Sienna!«

Ich redete stets, wie mir danach war, außer bei meinen Eltern. Da übertrieb ich es nie. Bis jetzt!

»Was? Ich soll zuhause rumlungern, weil was? Damit du weißt, was ich mache? Kannst du dir schenken, Dad!«

»Wenn du …«

Ich legte auf. »Ups, Funkloch.«

»Das war mal … etwas Neues«, kommentierte Cole das Gespräch.

»Für mich nicht«, seufzte ich. »Er muss alles unter Kontrolle haben. Ob er auf demselben Kontinent ist oder nicht.«

»Hier herumzulungern ist aber auch keine Lösung, oder?«, fragte er.

Wir sahen uns an. »Und was machst du?«

»Wieder touché«, erwiderte er. »Wie wäre es mit einem Kurztrip?«

»Kurztrip in den Garten?«

Lächelnd schüttelte er den Kopf.

»Vegas.«

»Vegas?«

Er nickte, ohne mich aus den Augen zu lassen. »Vegas.«

Mein Handy vibrierte erneut.

Es war wieder Dad.

Ich entschied mich und wusste damals nicht, dass ich niemals hätte Ja sagen sollen.

Aber ich konnte nicht absehen, was das alles hervorrufen würde, also antwortete ich mit starker und fester Stimme: »Bin dabei!«

***

»Dir ist schon klar, dass das verrückt ist«, stellte ich klar, nachdem wir in unseren eigenen Lift eingestiegen waren.

»Was?«, fragte Cole und setzte das erste Mal seit Stunden die dunkle Sonnenbrille ab.

»Na, das alles hier.« Ich machte eine große Handbewegung und schloss alles mit ein, auch wenn der Raum hier im Lift begrenzt war.

»Erst der Privatjet und dann das ganz persönliche Penthouse für Mr. Turner. Nichts, was ich bisher nicht gesehen habe, aber dein James Bond-Auftritt?«

»James Bond?«, hakte er neugierig nach und beobachtete mich, wie ich mit großen Augen nickte.

»Na, du bist hier rein und die Leute sind durchgedreht. Ich meine, hast du tatsächlich nur die Hand gehoben, damit man dir den Schlüssel zu deinem persönlichen Penthouse gibt?«

»Das macht dich echt sprachlos?«, hakte er verwundert nach.

»Natürlich. Immerhin müsste mein Dad wohl erst herumbrüllen, um sein eigenes Penthouse zu bekommen.« Ich vermutete es mal. »Allein, dass er etwas sagen müsste, würde ihn zur Weißglut treiben. Sag mal, klinge ich etwas schadenfroh?«

»Möglich«, erwiderte Cole zögernd.

Ich grinste.

»Gut! Also, was machen wir als erstes?«

Die Türen glitten auf und ein riesiges Foyer in goldenen Farben tat sich vor uns auf.

»Wo sind die Zimmer?«, rief ich, ließ meinen Rollkoffer los und sah mich um.

»Ich merke schon, dich zu beeindrucken wird mich mehr als ein Penthouse kosten«, hörte ich ihn sagen.

Warum sollte er mich beeindrucken wollen?

Den Gedanken sprach ich nicht laut aus, allerdings drehte ich mich grinsend zu ihm um.

»Eine Frau, die deinen Reichtum bewundert, solltest du dir aus dem Kopf schlagen, Cole.«

Er stand mitten im Foyer und blickte mich amüsiert an.

»Ach ehrlich?«

»Die inneren Werte und der ganze andere Kram sind

wichtig. Lies dir ein paar Ratgeber durch, sie sagen alle den gleichen Mist.« Dann klatschte ich in die Hände. »Okay, ich würde sagen, wir sehen uns in einer Stunde wieder hier. Wir gehen zocken!«

»Eine Stunde? Sicher, dass du bis dahin vorzeigbar bist?«

Ich kratzte mir die Wange mit dem Mittelfinger und Cole schenkte mir ein kurzes Lachen. Auch wenn ich es nicht zugeben wollte, es gefiel mir, dass er meinen Humor mochte.

Zurück zum Thema: Da ich noch nie in Vegas war, musste die Sau rausgelassen werden.

***

Es war gewagt. Es war kurz und es war … schön. Ich wusste, wie ich auf Männer wirkte. Nichts, was mich überraschte. Aber irgendetwas war anders, als ich die Treppe herunter kam – wie in so einem kitschigen High-school-Drama – und darauf hoffte, dass Cole unten bereits auf mich wartete. Natürlich hatte ich keine Stunde ge-braucht. Es waren bereits weit mehr als 90 Minuten ver-gangen. Mein Herz schlug wie verrückt in meiner Brust. Natürlich nur, weil ich schon aufgeregt auf das war, was mich im Casino erwarten würde.

Vegas war eben die aufregendste Stadt der Welt.

Als ich die letzten Stufen hinunterging, bemerkte ich im Augenwinkel, wie Cole mucksmäuschenstill zu mir kam.

Er trug ein Hemd und eine Hose. Nichts, was ich an einem Mann nicht bereits gesehen hätte, aber eben nicht an Cole. Nur seine Haare waren ein einziges Durcheinander und er wusste es. Das schelmische Grinsen war Antwort genug.

»Sienna, du bist spät«, waren seine ersten Worte. Dabei sah er mir nur ins Gesicht, als hätte ich mich nicht extra für ihn, ich meinte, für den Abend hübsch gemacht.

»Der Ehrengast kommt immer zu spät«, antwortete ich.

Cole versteckte sein Lachen hinter einem Räuspern.

»Du musst immer das letzte Wort haben, oder?«

Ich zuckte mit der Schulter und versuchte, nichts darauf zu antworten, um seiner Vermutung nicht noch mehr Futter zu geben.

Der Mistkerl grinste und wollte sich offensichtlich nicht vom Fleck bewegen. Da meine Geduld echt … scheiße, ich besaß halt keine Geduld, also ging ich an ihm vorbei und rief ihm »Können wir jetzt endlich mal los?« zu.

Cole lachte hinter mir schallend, was mich noch wütender machte. Warum war ich überhaupt so nervös gewesen? Er hatte mich angesehen, mir gesagt, dass ich zu spät gekommen war und nicht mal mein kurzes, glitzerndes Kleid angesehen. Meine Haare brauchten fast eine Stunde, um zu diesen langen, schönen Locken zu werden. Und mein Make-up? Scheiße, ich sah aus wie eine Göttin! Und Cole Turner? Der registrierte mit Genugtuung, dass ich immer das letzte Wort haben musste.

Wir betraten den Lift, er drückte einen Knopf und schon fuhren wir los.

Ich stand natürlich an der gegenüberliegenden Seiten und spürte Coles Blick.

»Was?«, herrschte ich ihn genervt an, auch wenn ich ihm meine Aufregung, mit ihm allein hier im Lift zu stehen, nicht zeigen wollte.

»Hübsches Kleid«, sagte er. Nichts weiter, nur zwei Worte und ich hätte wegen des Kompliments fast gelächelt, aber nur fast.

Cole versteckte sein Lachen erneut hinter einem Räuspern.

Mist, ich musste das mit meinen Gefühlsregungen noch üben. Wobei … nur bei Cole schien meine Fassade nicht so ganz zu funktionieren.

Bevor ich da ernsthaft drüber nachdachte, öffnete sich die Tür, Cole setzte seine Sonnenbrille wieder auf und bat mich, vorzugehen.

»Dir ist schon klar, dass die Brille dich nicht wirklich …«

»Du wirst im Casino bemerken, dass dort jeder auf sich selbst achten wird. Vermutlich werden mich einzelne Personen erkennen, aber die Masse konzentriert sich auf ihre Karten, die Würfel oder die Automaten. Es geht oftmals um Schicksale, Sienna. Da bin ich nicht so wichtig, dass sie das vergessen«, erklärte er mir mit ernster, aber ruhiger Stimme.

Ich bemerkte im Augenwinkel den Bodyguard wieder, der uns auch im Privatjet begleitet hatte und die Fahrt über ein Auge offen hatte.

Er folgte uns mit großem Abstand.

»Das klingt ziemlich deprimierend, um ehrlich zu sein«, stellte ich fest.

Cole hielt die ganze Zeit seine Hand an meinem Rücken. Gut, dass das Kleid zwischen uns war. Seine Hand war warm. Viel zu einladend für einen Typen, den ich kaum kannte.

Aber hey, nach Vegas kannste mit ihm fahren, oder?

Sienna, Sienna. Was machst du nur hier?

Wir setzten uns als erstes an den Black-Jack-Tisch, weil ich das Spiel unbedingt als Erstes ausprobieren wollte.

»Sicher, dass du damit anfangen willst?«, flüsterte er mir plötzlich zu.

Mit hochgezogener Augenbraue legte ich die Chips auf den Tisch und sah ihn an.

»Angst?«, fragte ich ihn.

Cole trug noch immer diese bescheuerte Brille, die ihn sexy, aber auch geheimnisvoll aussehen ließ. Er zog die Sonnenbrille ein Stück herunter, um mich ansehen zu können.

»Ist das eine Herausforderung, Sienna?«

Ich grinste ihn an.

»Sieh es, wie du willst. Ich gewinne sowieso!«

Ich machte meinen Einsatz und wartete darauf, dass die Runde begann.

Cole wollte mir vorhin sogar Chips ausgeben, aber ich besaß mein eigenes Budget und er sollte begreifen, dass ich zwar mitgekommen, aber sicherlich nicht sein Anhängsel war.

»Herausforderung angenommen«, hörte ich ihn leise erwidern und bemerkte, wie auch er seinen Einsatz legte.

Innerlich schlug mein Herz wie verrückt, äußerlich kam nicht mehr über meine Lippen als ein Schmunzeln.

Der Abend würde interessant werden …

***

Mein Mund fühlte sich wie Papier an. Nein, falsch, wie Schmirgelpapier.

»Ist das eklig«, murmelte ich verschlafen und bemerkte die dicke, aber sehr kuschelige Bettdecke über meinem Körper.

Mit großen Augen schob ich die Decke zur Seite und bemerkte, dass ich vollkommen nackt darunter war.

Moment mal! Nackt?

Mir blieb der Mund offen stehen, weil ich keinen Schimmer hatte, wie ich hergekommen war.

Auf dem Boden neben dem Bett bemerkte ich meine Unterwäsche, die Schuhe und mein Kleid, das ich den Abend zuvor getragen hatte.

»Okay, so weit so gut«, sagte ich und versuchte in meinem Kopf nach irgendeiner Antwort auf die vielen Fragen zu finden, als ich spürte, dass sich das Bett bewegte, obwohl ich gar nichts getan hatte.

»O shit«, murmelte ich wieder und drehte mich zur anderen Bettseite um.

Ein nackter Rücken war zu sehen.

»O shit!«

Ich zog meine Decke enger an den Körper, beugte mich über den Rücken, um das Gesicht erkennen zu können. Ich ahnte es bereits. Und hoffte etwas völlig anderes, aber als ich quer über ihm hing und Coles schlafenes Gesicht erkannte, kam ein noch viel lauteres »O shit« über meine Lippen.

Plötzlich öffnete er die Lider, ich erschrak und fiel über ihn, direkt zu Boden.

»Autsch!«, stöhnte ich auf.

»Sienna?«, fragte er verschlafen.

»Ja, für mich ist das auch eine Überraschung«, lachte und schnaubte ich gleichzeitig. Wenn das überhaupt ging. Ich rappelte mich auf, obwohl das mit der dicken Decke um mich herum ziemlich schwierig war.

Mein Haar hing mir vorm Gesicht. Ich pustete wie verrückt, damit ich zumindest noch etwas erkennen konnte. Da ich mit der rechten Hand meine Decke fest umklammert hielt, hob ich warnend die andere Hand.

»Das hier ist nie passiert, okay? Nie!«, stellte ich klar, bevor ich etwas funkeln sah, das womöglich eine Fata Morgana war. Es musste eine Fata Morgana sein. Es musste! Denn das, was da an meinem Ringfinger leuchtete, war kein Ring. Nein, das war es nicht!

»O shit«, kam es erneut von mir.

»Warte …«, hörte ich Cole sagen, als er sich aufsetzte und sich kurz durch sein Haar fuhr.

»Du bist nackt!«, rief ich entsetzt und hielt mir die Augen zu. Aber da dies ausgerechnet die Hand mit dem Ring am Finger war, wechselte ich schnell die Arme. »Das ist ein Albtraum!«

Ich hörte ihn plötzlich auflachen. »Da hast du aber etwas ganz anderes gesagt, als wir …«

»STOP! Sprich es aus und du wirst sterben!«, fuhr ich ihn an und blickte ihn wieder an. Gott sei Dank zog er sich sofort seine Shorts an. Wow, sein trainierter Oberkörper sah wirklich wunderschön aus. Stop, stop, stop! Aber meine Gedanken wirbelten so schnell durch meinen Kopf, dass ich selbst diesen Anblick nicht genießen konnte.

»Ach komm schon. Gestern Nacht hast du …«

»Was war gestern Nacht?«

Cole knöpfte seine Jeans zu und lächelte mich an. Aber als er bemerkte, dass mir gerade nicht zum Lachen zumute war, wurde er schlagartig ernster.

»Du hast echt keine Ahnung mehr, was gestern war?«

»Sehe ich so aus, als wüsste ich das? Was ist das hier?« Ich hob die Hand und blickte mich dann in diesem fremden Zimmer um. »Und wo sind wir?«

»Das ist mein Zimmer und den Ring habe ich dir angesteckt«, antwortete er ernst, ohne mich aus den Augen zu lassen.

Einen kurzen Augenblick lang wollte ich es ihm wirklich abkaufen, aber das konnte nicht sein.

»Du verarschst mich doch. Das alles hier …« Ich wedelte mit den Händen zwischen uns hin und her. »Das ist nicht wirklich passiert. Du willst mich nur verschaukeln, weil ich dich bei Black-Jack geschlagen habe oder so etwas.«

»Geschlagen? Kannst du dich nicht einmal mehr daran erinnern?«

»An was?«, schrie ich wutentbrannt aus, weil ich in meinem Kopf tatsächlich nichts mehr von gestern Abend finden konnte.

»Okay. Setz dich mal bitte, Sienna.«

Er hatte »Bitte« gesagt und das war, gelinde gesagt, ein völlig anderer Cole. Der Cole, den ich kannte, würde nicht infrage stellen, dass man seinen Anweisungen folgte.

Also setzte ich mich. Lange konnte ich eh nicht mehr stehen, bevor meine Beine nachgeben würden.

Eng eingewickelt in die Decke – die war aber auch sowas von weich! – setzte ich mich an den Rand des Bettes.

Cole kniete sich zu mir herunter und nahm meine Hand in seine.

»Ja, wir haben getrunken, und ja, es war viel. Aber … ich dachte, du wüsstest noch, was du tust.«

O mein Gott. Er log nicht. Cole log mich nicht an!

Mein Herz in der Brust wollte den Geist aufgeben, obwohl es zu schnell schlug. Ich wollte, dass es aufhörte, weil ich gerade keinen richtigen Gedankengang hinbekam.

»Du meinst, du und ich sind …«

Cole nickte, ohne mich aus den Augen zu lassen.

»… verheiratet«, beendete er den Satz, den ich wohl niemals beendet hätte.

»Du lügst, oder? Du willst mich nur …«

Cole schüttelte den Kopf, ehe ich etwas sagen konnte.

»Gestern war …« Er schüttelte den Kopf und lächelte, als wäre gestern der schönste Abend seines Lebens gewesen. »Es hat sich etwas verändert, Sienna.«

»Was?«, hakte ich nach und ich wusste, dass mein Herz jetzt nicht mehr wegen der aufkommenden Panik so schnell schlug. Es war Coles Gesichtsausdruck.

»Zwischen uns hat sich etwas verändert«, flüsterte er

und machte kreisende Bewegungen über den Ring, als wüsste er nicht, was er da tat.

Am liebsten hätte ich weiter nachgehakt, aber ich glaubte, Cole konnte sehen, was es war. Ich hielt seinen Blick fest, der offen und liebevoll auf mir lag.

»Er ist wunderschön. Der Ring«, stellte ich schnell klar, damit er wusste, dass ich nicht ihn meinte.

Cole schmunzelte wieder, nickte dann aber nach einer Weile, als er den Blick darauf senkte.

»Er ist schön, so wie du.«

Cole war anscheinend kein großer Poet, aber es war trotzdem ein Kompliment, das seine Wirkung nicht verfehlte.

Plötzlich erklang irgendwo im Zimmer ein mir bekannter Song.

»Sorry«, entschuldigte er sich und griff zum Nachtschrank, auf dem sein Handy klingelte.

»The Power of Love?«, fragte ich, weil der Klingelton sehr bekannt war.

Cole schmunzelte. »Du fandest, er würde zu mir passen.«

Ach ja?

»Moment, ich habe ihn eingespeichert?«, fragte ich entgeistert.

Cole machte ein Gesicht á la »Meinst du, ich steh auf den Song?« und blickte dann auf das Display.

Sein Blick verdüsterte sich. »Ich muss da eben rangehen. Bin gleich wieder da.«

Ich nickte und steckte bereits wieder in meinem eigenen Gedankenkarussell.

Gestern hatte ich also nicht nur geheiratet, ich hatte anscheinend bei Black-Jack kein gutes Händchen gehabt und hielt The Power of Love für einen wunderschönen Klingelton. Das wurde ja immer besser.

Ich starrte auf meinen Ring, also, seinen Ring. Es war ein schöner Diamant. Nicht zu klobig, einfach, schlicht und wunderschön.

»Sienna?«

Cole war wieder ins Zimmer gekommen, ohne dass ich es wirklich mitbekam.

»Ja?«

»Ich muss in eine Besprechung. Hat sich kurzfristig ergeben«, sprach er. Es schien ihm allerdings gar nicht zu gefallen, so wie er sich müde durch die Haare fuhr.

»Wegen uns?«, fragte ich schnell nach.

»Was? Nein, es ist nur Mimi, die wieder mal irgendeinen Tourkram besprechen möchte«, erklärte er und blickte sich dabei im Zimmer um. Wonach suchte er?

Die Erleichterung, dass anscheinend niemand etwas von unserer Hochzeit mitbekommen hatte, war groß.

»Oh Gott. Wir haben in einer Elvis-Kapelle geheiratet, oder?«

»Woher weißt du das?«

»Hallo? Wir sind in Vegas!«, fiel ich ihm ins Wort.

Cole schmunzelte, was mich wiederum nicht gerade freute.

»Hör auf zu schmunzeln. Du bist ein Rockstar. Ihr Stars heiratet gefühlt mehrmals in der Woche. Aber ich bin erst 21 und ich hatte nicht vor …«

»Hey!«

Erneut griff er meine Hände und ich würde lügen, wenn mir diese Berührung nicht gefallen würde.

»Beruhige dich. Glaub mir, es ist auch für mich keine alltägliche Situation.«

»Nein?«, hakte ich nervös nach.

»Nein. Ich heirate nur alle vier Wochen.«

Ich drückte ihn von mir, während er schallend lachte.

»Wir sprechen nachher drüber. Geh duschen, baden«, erklärte er und ging zur Tür, wo er sich noch einmal zu mir umdrehte. »Bestell dir schon mal etwas zum Frühstück. Egal was, meine Frau kriegt es.«

Seine Frau?

Cole öffnete die Tür, als ich ihn noch einmal rief.

»Cole?«

»Hm?«

Er drehte sich fragend zu mir um und mich hielt nichts mehr zurück. Ich ging auf ihn zu und küsste ihn.

Cole wirkte weder überrascht noch war er zurückhaltend. Er erwiderte den Kuss sofort mit einer Hingabe, die mich vor Freude laut aufseufzen ließ.

»Du weißt«, murmelte ich gegen seine Lippen. »Dass mein Vater dich umbringen wird, ja?«

Cole schmunzelte, während er zu mir herabsah. »Wenn der Preis mein bleibt, werde ich das akzeptieren.«

Okay, er war doch ein Poet.

Bevor ich mich versah, lag ich ausgebreitet auf meinem Bett und grinste die Decke an.

Ich war verheiratet!

Kapitel 2

COLE TURNER, SUPERSTAR

EIN JAHR SPÄTER:

COLE

Sienna schmiss die Tür zu, was mich nicht überraschte. Eigentlich hatte ich mit einer Ohrfeige gerechnet, wobei … Nein, nicht Sienna. Nicht vor allen anderen. Nicht vor Zeugen!

Seufzend drehte ich mich um und stieg die Veranda hinunter. Dann blickte ich in den wolkenlosen Himmel.

»Du willst es mir nicht einfach machen, was?«, murmelte ich mir selbst zu, obwohl die Frage an Sienna gerichtet war.

»EINEN MOMENT MAL!«, rief eine aufgebrachte Frauenstimme.

Als ich mich wieder zum Haus umdrehte, stand eine der Frauen vor mir, die ich bereits an der Tür gesehen hatte. Hinter ihr war anscheinend ihr Freund. Denn dieser blickte mich an, als könnte ich ihm die Kleine stehlen.

»Du bist echt ihr Ehemann?«

»Du musst Ivy sein«, stellte ich fest und schmunzelte, als sie überrascht wirkte.

»Woher …«

»Die beiden sind verheiratet«, nuschelte ihr Freund, als wäre das eine Erklärung, mit der sie etwas anfangen konnte. Allerdings irrten sie sich. Damit hatte es nichts zu tun.

»Und du bist Simon«, stellte ich fest.

Aber Simon reagierte nicht wie erwartet. Er machte ein angewidertes Gesicht.

»Zach, sein Name ist Zach«, korrigierte Ivy schnell.

»Zach?« Stirnrunzelnd versuchte ich noch zusammenzubekommen, was Sienna mir über ihn gesagt hatte.

»Ach so. Sienna hat dich mal erwähnt. Sie hatte recht.«

»Womit?«, hakte Ivy zögerlich nach.

»Euch würde eine nie endende Hassliebe verbinden.«

Zach schnaubte, versteckte sein Grinsen aber hinter seiner Faust.

Ivy schenkte ihm einen wütenden Blick, dann fokussierte sie sich wieder auf mich.

»Das spielt doch jetzt alles keine Rolle.« Dabei machte sie eine wegwerfende Bewegung. »Wir würden lieber gern wissen, warum du auf einmal hier stehst und behauptest, Siennas Ehemann zu sein, obwohl wir dich noch nie gesehen haben.«

»Das stimmt nicht so ganz. Irgendwoher kenn ich ihn«, überlegte der zweite Kerl, den ich gerade schon gesehen hatte. »Ich bin Will«, stellte er sich vor.

Okay!

»Phoebs versucht gerade mit Sienna zu sprechen«, erklärte dieser Ivy und Zach.

Ivy schnaubte, Zach musterte mich weiter neugierig.

Sie würde niemanden an sich ranlassen. Wenn Sienna selbst ihren besten Freunden nicht von mir erzählt hatte, würde sie das auch jetzt nicht machen.

Das enttäuschte mich mehr, als ich zugeben wollte. Sie hatte mich scheinbar komplett aus ihrem Leben gestrichen.

»Wundert dich das wirklich, Babe?«, fragte Zach seine Freundin, die verwirrt die Stirn runzelte und ihn ansah. »Na, offensichtlich hat Sienna nicht erzählt, dass sie verheiratet ist.«

Ivy öffnete den Mund, um etwas darauf zu erwidern, aber dann schüttelte sie den Kopf, als wüsste sie es besser.

»Stimmt. Es ist Sienna.«

Ich lächelte, weil Ivy sie doch gut einschätzen konnte.

Zach bemerkte es.

»Okay«, klatschte er in die Hände. »Am besten du kommst mit uns rüber. Wir wohnen direkt gegenüber.«

Zach zeigte auf das große Haus hinter mir, bevor ich nickte.

»Ich weiß.«

»Natürlich«, schnaubte Ivy, ohne mich aus den Augen zu lassen.

»Will, du bleibst hier. Falls du es vergessen hast,

du musst deinen zukünftigen Schwiegervater davon überzeugen, dass du kein Idiot bist, der nur seine einzige Tochter flachlegen wollte«, erklärte Zach seinem Freund, dem erst jetzt wieder einzufallen schien, dass er noch etwas zu erledigen hatte.

Will kniff sich in die Nasenwurzel.

»Möchte jemand mit mir tauschen?«, fragte er.

»Da muss jeder mal durch, Will«, versuchte ich ihm zu erklären, aber da drängte mich Zach schon in die andere Richtung. Ivy folgte uns.

»Nein, Babe. Du bleibst hier bei Sienna.«

»Was?«, kreischte sie herum.

O-okay. Ivy war anscheinend auch etwas ganz Besonderes.

»Du hast mich schon verstanden. Geh zu Sienna und halte bei Phoebs und Will die Stellung. Er ist leicht grün um die Nase.«

Ivy sah zu Will zurück, der gerade tief Luft holte, um sich seinem zukünftigen Schwiegervater zu widmen.

»Meinst du?«, hakte Ivy nach.

»Aber sicher. Komm einfach später rüber.« Er küsste sie kurz, lächelte sie wie ein verliebter Trottel an und wartete auf Ivys Reaktion. Ihr Blick schoss zu mir. Ihr feindseliger Ausdruck sollte mir wirklich Angst machen, allerdings hatte ich gerade andere Probleme.

»Du stehst unter Beobachtung!«, warnte sie mich und marschierte dann zum Haus zurück.

Zach schüttelte schmunzelnd den Kopf, während ich ihn fragend ansah.

»Was? Ich würde dir gern sagen, dass du sie nicht ernst nehmen solltest, aber … Ivy ist konsequent. Glaub mir«, seufzte er, als hätte er mehr Erfahrungen als ihm lieb war mit dieser Konsequenz gemacht.

Er führte mich zu seinem Haus.

»Nettes Haus.«

»Ja, wir haben es selbst renoviert. War eine Heidenarbeit.«

Im Haus sah es aus wie eine typische Männerbude. Und genauso roch es auch – ziemlich streng. Wäre ich aufs College gegangen, wäre die Bude wohl genau das, was ich hätte haben wollen.

Ein paar Jungs liefen an uns vorbei, ohne uns wirklich wahrzunehmen.

»Setz dich.«

Das Wohnzimmer war groß. Neben der Bar, die provisorisch zusammengewürfelt wurde, standen hier nur weitere Stühle und Sofas.

Zach stellte sich zum Kamin und musterte mich, nachdem ich mich auf das Sofa setzte.

»Okay«, sagte er dann und ich wartete darauf, dass er noch etwas sagen würde. Aber auch nach einer Minute kam nichts.

»Okay?«, hakte ich bei ihm nach.

»Ich versuche gerade die richtigen Worte zu finden, um zu verstehen, was hier abgeht. Weil ich das wissen muss; sonst würde sich Ivy darum kümmern und wenn sie sich darum kümmert, bedeutet das, ihr Kopf hat für nichts anderes mehr Platz und Zeit. Da wir noch nicht lange zusammen sind, wird mich das auch …« Er tippte sich auf den Kopf. »Du verstehst?«

Irgendwie schon und dann wiederum nicht.

»Mach dir keine Sorgen, Zach, ich …«

»Keine Sorgen?«, fuhr er mir dazwischen und setzte sich dann auf einen der Stühle, schob sich damit direkt zu mir und sah mich fast ungläubig an. »Wie naiv bist du eigentlich? Also …« Er seufzte und holte tief Luft, um mich dann wieder eindringlich anzusehen. »Ist dir eigentlich klar, wie eng die Mädels miteinander befreundet sind? Dumme Frage – natürlich nicht!«

Ich wollte etwas sagen, aber ich kam nicht dazu.

»Sienna mag den Mädels nichts von dir erzählt haben, das wird sich aber ändern. Glaub mir, Ivy wird sich nichts gefallen lassen und Phoebs … nun, Will sitzt gerade einem Major gegenüber, weil er so verknallt ist, dass selbst er vergessen hat, welcher Gefahr er sich gerade aussetzt. Der Einfluss der Mädels ist also größer als man zu anfangs denkt. Diese Kombination ist hochexplosiv.«

»Das mag schon sein, aber …«

»Du heißt doch Cole, oder?«, hakte er nach.

»Ja, ich bin …«

»Pass auf, lass die Mädels da drüben einfach mal in Ruhe und wir gehen wieder rüber, wenn die Lage sich beruhigt hat. Ich meine, welches Problem kann schon so schwerwiegend sein, dass man es nicht lösen kann?«

»Es ist nicht so einfach. Sienna … sie hasst mich.«

Ich hätte ihm jetzt die ganze Story von vorn bis

hinten erzählen können. Aber wozu? Er würde sie nicht dazu bringen, ihre Meinung doch noch zu ändern.

»Und?«, fragte Zach, ohne großartig überrascht zu sein.

»Ich glaube, wenn man verheiratet ist und die eigene Ehefrau nur Hass für einen übrig hat, dann …«

»Cole …«

Normalerweise machte ich mir nichts daraus, wenn mich ständig jemand unterbrach. Es kam ja auch selten vor. Aber irgendwie nervte es mich schon, dass dieser Collegejunge immer alles besser zu wissen schien.

»So sehr deine Frau dich auch hasst, sie scheint dir die Sache zwischen Ivy und mir erklärt zu haben. Wir konnten uns auch nicht ausstehen und das über mehrere Semester. Und die Geschichte mit Will und Phoebs? Frag lieber nicht.«

Okay, das ergab Sinn.

»Na siehst du! Was soll es da denn noch an Schwierigkeiten geben?«, lachte Zach, als gäbe es gar kein Problem.

»Ach du Scheiße!«, rief ein Kerl aus, der gerade ins Wohnzimmer gekommen war.

Er trug einen Laptop und hatte einen Lutscher im Mund. Der Typ war stämmig und sah aus, als bekäme er zu wenig Sonne ab.

Dazu kam, dass er anscheinend wusste, wer ich war. Diese Reaktion kannte ich zu gut.

»Du bist … Du bist …«

»Was ist los, Rusty?«

»Du bist … Er ist …«

Seufzend lehnte ich mich zurück und wartete darauf, dass er die Sprache zurückerlangte.

Zach stand auf und fuchtelte vor Rustys Gesicht herum. Dieser blinzelte nicht mal, während er mich weiter anstarrte.

Dann besann er sich wieder, zuckte leicht zusammen und blinzelte mehrmals.

»Boss, was macht Cole Turner hier?«

»Cole Turner?«, fragte Zach verwirrt und sah mich dann an.

Mir war bewusst, dass ich schon länger keine kurzen Haare mehr getragen hatte. Allerdings erkannte man mich meistens, wenn ich ohne Brille und Cap herumlief. Es überraschte mich ehrlich gesagt, dass es erst jetzt so weit war.

»Der beste Musiker dieses Jahrzehntes«, murmelte Rusty.

Zumindest wenn man das *Rolling Stone*-Magazine fragte.

Zach musterte mich, dann fuhr er sich durch die Haare.

»Deswegen kamst du mir so bekannt vor. Fuck!« Dann griff er sich die Schulter von Rusty, drehte ihn rum, um ihn anzusehen. »Schick die Jungs raus. Sie sollen … keine Ahnung … woanders feiern. Heute will ich sie nicht mehr sehen. Hey, Rusty? Verstehst du, was ich sage? Und kein Wort zu den Jungs. Cole ist einfach ein entfernter Cousin von mir, klar?!«

Rusty nickte, ließ mich aber nicht aus den Augen, bis er dann endlich das Wohnzimmer verließ und alle brüllend aus dem Haus warf.

»Damit ich das richtig verstehe«, begann Zach und sah mich abwartend an. »Du bist echt Cole Turner? Der Sänger?«

Ich nickte.

»Cole Turner. Superstar«, lächelte ich sarkastisch, damit er begriff, dass mir mein Name eigentlich scheißegal war und mein Status sowieso.

»Der wie viel letztes Jahr verdient hat? 30 Millionen?«

Eigentlich waren es 46, aber warum sollte ich es noch komplizierter machen? Es war ein Wunder, dass Zach reagierte, wie er reagierte. Die meisten waren genauso geflasht wie Rusty, bevor sie mich anfassten, über meine Songs redeten oder gleich mit mir ins Bett wollten. Also bei letzterem Punkt meinte ich die Frauen. Meistens. Es gab genug Angebote von Männern, aber die interessierten mich nicht. Es gab nur die Eine, die ich wollte, aber nicht bekam.

»Scheiße, das wird ja schwieriger als gedacht!«

»Was meinst du?«, fragte ich bei ihm nach.

»Nun …« Er zählte mit den Fingern auf. »Du bist ein Weltstar. Jeder Musiker lobt dich wie verrückt, weil du der Beste unter ihnen bist. Du hast letztes Jahr 30 Mille verdient und siehst, nun … siehst *so* aus und trotzdem will Sienna dich nicht zurück?«

»Danke, für diese sehr aufschlussreiche Erklärung, Zach. Aber das weiß ich alles selbst!«

Zach musterte mich nachdenklich.

»Was hast du angestellt?«

Seufzend lehnte ich mich vor und stützte meine Ellbogen auf den Knien ab.

»Zu viel.«

»Du verstehst es, einen neugierig zu machen.«

Ich versuchte mich an einem Lächeln, was mir nicht gelang. Es gelang mir seit Monaten nicht mehr, weil es nichts gab, worauf ich mich freuen konnte.

»Du willst es wirklich wissen?«

Zach nickte ernst.

»Versprich mir, dass du weder Will noch Phoebs …« Er nickte stoisch, erstarrte aber dann aufgrund meiner nächsten Aussage. »… noch Ivy etwas sagen wirst. Ich weiß, dass sie deine Freundin ist, aber glaub mir, wenn ich es ihr erzähle, wird Sienna es erfahren und die wird mir kein Wort glauben.«

»Moment mal. Wieso sollte sie nichts davon glauben? Ist es wieder mal so, dass sie nur die halbe Wahrheit kennt?«

Was sollte ich darauf antworten?

Es war nicht mal die halbe, auch wenn Sienna der Meinung war, es wäre die ganze verdammte Wahrheit!

Ich kannte Zach nicht – auch wenn Sienna mir von ihm und dieser merkwürdigen Hassliebe zwischen Ivy und ihm, die sich aber anscheinend in etwas Echtes entwickelt hatte, erzählt hatte. Theoretisch könnte er einer dieser flachwichsenden Paps sein, die eine gute Story erzählen wollten. Und trotzdem hatte ich die

Schnauze voll, so zu tun, als würde die Geschichte zwischen Sienna und mir niemanden etwas angehen. Denn jetzt war ich hier, weil ich alles wiedergutmachen wollte. Ich wollte die Sache richtigstellen. Dazu benötigte ich Hilfe und wessen Hilfe wäre die Beste? Richtig. Die ihrer Freunde!

Und dann erzählte ich Zach alles.

Kapitel 3

CARTOONS SIND DIE BESTE THERAPIE

SIENNA

»Sienna? Darf ich reinkommen?«, rief Phoebs.

»Tür ist offen«, antwortete ich ihr mit ruhiger Stimme.

Ich hörte, wie die Tür aufging und Phoebs hereinkam.

»Sie war die ganze Zeit offen?«, fragte sie überrascht.

»Jupp«, log ich, ohne vom Laptop aufzusehen, den ich mir aufs Bett geholt hatte. Ich lag mit einem Kissen im Schoß auf dem Bett und sah fern.

»Die ganze Zeit?«, hakte sie neugierig nach.

Ich seufzte. »Keine Ahnung. Vielleicht hatte ich abgeschlossen, als ich mich umgezogen habe – was weiß ich.« Oder besser gesagt, als ich Rotz und Wasser geheult hatte.

Hoffentlich bemerkte sie nicht, dass ich noch immer dieselben Klamotten anhatte. Ich trug noch immer das schwarze Kleid, das ich angezogen hatte, weil ich meiner Lieblingsserie hinterhertrauerte, deren Serienende bekanntgegeben worden war. Irgendwie kam ich mir jetzt lächerlich vor, denn Cole hatte dafür gesorgt, dass ich es total vergessen hatte.

»Ah, okay«, log auch sie, weil sie sehr wohl mein Kleid bemerkte, und setzte sich auf die andere Seite.

»Du schaust Bugs Bunny?«, fragte sie überrascht nach.

»Die Looney-Tunes, Phoebs«, seufzte ich. »Der Unterschied ist doch klar zu sehen.«

»Sicher. Natürlich.«

Gerade tauchte Duffy Duck auf und lispelte herum.

»Geh nach unten, Phoebs. Dein Dad ist da.«

»Mein Dad vertilgt gerade die Lasagne. Er wird erst wieder aufsehen, wenn er satt ist.«

»Dann iss auch.«

»Hab keinen Hunger«, behauptete sie.

»Und was ist mit Will?«

»Der wird allein zurechtkommen. Immerhin hast du meinem Dad doch schön erzählt, was wir gestern Abend gemacht haben, also wird ihnen der Gesprächsstoff wohl kaum ausgehen.« Phoebs klang nicht mal sauer. So war sie. Sie verlor nicht oft die Nerven, wobei das jetzt bei Will doch ab und zu vorgekommen war.

»Dünne Wände«, war meine einzige Erklärung.

»Warum habe ich das Gefühl, dass du mich loswerden willst?«

»Warum habe ich das Gefühl, dass du mir irgendetwas einreden willst, obwohl nichts existiert?«

»Die Frage ist ja wohl, ob du dir nur einredest, dass nichts existiert?«

Jetzt hob ich den Blick und sah sie an.

Phoebs wirkte selbstsicher. Selbst als sie im letzten Sommer viel abgenommen hatte, wirkte sie nicht so. War Will dafür verantwortlich? Die Liebe zu ihm?

»Das ist doch Blödsinn, Sienna. Wir reden um den heißen Brei herum«, stellte Phoebs klar.

»Ach echt?«, fragte ich tonlos und sah wieder zum Laptop.

Bugs schlug Duffy gerade mit einem übergroßen Hammer in den Boden. Ob es den Hammer auch online gab?

Plötzlich klappte Phoebs den Laptop lautstark zu und funkelte mich herausfordernd an.

»Du bist verheiratet!«

»Auf dem Papier, Phoebs. Nur auf dem Papier!«, stellte ich klar und entriss ihr den Laptop.

»Und wann hast du gedacht, es uns zu sagen?«

»Keine Ahnung. Bei meiner Steuererklärung?«

»Das ist kein Witz, Sienna. Du bist verheiratet!«

Ich kletterte vom Bett.

»So langsam hörst du dich an wie ein Papagei.«

Auf einmal wurde die Tür aufgerissen und ich wusste auch so schon, wer es war.

Ivy schmiss die Tür hinter sich zu und funkelte mich wütend an.

»Du bist verheiratet!«

»Ich nehme es zurück. Sie ...«, ich zeigte auf Ivy, »... hört sich an wie ein Papagei.«

»Also hast du noch nichts herausbekommen?«, fragte Ivy Phoebs, die nur den Kopf schüttelte.

»Was wird das hier? Guter«, ich zeigte auf Phoebs, »und böser Cop«, dabei sah ich zu Ivy, »gegen attraktiv und intelligent?« Dann legte ich den Laptop auf meinen Schreibtisch.

»Intelligent? Sienna, du bist verheiratet!«

»Großer Gott, muss man irgendwo einen Knopf drücken, damit dieser Satz endlich aufhört zu spielen?«, jammerte ich.

»Das ist kein Spiel. Da draußen stand gerade dein Ehemann und statt ihn auszulachen, weil er völligen Stuss redet, lässt du ihn vor der Tür stehen. Wann zum Teufel wolltest du uns sagen, dass du verheiratet bist?«

»Bei ihrer Steuererklärung«, witzelte Phoebs.

»Ist das ein Spaß für dich? Denn dieser Cole sah nicht besonders erheitert aus, als Zach ihn mit nach drüben genommen hat.«

Zach hatte was getan?

O, ich wusste, dass Zach ein Vollidiot war! Er war gut zu Ivy, aber trotzdem ein Vollidiot!

»Was, gefällt dir der Gedanke etwa nicht, dass er noch immer hier ist?«, fragte Ivy sarkastisch nach.

Ich verdrehte die Augen und hoffte, dass ich dieses Mal nicht meine wahren Gefühle offenbarte.

»Mir ist völlig egal, wo er ist. Genauso die letzten Monate, damit das klar ist!«, sagte ich ruhig und so gelassen wie irgend möglich.

»Monate? Wie lange seid ihr denn bitte schon verheiratet?«

Ich hasste dieses Wort und würde Ivy es nur noch

einmal aussprechen, würde ich mich vergessen und ihr eine knallen!

»Tut das irgendetwas zur Sache? Für mich ist die Geschichte eben das: Geschichte!«

»Aber ihr seid …« Phoebs wollte das Wort erneut aussprechen, aber mein böser Blick ließ sie sofort verstummen. Zumindest verstand sie es endlich!

»Du kannst doch nicht ernsthaft wollen, dass wir so tun, als wäre nichts passiert. Das kannst du nicht wollen!«, stellte Ivy klar.

»Warum? Weil ihr beide jetzt vergeben seid und Phoebs sogar daran denkt, Will zu heiraten? Gut, dann tut es. Ich wünsche euch viel Glück.«

»Und du?«, hakte Phoebs nach, die sich jetzt zu Ivy stellte und mich ebenfalls abwartend ansah.

»Und ich was? Ich bin so zufrieden, wie es ist.«

»Aber …«, begann Phoebs.

»Nichts aber! Mir ist scheißegal, wer da vor der Tür stand und warum. Akzeptiert das!«

Ich verschränkte die Arme vor der Brust.

»Dein letztes Wort?« Ivys Frage klang bedrohlich, als würde es eine nette Herausforderung für sie sein, etwas anderes anzunehmen.

Ich seufzte. »Sonst noch etwas? Ich habe heute noch eine Menge zu tun!«

Wir drei wussten, dass das gequirlte Scheiße war, aber sie korrigierten mich nicht. Ivy zog Phoebs aus dem Zimmer und sie ließen mich endlich allein.

Auf einmal war da wieder diese Ruhe, die ich vor

ein paar Minuten noch gesucht hatte. Jetzt störte sie mich, weil sie mich zu Gedanken zwang, die ich nicht denken wollte.

Ich glitt zum Fenster und warf einen vorsichtigen Blick auf das Haus auf der anderen Straßenseite.

Es war niemand zu sehen, aber ich wusste, dass Cole sich jetzt genau dort befand. Ich biss mir auf die Zunge, weil ich den Schmerz gerade brauchte. Ich durfte nie vergessen, was er getan hatte. Was er mir angetan hatte. Und doch konnte ich seinen Anblick auf meiner Veranda nicht vergessen. Seufzend schloss ich die Augen und trat instinktiv einen Schritt nach hinten.

Was soll ich machen?

***

Mehrmals holte ich tief Luft und versuchte schon beim Gehen mein Selbstbewusstsein und meinen unerschütterlichen Glauben an die Ironie des Schicksals wachzurütteln, damit ich meine Fassung wahren konnte.

»Einen wunderschönen guten Morgen«, trällerte ich unter dem Schutz meiner Sonnenbrille.

Ivy und Phoebs saßen selbstverständlich schon am Tisch. Aber niemand sonst.

Natürlich. Mich morgens um halb sieben abfangen, würde mich dazu bringen über Cole zu quatschen. Bestimmt nicht!

»Guten Morgen«, begrüßte Phoebs mich freundlich.

Sie war einfach viel zu gut für die Welt.

Phoebs trug wieder eines ihrer hübschen Blumenkleider. Selbst ihre Outfits unterstrichen ihren freundlichen und hilfsbereiten Charakter. Ich hingegen trug heute eine schwarze Jeans und ein schwarzes Shirt mit der Aufschrift: *Sprich mich an und du wirst es nie wieder können!*

Auch wenn ich äußerlich die toughe Sienna zeigte, musste dieses Shirt einfach sein.

»Nettes Shirt«, begrüßte Ivy mich spitz.

Ich grinste sie an. »Danke.«

Ivy grinste zurück, wirkte aber nur noch aufgebrachter. Vor allem als sie ein Croissant mit Marmelade bestrich und dieses in zwei Teile teilte, war klar, wie es wirklich in ihr aussah.

Ivy war ziemlich leicht zu lesen. Das hatte ich immer sehr an ihr gemocht. Eigentlich wollte sie ständig das Gegenteil erreichen. Niemand sollte wissen, wie es in ihr aussah.

»Wie hast du geschlafen?«, fragte Phoebs und wartete neugierig auf meine Antwort.

Die Wände waren dünn, deswegen hatte ich mich zusammengerissen.

»Gut. Vor allem, weil niemand von euch die Wände zum Beben gebracht hat. Wo waren eure Männer?«

»Wieso? Neugierig, ob sie bei Cole gewesen sind?« Offensichtlich trat Phoebs Ivy unter dem Tisch, denn dieser wackelte wie verrückt.

»Hey! Ich darf doch mal fragen, ob …«

»Und ich habe dir gesagt, dass wir sie zu nichts drängen«, erklärte Phoebs.

»Das hat ja bei dir schon so toll funktioniert, oder?«, konterte derweil Ivy.

»Was soll das jetzt schon wieder heißen?«

»Das, was ich damit meine! Ohne einen Schubs in die richtige Richtung hättest du dich niemals auf Will eingelassen!«

»Wie bitte? Dafür gab es ja wohl genug Gründe, oder?«

»O bitte.«

Das würde jetzt den ganzen Morgen so gehen.

Ich stand auf.

»Wo willst du hin?«, fragte Ivy sofort.

»Nun, offensichtlich habt ihr kein Erfolg damit, mich auszuhorchen. Deswegen, und weil ich mein Frühstück in aller Seelenruhe genießen möchte, gehe ich ins Café und genieße dort den neuen Tag.«

»Aber du kannst doch nicht einfach gehen!«, protestierte sie.

»Und genau da liegst du falsch, Ivy. Ich gehe, wohin ich möchte.«

»Oh, so kommst du mir nicht davon! Ich will Antworten, Sienna!«

»Und ich will meine Ruhe.«

»Mädels«, seufzte Phoebs.

»Das nennt man Patt-Situation«, stellte Ivy lächelnd fest und verschränkte die Arme vor der Brust.

»Es wäre eine, wenn es mich interessieren würde, wie es dir damit geht. Aber da ich nun mal die bin, die ich bin ... wünsche ich dir einen schönen Morgen. Wir sehen uns.«

Dann stellte ich den Stuhl wieder an den Tisch.

»Sienna! Das kannst du nicht … Phoebs, sag doch auch mal was!«

Aber Phoebs blickte mich nur an, als wüsste sie ganz genau, dass ich nicht zum Vergnügen diese Gespräche verpasste.

Aber sie hielt die Klappe, als ich aus dem Haus ging und erst einmal tief Luft holte. Durch die Sonnenbrille schützte ich mich vor dämlichen Blicken. Zumindest redete ich mir das ein. Es war dicht bewölkt und kälter als gestern. Ich nahm die Brille ab und blinzelte mehrmals, um wieder besser sehen zu können. Aber da meine Augen vom vielen Weinen geschwollen waren, setzte ich sie schnell wieder auf und machte mich auf den Weg ins Café. Vermutlich würde ich mich gleich besser fühlen, wenn ich endlich einen Kaffee getrunken hatte.

Nur leider fiel meine Stimmung noch weiter – wenn das überhaupt noch ging. Denn aus dem anderen Haus kamen drei Männer. Und einen davon erkannte ich sofort. Er war noch größer als Zach und Will und die Lederjacke, die er gestern schon getragen hatte, war Indiz genug, dass es Cole war.

»Verdammt«, fluchte ich und beschleunigte meine Schritte.

Ich bemerkte im Augenwinkel, wie Zach Cole in meine Richtung schob.

Wehe, du kommst her! Wehe, du kommst her! Wehe, du kommst her! Ich schwöre, ich bringe dich um, wenn du mich ansprichst. Ich bringe dich …

»Sienna!«

Und ich rannte los. So schnell, wie noch nie. Mrs. East – meine Sportlehrerin aus dem Internat – wäre bestimmt stolz auf mich.

Kapitel 4

WENN DU SIENNA ALS FEIND HAST, BRAUCHST DU KEINEN ANDEREN MEHR

COLE

Jemand klopfte mit einer gewissen Stärke auf meinen Schädel ein. Ein Hammer vielleicht? So wie ich Sienna kannte, würde ihr das sogar gefallen.

»Cole?«

»Hm?« Ich hatte mein Gesicht im Kissen vergraben.

Plötzlich erklang eine Melodie.

»Ich sollte nicht nachfragen, warum du *The Power of Love* auf deinem Handy gespeichert hast, oder? Oder sollte ich doch nachfragen? Immerhin ist das dein Klingelton, oder?«, fragte Zach, während ich mit der rechten Hand herumtastete, um mein Handy zu finden. Irgendwann gab das Handy auf und ich auch. Seufzend hob ich den Kopf und sah Zach, der mit einer Kaffeetasse in der Hand zu mir herunterblickte.

»Wie spät ist es?«, fragte ich.

»Gleich sechs.«

Sechs?

Ich stöhnte auf und vergrub mein Gesicht wieder ins Kissen.

Zach hatte mir das Zimmer gegeben, nachdem ich ihm alles erzählt hatte. Er hatte kein Wort dazu gesagt. Nun, womöglich lag es auch daran, dass mich die Story erneut echt beschissen müde gemacht hatte. Ich kannte die richtige Version – meine Version. Und doch brachte sie mir gar nichts.

»Komm, steh auf. Ich muss nachher zur Vorlesung und du solltest mit Sienna sprechen.«

Erneut klingelte mein Handy und *Jennifer Rush* sang wie eine Ertrinkende über die Kraft der Liebe.

»Vielleicht ist es sogar Sienna«, stellte Zach die Frage in den Raum. Skeptisch blickte ich ihn an.

»Sorry, natürlich ist sie es nicht.«

Zach kannte Sienna gut. Womöglich wusste er genau, dass das nie und nimmer sie war. Immerhin hätte sie dann ihren Stolz heruntergeschluckt und sich mir tatsächlich stellen wollen. Selbst ich musste bei dem Gedanken innerlich lachen. Das Klingeln hörte erneut auf.

Seufzend setzte ich mich auf. Ich hatte in Shirt und Jeans gepennt. Nicht mal Sachen hatte ich hier zum Wechseln, weil ich einfach blindlings hergekommen war. Ich hatte es einfach nicht mehr ausgehalten.

»Du musst es ihr erklären. Alles.«

»Das habe ich mir in den letzten Monaten selbst immer wieder gesagt«, erwiderte ich und fuhr mir durch die Haare. »Seit sie aus dem Hotel abgehauen ist, denke ich an nichts anderes.«

»Und was hat dich davon abgehalten?«

»Sag mal, hast du mich gestern Abend nicht verstanden, als ich dir alles erzählt habe?«

Zach verdrehte die Augen. Soweit ich das mitgekriegt hatte, war er der Captain des Rugbyteams. Zumindest noch bis zum Sommer. Er war selbstbewusst, gut gebaut und hatte Humor. Womöglich hätte auch ich Zach sein können, wenn ich einen anderen Weg eingeschlagen hätte.

Es war allerdings zu spät, darüber nachzudenken und vor allem brachte mich das nicht weiter. Ich war zu einem bestimmten Zweck hier.

»Schon«, sagte Zach dann. »Du hast mir alles erzählt und deswegen solltest du ihr jetzt auch alles erklären. Glaub mir, ich weiß am besten, wie es ist, Ungeklärtes einfach so im Raum stehen zu lassen.«

Ich schnalzte mit der Zunge.

»Ihr Collegejungs seid nervig.«

Zach grinste. »Wir Collegejungs wollen dir helfen.«

Es war wirklich nett, wie sie mich hier aufgenommen hatten. Zach hatte mir verboten zu erzählen, wer ich in Wirklichkeit war und Rusty, nun, ihm hatte er gedroht aus der Verbindung zu fliegen, sollte er ein Sterbenswörtchen verraten. Der Gutschein für irgendein Online-Spiel hatte ihn wohl auch überzeugt.

»Gib mir ein paar Minuten. Habt ihr eine Dusche?«

***

Aus den paar Minuten wurden schnell zwanzig. Ich stand unter der Dusche, bis das Wasser kalt wurde. Während mein Körper immer wieder unkontrolliert vor Kälte zitterte, spürte ich das erste Mal die körperlichen Schmerzen, die diese ganze Sache mir bescherte.

Am liebsten hätte ich jetzt zur Entspannung etwas Gras geraucht. Je länger diese Leere meinen Kopf und Körper erfüllte, umso schneller würde ich dann auf etwas Härteres umsteigen. Koks vermutlich, um anschließend abends ausgiebig zu feiern.

Ich drückte meine Stirn auf die Fliesen, um auf andere Gedanken zu kommen.

Nun war ich also hier. Bei ihr. Es lag nur eine Straße zwischen uns … und nun, gewisse Dinge, die noch nicht geklärt werden konnten.

Mimi hielt mich für verrückt, als ich ihr meinen Plan erzählt hatte. Aber war er das wirklich?

Ich hatte sie gestern wie lange gesehen? Zwanzig Sekunden? Und doch war es … wie nach Hause kommen. Ja, das war auf irgendeine Weise verrückt, weil Sienna nicht so viel Macht über mich haben sollte. Aber so war es nun mal. Sienna hatte *die* Macht über mich und es war besser, dass ein für alle Mal zuzugeben, als mit dem Wissen leben zu müssen, was wäre wenn …

Auf einmal klopfte jemand laut.

»Cole?«, rief Zach hinter der Tür.

»Was?«, antwortete ich.

»Wollte nur wissen, ob du bereits schockgefroren bist. Du bist da schon Stunden drin.«

»Ich komme gleich!«

»Ich hoffe nicht«, lachte Zach und ich schüttelte schmunzelnd den Kopf.

Ja, ich hätte hergepasst. Definitiv.

***

Zach wollte mir nach dem Duschen ein Frühstück andrehen, aber ich konnte gerade an nichts anderes denken, als dass ich tatsächlich gleich versuchen würde, meine Ehe zu retten. Die gerade mal gefühlt fünf Minuten angedauert hatte, bis mir meine Frau abgehauen war.

Die Küche der Verbindung war groß und zweckmäßig eingerichtet.

»Sicher, dass du nichts abhaben willst?«, fragte Zach, der dem »Frischling« gerade sagte, wie er seinen Bagel belegt haben wollte.

Mir war bewusst, wie so eine Collegeverbindung aufgebaut war, aber es zu sehen, war noch mal etwas völlig anderes.

»Lass mal«, winkte ich ab und setzte mich den beiden gegenüber. Nein, der Frischling stand, während Zach den Bagel nahm, sich hinsetzte und ihn kritisch beobachtete. Der Kleine wirkte wie 15, hatte ein Akne-Problem und war drei Köpfe kleiner als Zach.

»Zu wenig Butter.«

»Okay, Boss.«

»Nenn mich nicht Boss.«

»Okay, Boss.«

Zach schüttelte den Kopf und ich nahm diese Szene erst mal auf, um sie zu verarbeiten.

»Lass mich raten? Du bist hier der Boss?«, fragte ich ihn belustigt.

»Schön wärs. Aber ich bin nur der Präsident und werde geschätzt. Wobei … Ivy hat mich nie so wirklich geschätzt, deswegen …« Zach zuckte mit der Schulter, als wäre das nichts Neues.

»Kenne ich. Sienna war es auch egal, wer ich für den Rest der Welt bin.«

»Du bist Cole Turner«, schnaubte der Frischling leicht arrogant, als hätte einzig mein Name eine Daseinsberechtigung.

Zach sah ihn an.

»Wie bitte?«

»Nichts, Boss. Gar nichts.«

»Was in der Verbindung passiert, bleibt in der Verbindung, ist das klar?«

»Natürlich, Boss.«

Zack nickte und griff sich den Bagel, der nun anscheinend genau die richtige Menge an Butter besaß, denn er aß ihn mit Genuss.

Der Frischling räumte alle Utensilien zurück in den Kühlschrank und verschwand dann.

»Nette Hierarchie«, kommentierte ich.

»Vor vier Jahren bin ich hier auch zu Kreuze gekrochen. Und die neuen Frischlinge haben es noch gut. Seit Phoebs und Ivy alles mitbekommen, sind der Rest der Anfänger echte Weicheier.« Zach schien das allerdings nicht wütend zu machen. Es gefiel ihm, dass seine Ivy dabei war.

»Warum willst du mir helfen?«, platzte es aus mir heraus.

Zach zuckte mit der Schulter. »Keine Ahnung. Es ist ja jetzt auch nicht so, dass ich meine Jungs dazu verdonnere, auf irgendwelche Signale von der anderen Seite des Hauses zu warten, indem sie vor dem Fenster mit einem Fernglas stehen oder so. Du hast einen Schlafplatz gebraucht und …«

»BOSS!«

Ein weiterer, schmächtiger Typ kam keuchend in die Küche gelaufen. In der Hand hielt er ein Fernglas.

»Es gibt Bewegung im Haus. Objekt Sonnenbrille hat den Frühstückstisch verlassen.«

Stirnrunzelnd blickte ich zu Zach.

»Was soll ich jetzt dazu sagen?«

Seufzend schüttelte ich den Kopf, griff mir aus der Ecke Cap und Sonnenbrille und machte mich dann auf den Weg.

»Wo willst du hin?«, rief Zach mir nach.

»Na, wohin denn wohl? Dein 007-Praktikant hat doch gerade gesagt, was los ist!«

Fast das ganze Haus schien noch zu schlafen, sodass mir auch niemand in die Quere kam, als ich loswollte.

Zach folgte mir hinaus, und ich betrachtete genervt den dunklen Himmel.

Na wunderbar, schlechtes Wetter. Ob das ein Omen ist?

Auf der anderen Straßenseite lief Sienna gerade die Veranda runter. Eine große, dunkle Sonnenbrille auf den Augen und völlig in Schwarz gekleidet.

Wie gestern.

Definitiv ein Omen.

»Na komm …«

Zach schubste mich leicht in ihre Richtung, während mein Herz begann, wie verrückt zu trommeln.

»Und wohin willst du?«

»Zu Ivy. Sie war gestern schon sauer, dass ich nicht noch rüber bin und keine Angst, ich erzähle ihr nichts von deiner Geschichte. Das ist eine Sache zwischen Sienna und dir.«

Sag das mal deinem 007-Praktikanten!

Ich wandte mich Sienna zu.

»SIENNA!«, rief ich ihr zu und sah dabei zu, wie sie auf einmal davonrannte.

Was zum …?

»Das ist neu«, lachte Zach kurz auf und lief über die Straße.

Ich machte kurzen Prozess und rannte ihr hinter her.

Wie eine verdammte Olympiasprinterin rannte sie erst zwei Blocks entlang, um dann auf dem Campusgelände über die große Wiese zu rennen und in einem Café zu verschwinden.

Es waren noch nicht viele Studenten unterwegs, aber diejenigen, die uns beobachteten, hielten uns wahrscheinlich für Verrückte oder eben zukünftige Olympiasieger.

Bevor ich die Ladentür aufriss, atmete ich erst ein paarmal aus. Die Blöße, mich auf den Hintern zu setzen und erst mal nach Sauerstoff zu schnappen, wollte ich mir nicht geben.

Als ich die wenigen Kunden sah, drückte ich mir die Cap instinktiv noch tiefer ins Gesicht. Es musste mich nur ein einziger erkennen und ich wäre nicht mehr inkognito hier.

Sienna stand am Tresen und bedankte sich gerade für den Kaffee, den sie in der Hand hielt. Dann drehte sie sich um und erstarrte bei meinem Anblick sofort.

Bevor ich etwas sagen konnte, wandte sie sich wieder um und man konnte ihr ansehen, wie sich die Rädchen in ihrem Kopf drehten.

Rechts lang? Ne, da ist nur die Toilette.

Links? Da gibts auch keinen Ausgang.

Oder doch quer über die Theke, den Barista zur Strecke bringen und den Hinterausgang nehmen?

Sie entschied sich dazu, nicht kriminell zu werden, ging nach links und setzte sich demonstrativ an einen der leeren Tische.

Sienna schlug ein Bein über das andere, reckte das Kinn hoch und sah hinaus.

Über diese Geste musste ich einfach schmunzeln.

Es war so typisch Sienna …

Dieses Mal zögerte ich nicht. Ich setzte mich ihr direkt gegenüber. Der Tisch und die Stühle waren klein und kuschelig. So nah waren wir uns seit fast einem Jahr nicht mehr gekommen.

Aus! Keine Gedanken mehr zulassen, die etwas anderes als einen rationalen Verstand hervorrufen.

Sienna schlürfte absichtlich oder unabsichtlich ziemlich laut ihren Kaffee.

Ich nahm meine Sonnenbrille ab und wartete darauf, dass sie irgendetwas sagte. Aber da kam nichts. Sienna starrte weiter stur aus dem Fenster. Seufzend blickte ich ebenso hinaus.

Und doch brach sie das Schweigen.

»Was willst du?«

»Was denkst du, was ich will?«, stellte ich mit pochendem Herzschlag die Gegenfrage und sah sie von der Seite an.

Sienna war wunderschön. Es war nicht nur, dass sie eine hübsche Frau war. Das stimmte nur zum Teil. Ich meinte diese unnahbare Schönheit. Wegen ihrer gespielten Lockerheit würde man denken, dass sie genau wusste, wie sie wirkte. Vermutlich wusste sie auch, dass sie jeder auf den ersten Blick schön fand. Aber es war der zweite Blick, der sie unwiderstehlich machte.

Wenn man genau hinsah, bemerkte man, dass sie witzig war, weil sie dachte, es sein zu müssen. Wenn man noch genauer hinsah, war sie glücklich, weil sie dachte, glücklich sein zu müssen. Komplizierte Erklärung, aber wir redeten hier auch von Sienna.

Sienna war eine lebende Fassade, bis man genauer hinsah.

Auch jetzt war alles, was ich sah, keine selbstbewusste, fröhliche Frau.

Mein Blick fiel auf den Spruch auf ihrem Shirt:

Sprich mich an und du wirst es nie wieder können!

Erneut schmunzelte ich. Anscheinend konnte sie die Fassade bei der Wahl ihrer Kleidung heute nicht aufrechterhalten.

»Als wenn ich wüsste, was du willst«, hörte ich sie verächtlich antworten.

Ich biss mir auf die Lippe, um nicht sofort die Geduld zu verlieren.

»Ich dachte, das wäre klar, als ich deinem Vater sagte, dass ich keine Annullierung möchte.«

»Du fängst wirklich mit meinem Dad an, Cole? Ernsthaft?«, fuhr sie mich sofort an.

Ich hätte auf ihre veränderte Stimmung sofort reagieren sollen, aber es klang so seltsam, als sie meinen Namen aussprach, so … intim, dass ich fast den Faden verloren hätte.

Seufzend schüttelte ich den Kopf und blickte müde hinaus. Ich wusste, dass dieses Thema kommen würde, wenn ich endlich die Gelegenheit bekäme, mit ihr zu reden. Nur wusste ich nicht, dass es so schwierig werden würde, überhaupt damit anzufangen.

»Ich bin nicht hier, um mit dir zu streiten.«

»Dann hättest du gar nicht erst herkommen sollen«, konterte sie.

»Die Option gab es für mich nicht«, antwortete ich ehrlich.

Und noch nie in meinem Leben hatte ich etwas ehrlicher gemeint.

»Und das soll ich dir glauben? Weil du ja ach so ehrlich bist? Du erwartest wirklich, dass ich das glaube?«

Erneut blickte ich sie an, obwohl diese übergroße Brille ihr halbes Gesicht versteckte. Und doch konnte ich fühlen, dass auch sie mich ansah.

»Es hat sich vieles verändert, Sienna. Ich habe mich in den letzten Monaten …«

»O bitte«, unterbrach sie mich verächtlich. »Willst du mir jetzt echt mit der Tour kommen? Lass mich raten: Du hast dich in den letzten Monaten verändert? Oder du hast einen großen Fehler gemacht, als alles, was du zu mir gesagt hast, eine verdammte Lüge war? Ah, warte. Einen habe ich noch: Du hast erst gemerkt, was ich dir bedeute, als ich weg war!« Sie winkte ab. »Lass stecken, Cole.«

Ich biss die Zähne zusammen und mein Kiefer mahlte, weil Sienna schon immer wusste, wie man jemanden provozierte.

»Hör auf, mich zu provozieren«, sagte ich leise, aber bestimmt.

»Wieso? Weil du glaubst, du kannst mich dazu bringen, weiterhin dein dämliches Frauchen zu spielen?«

»Du versuchst auch alles, um dir einzureden, dass ich wegen irgendwelchen bösen Gründen hergekommen bin, oder? Das alles ein abgekartetes Spiel war, oder?«

Sienna setzte an, etwas fieses darauf zu erwidern, aber ich ließ sie nicht zu Wort kommen.

»Es gibt keinen rationalen Grund, glaub mir. Jeden Grund, den du zu glauben kennen willst, existiert nicht.

Es gibt nur einen, warum ich hier bin. Er ist irrational und womöglich zum Scheitern verurteilt.«

Sienna schnaubte. »Und ob der zum Scheitern verurteilt ist!«

»Du ahnst, warum ich hier bin!« Ich reagierte unbeherrschter, als ich es beabsichtigt hatte.

Aber diese Frau … Ihre Reaktion … Ihr Temperament …

Das alles machte mich verdammt wütend und verflucht noch mal so an, dass meine Hose am liebsten direkt platzen wollte, um sie …

»Ich ahne nichts!«, log sie.

»Du ahnst es und es macht dir eine Scheißangst. Willkommen im Club. Als du aus dem Hotelzimmer verschwunden bist, hatte ich genau diese Gefühle, Sienna, und ich …«

Mit einem plötzlichen Ruck stand sie auf.

»Das muss ich mir nicht weiter anhören!« Dann ging sie wenige Schritte.

»Du bist meine Frau, also wirst du dir anhören, was ich …«

»Deine Frau?«, lachte sie fast schon hysterisch auf, um sich dann umzudrehen und sich vor mir aufzubauen. »Merk dir eines, Cole: Du magst mich unter Alkohol zu etwas gezwungen haben, was ich nie und nimmer nüchtern getan hätte.« Was? »Aber das gibt dir nicht das Recht, dir irgendwelche Freiheiten herauszunehmen. Ich entscheide für mich und *ich* entscheide, dass ich mit dir fertig bin. Hast du das verstanden?«

Sie wartete tatsächlich darauf, dass ich jetzt vor Angst schlotterte.

Es war fast witzig, obwohl sie mich so wütend unter dieser übergroßen Sonnenbrille anstarrte, dass eigentlich gar nichts zu lachen war.

»Du wirst mir jetzt genau zuhören«, sprach ich mit einer Ruhe, die ich nicht einmal tief in meinem Inneren gefunden hätte. Denn in mir brodelte es und ich wusste ehrlich gesagt nicht, ob ich dieses Café nicht gleich in Einzelteile zerlegen würde oder nicht.

Ich stand auf und sie musste etwas zur Seite treten, blieb aber an Ort und Stelle stehen. Gerade war ich froh, weil ihr Stolz siegte, denn sie wollte unbedingt beweisen, dass sie stark genug war, sich mit mir auseinanderzusetzen. Nur würde ich ihr diesen Zahn ziehen.

Es war an der Zeit, dass Sienna endlich eines ganz schnell begriff: »Ich mag es in vielerlei Hinsicht verbockt haben …«

Sienna schnaubte und verschränkte trotzig die Arme vor der Brust.

»Aber … und das merkst du dir hoffentlich, weil ich diesen Scheiß nie wieder klarstellen werde«, ich bemerkte, wie Sienna die Stirn runzelte, weil sie nicht wusste, worauf ich hinauswollte, »ignoriere mich, beleidige mich von mir aus von morgens bis abends. Aber wehe, du erwähnst noch einmal, dass ich dich dazu *gezwungen* hätte, mich zu heiraten!«

Tatsächlich wollte sie noch etwas sagen, aber ich

würde gleich wirklich ausrasten und das Café auseinandernehmen, wenn ich das zulassen würde.

»Ich habe deinem werten Vater das Video zukommen lassen und trotzdem versuchst du es noch immer so hinzustellen, als hätte ich dich gezwungen?«

»Welches Video?«

Für den ersten Moment hätte ich am liebsten laut losgelacht, aber ich tat es nicht. Es würde die Situation nicht besser machen.

»Du …«

»Ach, weißt du was? Ich höre mir das hier schon viel zu lange an. Das bringt nichts. Lass es, Cole, und verschwinde wieder auf deine große Bühne zurück und …«

»Nein! Ich bin hergekommen, weil …« Eigentlich hielt ich mich die ganze Zeit zurück, um sie nicht zu berühren, aber meine Hand führte wohl ein Eigenleben, als sie nach ihrem Oberarm griff.

Sienna reagierte schnell und nahm noch mehr Abstand.

»Es interessiert mich nicht, warum du hergekommen bist.« Sie richtete sich gerade auf und hob wieder das Kinn. »Ich will dich nicht hier haben.«

»Und das, liebe Sienna«, ich grinste, »glaub ich dir nicht.«

Erst bemerkte man, wie meine Antwort ihr die Sprache nahm. Dann schluckte sie und wusste tatsächlich nicht, was sie darauf erwidern sollte.

Also wurde ich immer selbstsicherer und machte einen Schritt auf sie zu.

Automatisch ging sie einen Schritt zurück.

»Wenn du glaubst, dass du mich rumkriegst, nur weil du Cole Turner bist, dann kennst du mich wirklich schlecht.«

Stirnrunzelnd bemerkte ich, wie sie plötzlich lächelte, als würde sie irgendetwas planen.

»Oh mein Gott!«, rief sie aus und mein innerer Alarm schlug an.

Sie hatte doch nicht vor …

Nein, das würde sie nicht machen?

»Das wirst du nicht tun!«, sagte ich.

Aber Siennas zufriedenes Lächeln war Antwort genug.

Sie würde.

»Ist das nicht Cole Turner, der Rockstar?«, rief sie so laut in dem Café, dass wirklich alle direkt zu mir sahen.

Der erste Kunde kam schon auf mich zu und musterte mich, da lief Sienna bereits zufrieden zur Tür. Ich wollte ihr nachlaufen, aber da stand bereits der nächste Fan vor mir und fing an zu weinen.

»Mach's gut«, rief Sienna mir noch zu.

Kapitel 5

BESESSENHEIT KANN MANCHMAL VON VORTEIL SEIN

SIENNA

Der Hörsaal füllte sich langsam, während ich versuchte, meinen Bleistift nicht zu zerbrechen.

Dieser verdammte Cole Turner dachte wirklich, er müsste zweimal mit den Augen klimpern und ich würde wieder seine Ehefrau spielen.

Aber der war jetzt sowieso Geschichte. Immerhin wusste jetzt der gesamte Campus über ihn Bescheid. Er musste wieder gehen. Er musste einfach …

»Hey.« Phoebs setzte sich lächelnd neben mich.

»Heyyyyy«, zog ich das Wort in die Länge.

Plötzlich spürte ich jemanden auf der anderen Seite.

Ivy setzte sich und sagte kein Wort. Ich beobachtete, wie sie Block und Stift aus ihrer Tasche zog und nach vorne sah.

»Was?«, fragte sie unschuldig.

»Ihr wisst schon, dass ihr beide nicht in diesem Seminar seid, oder?«, fragte ich leicht genervt.

»Echt? Keine Ahnung. Habe meinen Stundenplan verlegt. Phoebs, weißt du was davon?«

Phoebs zuckte mit der Schulter und beschäftigte sich lieber mit ihrem Handy.

Natürlich. Phoebs versuchte jede Notlüge zu vermeiden.

»Das nächste Mal solltest du dir jemanden suchen, der mir dreist ins Gesicht lügen kann, Ivy. Denn Phoebs zerstört eure Mission, wie auch immer sie aussehen mag«, stellte ich sarkastisch fest.

»Oh, ich glaube, dass du deiner Mission bereits heute Morgen nachgekommen bist«, stellte Ivy fest.

»Keinen Schimmer, was du meinst«, erwiderte ich.

»Nein? Du hast also nicht so gegen sieben Uhr heute Morgen im Café direkt am Campus eine kleine Szene veranstaltet, damit Cole von Fans belagert wird und erst mal flüchten musste?«, hakte Ivy mit unschuldiger Miene nach.

»Wie gesagt, keine Ahnung, was du meinst«, blieb ich bei meiner Aussage.

»Großer Scheiß!«, fuhr Ivy mich an und sorgte dafür, dass uns ein paar Studenten genervt ansahen. Ihre Stimme wurde automatisch leiser. »Du bist nicht nur verheiratet, du hast Cole Turner geheiratet!«

»Erzähl mir etwas Neues.«

»Weißt du eigentlich, wie wir uns fühlen, Sienna? Du hast uns angelogen!«

»Ivy«, murmelte Phoebs.

»Cole Turner ist DER Superstar. Deswegen kam er uns allen so bekannt vor und …«

»Cole Turner ist wie jeder Typ: ein verfluchter

Lügner, der sich verpissen soll«, erklärte ich aufgebracht. Na super, genau das wollte ich nicht, dass sie sahen, wie sehr Cole mich berührte.

Ivy fokussierte mein Gesicht.

»Dann erklär es«, bat sie mich jetzt ruhiger.

Ich schüttelte den Kopf. »Es gibt nichts zu erklären.« Oder doch?

Warum hatte Cole als einzige Ausrede meinen Dad angesprochen? Das ergab doch keinen Sinn!

Doch, wahrscheinlich log er, um mich durcheinander zu bringen!

Dieser Mistkerl ist wirklich clever! Aber nicht mit mir!

»Du machst mich wirklich fertig, weißt du das?« Ivy rieb sich die Stirn, als hätte sie gerade einen Migräneanfall.

Ich hoffe, es tut so sehr weh, dass sie jetzt rausgeht, um sich eine Tablette zu holen.

»Du weißt, dass wir für dich da sind, oder?« Phoebs sah mich abwartend an.

Fehlte nur noch der Heiligenschein zu ihrem Blümchenkleid und dem netten Lächeln und sie könnte direkt in den Himmel fahren.

»Und ich sage euch, dass alles in bester Ordnung ist. Ihr glaubt doch nicht, dass Cole noch hier ist. Der ist meilenweit weg, um sich vor seinen ach so tollen Fans zu verstecken. Alles ist gut. Macht euch keine Sorgen.«

Phoebs kurzer Blick zu Ivy sollte mir Sorgen machen, oder nicht?

»Wenn du meinst«, antwortete Phoebs nach einer Weile.

Ich nickte ungeduldig und konzentrierte mich auf Professorin Levinston, die durch die Reihen lief und dann ihre Tasche auf dem Schreibtisch schmiss.

Die Frau war auch bekannt als Hai, der seine Beute sogar an Land töten konnte. In jeder Vorlesung brachte sie mindestens einen Studenten zum Weinen. Es gab sogar extra eine Therapeutin, die nur ihretwegen einen Job auf dem Campus bekommen hatte. Studenten, die ihre Hilfe in Anspruch nahmen, litten am »Levinston-Syndrom«. Sie war nicht nur echt hart, sie sah mit ihren einen Meter neunzig, den kurzen Haaren und den trainierten Oberarmen auch so aus. Nicht, dass ich etwas gegen eine kampfaffine Lady hatte, aber selbst mir machte diese Frau Angst.

Sie ist eine Göttin in der Gestalt einer Amazone!

»Bevor wir anfangen …« Ihre tiefe Stimme ertönte und erinnerte mich an alten Scotch und hundert Zigaretten am Tag. »Es tut mir leid, aber ich muss es Ihnen sagen, bevor ich platze: Ich habe heute mein Idol getroffen. Was sage ich da? Seine Lieder haben mir durch eine sehr schwierige Zeit geholfen und …« Ihre Stimme brach und ich musste nervös schlucken.

Sie wollte doch nicht das sagen, was ich gerade dachte, oder?

»Cole Turner! Ich habe ein Autogramm von Cole Turner!«, kicherte die große, so selbstbewusste Frau. Das war doch nicht richtig! Wo war die selbstbewusste, toughe Professorin hin?

Und was tat sie dann? Sie hob ihre Bluse – sie besaß

wohl nur zwei, weil wir sie nur in dieser roten oder einer blauen sahen – und kicherte noch einmal wie ein albernes Schulmädchen, weil auf ihrem Bauch fett und groß sein Autogramm prangte.

Das durfte doch nicht wahr sein!

Statt wie ich kurz vor einem Wutausbruch zu stehen, lachten einige oder andere schrien herum, wollten wissen, wo er gerade zu finden war, weil sie gerne ein Kind von ihm wollten. Nein, falsch, es war Patrick Gumberts, der danach fragte. Jetzt wurde es wirklich langsam unheimlich!

Bevor ich mir den Tumult weiter antat, stand ich auf, griff meine Tasche und kletterte zwischen den Leuten hindurch, um hier endlich herauszukommen.

Selbst die coole und beeindruckende Levinston war ein Fan von Cole. Das durfte echt nicht wahr sein!

»Sienna?«

Phoebs. Natürlich folgte sie mir. Und da, wo sie war, fehlte auch Ivy nicht.

Die sich mir direkt in den Weg stellte.

»Wo willst du hin?«

»Weg.«

Als ich an ihr vorbeigehen wollte, versperrte sie mir wieder den Weg.

Ich holte einmal tief Luft und blickte zur Decke, damit mich da oben irgendjemand erhörte oder mir verzieh, wenn ich Ivy die Augen auskratzte.

»Das ist keine Lösung«, stellte Phoebs fest.

Es war niemand auf den Fluren, was mich nicht

wunderte, da die meisten noch in dieser dämlichen Vorlesung saßen, die sich anscheinend zu einem echten Cole-Turner-Fanclub-Treffen entpuppte. Denn Phoebs und Ivy schienen auch auf seiner Seite zu stehen.

»Keine Lösung? Es war die einzig richtige und nur weil er hier jetzt alles durcheinanderbringt, muss ich nicht springen, wenn er das will.«

»Was meinst du?«

»Genau! Ihr wisst gar nicht, worum es geht«, stellte ich genervt fest.

»Na und? Wir wollen dir nur helfen, so wie du uns …«, mischte sich jetzt Phoebs ein.

»O bitte. Hört ihr euch mal selbst zu? Ja, gut, ich habe mich in eure süßen, unschuldigen Liebesgeschichten eingemischt.« Ivy zog verwirrt die Stirn kraus. »Na gut, bei dir und Zach war gar nichts süß. Ihr habt euch gehasst, bis klar war, dass das eigentlich nie Hass gewesen ist. Bei Phoebs und Will stand auch fest, dass dort etwas ist. Also … es war mir klar, nachdem Phoebs unzählige Male wegen diesem Idioten in ihr Kissen geheult hat.«

Phoebs wirkte geschockt.

»Der große Unterschied zwischen Cole und mir und euch ist, dass ihr eine echte, aufrichtige Liebe gehabt habt. Wir hatten ein betrunkenes Wochenende in Vegas und …«

»Vegas?!«, riefen beide gleichzeitig.

Mist, diese Information kennen sie ja auch noch nicht.

Ich kniff mir in die Nasenwurzel und zählte innerlich bis zehn.

»Dieses Thema ist Geschichte, okay. Ich werde dazu nichts mehr sagen.«

»Und du glaubst wirklich, wenn du ein Machtwort sprichst, hören wir auf Fragen zu stellen? Fragen, die uns sehr wohl etwas angehen!«

Schnaubend schüttelte ich den Kopf und wollte erneut an Ivy vorbei, aber dieses Mal stellte sich mir auch Phoebs in den Weg.

Super! Ausgerechnet heute findet sie ihr Selbstbewusstsein wieder …

»Sienna, du bist unsere Freundin. Unsere beste Freundin«, fing Phoebs an. Ivy bejahte es nicht, aber sie verneinte auch nicht. »Wir dachten eigentlich immer, dir geht es gut. Aber … das stimmt nicht.« Dabei musterte sie mich von oben bis unten. Als sie mir wieder in die Augen sah, lächelte sie milde.

»Du bist nicht glücklich und dir geht es auch nicht gut.«

Normalerweise hätte ich jetzt direkt gekontert oder einen dämlichen Witz über eine der beiden gerissen, damit sie mich in Ruhe ließen. Aber irgendetwas hielt mich zurück. War es das Gefühl, endlich mal nicht so zu tun, als ob? Als ob alles okay wäre. Als ob alles in Ordnung oder als ob alles Friede, Freude, Eierkuchen wäre?

Phoebs drückte meine Hand und lächelte mich erneut zaghaft an.

Genervt entriss ich ihr meine Hand und machte einen weiten Bogen um die beiden.

»Ihr seid wirklich wie zwei Zecken, die so nervig an einem herumsaugen, bis der Wirt das Blut freiwillig gibt, oder?«, sagte ich spöttisch.

Die beiden folgten mir.

»Jetzt warte doch, Sienna!«, rief Phoebs mir nach.

Aber ich hatte nicht vor, vor ihnen zu flüchten.

Auch wenn wir alle oftmals so taten – okay, ich war es, die immer so tat! –, als wären wir nicht so gut befreundet, hatten wir drei sogar unseren eigenen Platz auf dem Campus. Vor ein paar Jahren standen hier noch Tische und Bänke, aber die wurden nach einiger Zeit erneuert und woanders hingestellt. Seitdem saßen wir fast immer unter dieser großen Eiche, die etwas Schatten spendete.

Ich legte mich ins Gras, obwohl keine Sonne zu sehen war.

Ivy lehnte sich gegen den Baum und Phoebs setzte sich direkt neben mich.

»Ich werde es nur einmal erzählen. Wenn ihr nicht richtig aufpasst«, mein Blick schoss kurz zu Ivy, die sofort mit den Augen rollte, weil ich genau sie meinte, »ist es euer Pech. Einmal werden wir drüber reden, dann nie wieder. Klar?«

Phoebs nickte und Ivy auch. Letztere gab selbstverständlich nur widerwillig eine Antwort.

Da ich keine von beiden dabei ansehen wollte und auch nicht wirklich konnte, blickte ich in den Himmel.

»Ihr wisst, dass meine Eltern scheiße reich sind.«

Ich wartete nicht ab, bis sie etwas erwiderten. Sie wussten schon lange, wo ich herkam.

»Und ihr wisst, dass ich jeden Sommer nach Hause geflogen bin, weil … Im Nachhinein kann ich nicht mal sagen, warum ich immer wieder hingeflogen bin. Das Haus war jedes Mal leer, meine Eltern waren nie da. Entweder waren sie auf einer super wichtigen Geschäftsreise oder fanden irgendwelche andere dämliche Ausreden, um nicht die Ferien mit mir zu verbringen. Eines Tages bin ich durch den Garten geschlendert. Mir war fürchterlich langweilig und da traf ich dann Cole.«

Erneut sagten beide nichts. Also weiter im Text …

»Ich hatte keine Ahnung, wer er war, aber er war süß und ich habe während der Gespräche mit ihm nicht mehr an mein großes, leeres Zuhause gedacht. Er war mein Nachbar, mehr war es nicht. Zumindest dachte ich das und mit der Zeit … na ja, er war heiß, witzig und besaß irgendwie …«

»Das gewisse Etwas?«, ergänzte Ivy.

Mein Blick schoss zu ihr. Aber sie machte sich nicht lustig über mich. Deshalb nickte ich.

»Ja, genau. Irgendwann haben wir unsere Handynummern ausgetauscht, obwohl der Mistkerl mich nicht angerufen hat, nachdem ich ihm meine Nummer in den Briefkasten gesteckt hatte. Da gab es einige Missverständnisse«

»Wie kann man nur Sienna nicht anrufen«, spottete Ivy.

Ich ignorierte sie.

»So hielten wir auch im letzten Jahr ständig Kontakt.«

»Ah, das war die Phase«, stellte Phoebs plötzlich neben mir fest.

»Was für eine Phase?«

»Erinnerst du dich nicht mehr daran? Du hast in der Zeit ständig mit deinem Handy herumgespielt und wenn es nicht in deiner Hand lag, dann hast du draufgestarrt, als wäre es der Messias oder so etwas«, erklärte Ivy grinsend.

»Hab ich nicht!«

»Hast du doch«, mischte Phoebs mit.

Ich verdrehte die Augen.

»Erinnerst du dich noch an Simon?«

»Wer nicht«, schnaubte ich und am liebsten hätte Ivy mich mit ihrem Blick aufgespießt, da brauchte ich nicht mal zu ihr sehen.

»Du hast ihn damals als warzenüberzogenen Dreckhaufen betitelt, weil er es gewagt hat, dein Handy einzustecken. Dabei hatte er es nur vertauscht, weil ihr beide dasselbe Modell hattet.«

»Er hatte ja auch eine Warze.«

»Ja, unter dem Fuß«, stellte Ivy belustigt fest.

»Und? Warze ist Warze«, behauptete ich. »Ist doch auch egal, oder? Worüber reden wir jetzt eigentlich? Über Ivys Versager-Ex oder über mich?«

Phoebs schmunzelte, machte aber eine auffordernde Bewegung mit der Hand.

»Danke«, sagte ich und holte tief Luft, um jetzt zum eigentlichen Teil meiner Geschichte zu kommen. »Es war letzten Sommer. Irgendwie hatte sich die Dynamik verändert. Dachte ich zumindest. Cole rief mich nachts an, brabbelte komisches Zeug und ich …«

Habe da mehr hineininterpretiert.

»Er lud mich spontan nach Vegas ein, weil sich dieser Sommer wieder zu einem echten Familiendrama entwickelt hatte. Und ich war noch nie in Vegas und bin einundzwanzig Jahre alt gewesen, also, warum zum Teufel nicht?«

Gerade zog eine graue, dicke Wolke an uns vorbei, die mich an Simons Warze erinnerte.

Bäh, die war wirklich so groß.

»Und?«, hakte Phoebs nach.

»Was und?«

»Na, was ist da passiert? Du kannst schließlich nicht davon ausgehen, dass wir Hellsehen können«, stellte Ivy fest.

Ich zuckte mit der Schulter. »Chronisches Einmischen in Dinge, die euch einen feuchten Dreck angehen, könnt ihr doch auch. Also warum nicht auch noch Hellsehen?«, konterte ich.

Ivy wollte gerade ansetzen und etwas darauf erwidern, aber ich hatte keine Lust auf weiteren Streit.

»Was wollt ihr denn jetzt hören? Ich bin am Morgen danach aufgestanden und hatte keinen Schimmer, was passiert war.«

»Du verarschst uns doch«, lachte Ivy auf. Dann bemerkte sie, dass ich nicht mitlachte. »Das ist kein Scherz?«

»Du weißt, ich lache gerne mit. Aber bei der Erfahrung vergeht selbst mir das Lachen«, erwiderte ich.

»Soll das heißen, du hast ihn geheiratet und danach einen Blackout gehabt? Warst du so betrunken?«, fragte Phoebs ungläubig.

»Offensichtlich«, teilte ich ihr sarkastisch mit, auch wenn ich meine Verbitterung darüber nicht ganz vertuschen konnte.

»Wer weiß, vielleicht bist du ja gar nicht verheiratet?«

»Es steckte ein Ring an meinem Finger und ich habe später die Heiratsurkunde gesehen. Glaub mir, es ist rechtens«, erklärte ich müde.

»Und was ist mit einer Annullierung? Kann man doch beantragen, hat Britney Spears schließlich auch gemacht«, stellte Ivy klar, als wäre so etwas Gang und Gäbe.

»Rate mal, was mein Dad als Erstes gebrüllt hat, als er von der Heirat erfahren hat. Ich wollte diese Annullierung auch.«

»Und warum seid ihr dann noch verheiratet?«, fragte Phoebs neugierig.

Ja, das war die große Frage.

»Als ich aus Vegas zurück nach Hause gekommen bin und meinem Dad die Neuigkeiten auf dem Silbertablett serviert habe, hat er sofort die besten Anwälte engagiert, aber der Richter hatte kein Einsehen. Die Ehe durfte nicht annulliert werden.«

»Warum nicht?«, hakte Phoebs weiter nach.

Ja, warum nicht? Dad hatte es mir nie erklärt oder irgendwann mal erwähnt. Er tat einfach … nichts. Und ich war zu verletzt, um ihn noch einmal zu fragen.

»Ich habe deinem werten Vater das Video geschickt und trotzdem versuchst du es noch immer so hinzustellen, als hätte ich dich gezwungen?«

Coles Worte kamen mir wieder in den Sinn und ergaben nichts, womit ich etwas anfangen konnte.

»Okay, vergessen wir mal diese kleine Annullierungssache, aber … warum zum Teufel hasst du ihn? Liegt es an der besoffenen Vegas-Hochzeit?«, fragte Ivy.

Natürlich wollten sie die gesamte Geschichte wissen, immerhin saß ich hier mit Ivy und Phoebs. Vor allem Ivy war nicht nur neugierig, sie war wie besessen!

Sie ist mir ähnlicher, als ich zugeben möchte.

»Nein, daran lag es nicht – ganz und gar nicht.« Auf keinen Fall würde ich zugeben, dass die gefühlt Zwölf-Stunden-Ehe sich ganz anders als eine Zwangsehe angefühlt hatte.

?

Kapitel 6

WAS IN VEGAS PASSIERT, BLEIBT IN VEGAS

SIENNA, JUNI 2018

Ich lag womöglich länger auf diesem Bett und grinste meinen Diamantring an – der ab sofort als Ehering fungierte – als gedacht.

Ehering!

Ehefrau!

Ehe!

Großer Gott! Das war verrückt. Das war so … wunderbar ich!

Ja, mein Dad würde ausrasten. Mom … nun, die würde aus Solidarität zu Dad ebenfalls wütend sein, aber mir war das alles egal.

Irgendwann musste ich mich allem stellen, also stand ich auf und suchte im angrenzenden, riesigen Badezimmer nach einem Bademantel. Als ich das flauschige, gemütliche Teil fand, kuschelte ich mich hinein.

Mein Haar war vollkommen zerzaust. Meine Wangen waren gerötet und die Augen … sie strahlten so, wie die einer jungen Braut nach ihrer Hochzeitsnacht – an die ich mich absolut nicht mehr erinnern konnte – eben strahlen sollten.

Ich blickte zur großen Dusche. Ja, ich könnte duschen gehen und frühstücken auch. Aber was wäre, wenn wir heute unseren ersten Hochzeitsmorgen zusammen unter der Dusche verbringen würden? Taten Frischvermählte das nicht?

Normalerweise sollte ich auch so etwas wie Angst verspüren, oder? Aber alles was ich denken konnte war: Wenn einer zu mir passt, dann Cole!

Ich biss mir auf die Unterlippe und grinste mein Spiegelbild an, als mir eine wunderbare Idee kam.

Mein Ehemann, ich und diese wunderbare Dusche!

Also verließ ich das Bad und öffnete die Schlafzimmertür, um ihn zu suchen. So lange konnte dieses Gespräch mit Mimi ja nicht dauern. Immerhin würde ich sie jetzt auch kennenlernen müssen. Schließlich waren wir verheiratet!

Phoebs und Ivy würden mich umbringen, wenn sie es erfuhren.

Grinsend lief ich durch das große Wohnzimmer, das ich gestern schon bewundert hatte. Draußen ging gerade die Sonne auf und ich genoss kurz den wunderbaren Blick über Vegas. Diese Stadt schlief ebenfalls nie.

»Mimi, ich bitte dich«, hörte ich plötzlich Cole sagen. Sie waren wohl in der Küche und konnten mich dank des Bücherregals nicht sehen, das den Wohnraum von der Küche abtrennte.

»Nein, Cole. Wir hatten die Abmachung, dass du sie so weit bringen wirst. Und das hast du geschafft, sie ist deine Frau!«

Mir blieb die Spucke weg. Was hatte sie da gerade gesagt?

»Ist die Hochzeit rechtsgültig? Gibt es Papiere, die ich der Presse zuspielen kann?«

Wie bitte was?

»Ja, gibt es«, hörte ich ihn sagen und mein Puls schoss weiter und weiter in die Höhe.

»Perfekt! Ach komm schon, Cole. Es war die beste und einzige Möglichkeit, damit die Presse dich nicht weiter niedermacht und über deine Abstürze berichtet. Deine … Frau ist das perfekte Alibi. Ich meine, wer würde dich noch als Schürzenjäger oder Junkie beschimpfen, wenn du ein Vorzeigeehemann für die Kleine spielst? Deine Karriere ist gerettet!«

Meine Beine versagten, weswegen ich mich gegen das dicke Bücherregal lehnte.

Das passiert gerade nicht wirklich! Das kann nicht sein!

»Er hat was gemacht?«, fuhr Ivy mich an, als ich nicht mehr weitererzählt hatte. Um ehrlich zu sein, ich konnte gerade nicht mehr reden.

»Ivy …«

»Nicht Phoebs! Dieser Arsch von … was-auch-immer hat sie besoffen gemacht, um sie in Vegas zu heiraten, nur um seinen Ruf zu retten! Das ist doch …«

»Darf ich dich daran erinnern, dass ich damals auch ein Gespräch mitgehört habe und es völlig falsch verstanden habe. Deswegen haben Will und ich ja monatelang nicht miteinander gesprochen«, erklärte Phoebs, die Friedensstifterin.

Vor knapp einem Jahr hatte Phoebs angeblich mitangehört, wie Will schlecht über sie geredet hatte. Dabei hatte sie nur einige Gesprächsfetzen mitangehört, die sogar das Gegenteil ausdrückten. Will war schon damals verrückt nach Phoebs gewesen.

»Es gibt einen Unterschied zwischen *falsch verstanden* und *all die bösen Details des fiesen Plans verstanden*, Phoebs. Einen sehr großen Unterschied«, konterte Ivy wütend.

Phoebs mitfühlender Blick, mit dem sie mich betrachtete, war kaum zu ertragen.

Mittlerweile hatte ich mich aufgesetzt und atmete wieder ruhig ein und aus.

»Dieser Bastard!«, fluchte Ivy und stand auf. »Der kann was erleben!«

»So schlimm diese Geschichte auch ist, aber warum ist er dann hier? Offensichtlich will er diese Sache mit Sienna klären. Wenn es wirklich so schlimm war, warum versucht er jetzt …« Phoebs Erklärungsversuche waren süß und so wunderbar naiv.

»Na, ist doch klar! Er ist ein skrupelloser Millionär, der glaubt, er muss nur mit dem Finger schnipsen und schon springt Sienna für ihn ein paar Fuß hoch!«

»Leute«, mischte ich mich ein, aber die beiden hörten gar nicht hin.

»Oder es ist alles ein fürchterliches Missverständnis!«, versuchte es Phoebs weiter.

Ivy lachte laut auf. »Dein Ernst?«

»Leute«, seufzte ich und massierte meine Schläfen, weil dieses Gespräch echt anstrengend wurde.

»Ich dachte damals, Simon hätte schon Scheiße gebaut. Aber dieser Cole? Der bricht wirklich sämtliche Rekorde. Er hat Sienna nicht nur etwas vorgespielt, nein, alles war eine Lüge. Sieh sie dir doch an! Sie hat geglaubt, Cole wäre der Richtige und es wert, dass sie die meterhohe Mauer, die sie immer umgibt, mal aufbricht, um sich zu öffnen. Und für was? Damit sie seine Alibi-Braut spielt, während er einen auf Vorzeige-ehemann macht. Das ist doch krank!«

»Wow, kannst du auch noch mal Luft holen?«, fragte Phoebs sie besorgt.

Und tatsächlich: Ivy war komplett außer Atem.

»Leute, es ist wirklich nett, wie ihr … Keine Ahnung, ich bin darin nicht so gut, das wisst ihr.«

Phoebs klopfte indes Ivy auf den Rücken, die dankbar lächelte.

»Cole wird mich nicht erneut verletzen, aber dafür brauche ich euch. Wenn er hier wieder auftaucht, dann möchte ich, dass ihr einfach die Wahrheit wisst. Und die kennt ihr jetzt«, teilte ich ihnen mit.

Ivy wollte wieder ansetzen und etwas erwidern, aber ich kam ihr zuvor.

»Jetzt will ich nicht weiter darüber sprechen.«

Dann stand ich auf und fühlte mich bereits etwas besser.

»Und wer weiß? Ich gehe eh nicht davon aus, dass Cole wieder auf dem Campus auftaucht. Der Wirbel, den er verursacht hat, war ihm sicher zu groß.«

Phoebs und Ivy schienen lieber ihren eigenen

Gedanken nachzuhängen, als sich um mich zu kümmern.

Na bitte. Ich bin schon nicht mehr so wichtig. Passt.

»Ich bin zuhause, wenn was ist«, stellte ich klar
und ging los. Womöglich konnte ich dort endlich den
Schlaf nachholen, der mir die Nacht über gefehlt hatte.

Kapitel 7

WENN DU DENKST, ES GEHT NICHT SCHLIMMER ...

COLE

Gerade war ich dabei ein paar meiner Klamotten auszupacken, als es an der Tür klopfte und Zach hereinkam.

Statt etwas zu sagen, schloss er die Tür und lehnte sich dann dagegen.

»Du bist echt noch hier.«

»Bin ich«, sagte ich und stellte die Tasche zu Boden. Mein Bodyguard hatte mir ein paar Sachen hergefahren.

»Als ich von dem Tumult im Café gehört habe und den Leuten, die dir begegnet sind und dabei anscheinend den Verstand verloren haben, dachte ich echt, du wärst gegangen.«

Es wäre gelogen, wenn ich sagen würde, ich hatte nicht an eine Abreise gedacht. Aber es war keine Option für mich.

»Wenn ich jetzt gehe, ist es ein Schuldeingeständnis«, erklärte ich und sah ihn an.

Zach musterte mich, ohne etwas dazu zu sagen.

»Und soweit ich das verstehe – denn da Sienna dich

vor allen verpfiffen hat, sagt mir, dass sie immer noch nicht die ganze Geschichte kennt –, bist du in ihren Augen immer noch der Schuldige. Ob du hier bleibst oder nicht.«

»Wenn ich gehe, dann wird Sienna enttäuscht sein. Sie würde es nie zugeben, dazu ist sie zu stolz und stur. Aber ich habe es kurz in ihren Augen gesehen.«

»Was hast du gesehen?«

»Zweifel«, erklärte ich. »Zweifel, dass das wirklich alles ist, was sie wissen sollte. Ich meine, ihr Dad hat ihr nicht mal erzählt, warum unsere Ehe nicht annulliert werden konnte. Er hat ihr das Video nie gezeigt!«

»Wundert mich nicht, immerhin war er nicht begeistert, dass ihr in Vegas geheiratet habt!«

Zum ersten Mal war ich wirklich froh, dass Zach Bescheid wusste. Natürlich war es naiv von mir, ihm alles zu erzählen – immerhin könnte er die Geschichte direkt weiterverkaufen, sodass sie heute Abend noch in den Nachrichten laufen könnte, aber er hatte es nicht getan.

Zach war loyal und von dieser Sorte Mensch gab es viel zu wenige.

Wie Sienna …

Sie mochte mich heute Morgen geoutet haben. Aber das hatte sie getan, um mich loszuwerden, weil es ihr zu viel geworden war. Auch sie hatte die Geschichte nie verkauft. Sie hätte mich vor aller Welt bloßstellen können, doch Sienna schwieg. Sie schwieg und ihr Herz brach.

Zumindest wünschte ich mir letzteres. Nicht, weil ich masochistisch veranlagt war. Nein, aber Sienna hatte damals behauptet, mich nie geliebt zu haben. Ich hoffte, dass sie mich in der Situation das erste Mal angelogen hatte.

»Okay, pass auf.«

Zach setzte sich auf das Bett, stützte die Oberarme auf den Knien ab und blickte mich an.

»Ivy, Phoebs und Sienna sind verrückt. Und ich meine mit verrückt nicht, dass sie dich beim Schlafen beobachten oder so etwas. Sie bohren. Sie bohren so tief, bis du ihnen alles erzählst. Entweder tust du es, weil du dich unsterblich in eine von ihnen verliebst und selbst verrückt wirst, oder du tust es, weil du Angst hast, dass sie dir körperlichen Schaden zufügen könnten. Und glaube mir, sie können! Ich sage nur Apfelkuchen«, murmelte er den letzten Satz mehr zu sich selbst, als dass er für mich bestimmt war.

»Apfelkuchen?«, hakte ich nach.

»Ist egal. Die Sache ist die: Ivy wird es fertig machen, weil sie nicht weiß, was da zwischen Sienna und dir läuft. Und mit fertig meine ich, dass sie verrückt wird. Da wären wir wieder bei diesem Thema. Ivy wird auch mich ausfragen, aber ich kenne Mittel und Wege, wie ich sie ablenken kann. Ich rate dir übrigens, das bei ihr nicht zu tun, sonst müsste ich dich töten. Worauf ich hinaus will, ist …«

Ja, wäre mal cool, endlich zu erfahren, was er mir eigentlich sagen wollte.

»Ivy wird nicht eher ruhen, bis sie alles weiß. Dabei wird sie Phoebs mit anstecken, weil sie nun mal wie Zwillinge oder Drillinge funktionieren. Da Sienna aber dieses Mal Thema ist, wird sie vermutlich nicht viel erzählen oder nur so viel, dass Ivy für einen Moment Ruhe gibt. Aber ich kann auch nicht ewig die Klappe halten, deswegen musst du Sienna die Wahrheit erzählen.«

»Meinst du, ich habe es nicht versucht?«

»Glaub mir, wenn du dich ernsthaft anstrengen würdest, dann wüsste sie es bereits. Ich habe auch ziemlich lange gebraucht, um meinen Scheiß zu regeln. Dabei hätte ich das mit Ivy und mir viel eher auf die Reihe kriegen können. Bei Will war es ähnlich: Der hat bei Phoebs sogar noch länger gebraucht!«

»Gerüchte«, stellte dieser plötzlich klar und schmiss sich auf das Bett. Ich hatte noch nicht mal gehört, wie Will die Tür geöffnet hatte.

»Der gesamte Campus spricht von nichts anderem mehr als von dir«, erklärte Will gelassen.

»Das wird sich die Tage ändern. Ich habe vorgesorgt«, sagte ich.

Zach und auch Will wirkten verwundert.

»Morgen werden alte Fotos veröffentlicht, die mich in England zeigen. Alle werden annehmen, ich würde dort neue Songs aufnehmen. Ich bin hier für alle einfach ein guter Doppelgänger. Seit drei Jahren verdiene ich sogar ein bisschen Geld damit«, erklärte ich den beiden und grinste.

»Das könnte sogar funktionieren«, stellte Zach beeindruckt fest.

»Wird es. Es ist nicht das erste Mal, dass ich das mache. Sonst könnte ich nirgendwo mehr auf der Welt frei herumlaufen.«

»Ist das nicht auch irgendwie gefährlich?«, hakte Will jetzt nach. »Wegen Stalkern oder so?«

Ich zuckte mit der Schulter.

»Wie soll ich sonst mit Sienna sprechen? Sie in ein Flugzeug stecken und nach Vegas fliegen, ist wohl nicht mehr drin.«

Will runzelte die Stirn. »Habe ich was verpasst?«

Zach verdrehte die Augen und ich lächelte. Er kannte die Geschichte noch nicht.

Fragend sah Zach mich an, ich nickte.

»Erzähl ich dir später, Will. Ich habe Cole hier gerade versucht zu erklären, dass es wichtig ist, bevor Ivy noch …«

»ZACH!«, kreischte plötzlich jemand durchs Haus, dann wurde die Haustür mit Wucht zugeknallt.

»Ich würde sagen, das Gespräch kannst du dir jetzt sparen«, kommentierte Will und Zach fluchte kurz auf.

»Lass mich raten? Ivy?«, fragte ich überflüssigerweise.

Zach fuhr sich durch seine Haare.

»Zach Morris, ich habe jetzt fast 24 Stunden nicht nachgefragt, aber ich will sofort wissen, ob du es gewusst hast!«, schrie sie und ihre Stimme wurde immer lauter.

»Zach«, mahnte Will belustigt nach. Ihm gefiel anscheinend die Show, die sich ihm bot.

»Ja, ich weiß«, seufzte Zach und stand auf.

Im selben Augenblick wurde die Tür geöffnet und Ivy stürmte herein. Erst bemerkte sie Zach, den sie wütend anfunkelte, der knappe Blick zu Will machte klar, dass es sie nicht wunderte, ihn hier zu sehen, aber dann bemerkte sie mich. Ihre Augen wurden riesengroß und der Mund öffnete sich überrascht.

»Du bist noch hier?«, war ihre erste Frage.

»Sienna hat ganze Arbeit geleistet, aber das ist halt auch ihre Stärke«, stellte ich klar.

Ivys Miene verschloss sich sofort wieder. »Du hättest längst das Land verlassen sollen. Ach was, den Kontinent für das, was du ihr angetan hast!«

»Sienna hat es dir erzählt?«, fragte ich überrascht.

»Natürlich hat sie das!«

»Weil sie keine Wahl hatte«, hörte ich Will leise murmeln, nur Zach war zumindest so weit bei Verstand, dass er sein Schmunzeln unterdrücken konnte. Also fast.

»Ihr findet euch wohl sehr witzig, oder? Aber ist euch klar, wem ihr hier Unterschlupf gewährt?« Sie bemerkte die beiden Taschen hinter mir. »Was wird das? Ziehst du hier ein?«

»Vorübergehend. Die Jungs haben mir …« Hinter Ivy wedelten Zach und Will wie verrückt mit den Händen und schnitten verzweifelte Grimassen. Mir war bewusst, worauf sie hinauswollten, aber ich hatte keine

Lust mehr auf diese Spielchen. Zach hatte vorhin recht gehabt. Sienna musste die Wahrheit erfahren und ihre Freundinnen anscheinend auch.

Und in noch einer Hinsicht hatte Zach recht: Ivy war verrückt.

»Ist es wirklich von Bedeutung, ob ich hier wohne oder drei Häuser weiter? Ich will das mit Sienna klären, Ivy. Und es ist mir scheißegal, was du oder sonst wer darüber denkt!«

»Ich wäre fast beeindruckt, wenn das von einem aufrichtigen Menschen kommen würde«, antwortete sie genauso ehrlich.

»Babe«, seufzte Zach.

»Was denn?«, fuhr sie ihn an. »Er hat so getan, als wäre diese Hochzeit in Vegas spontan und absolut ohne Hintergedanken abgelaufen. Und was stellt Sienna fest? Dass alles ein abgekartetes Spiel zwischen seiner dummen Managerin und ihm gewesen ist! Wer tut so etwas?«

»Was?«, fragte Will leidlich entsetzt.

»Ivy«, bat ich sie, mir endlich richtig zuzuhören. »Zach hat mir erzählt, dass es viele Missverständnisse zwischen euch gegeben hat.«

Widerwillig nickte sie.

»Und Sienna hat mir immer wieder erzählt, dass ihr beide gar nicht wirklich wisst, was euch im Grunde verbindet. Vor allem du hast angenommen, er wäre ein saufender Vollidiot, der nichts richtig macht. Stimmt das so ungefähr?«, fragte ich und erneut nickte sie

131

widerwillig. »Da hast du auch Dinge angenommen, die so nicht richtig waren. Immerhin seid ihr jetzt ein Paar und es waren die falschen Schlussfolgerungen, die euch so lange getrennt hatten.«

Ivy wollte kontern, aber man sah ihr an, dass ich im Grunde recht mit meiner Aussage hatte.

»Mann, er ist gut«, stellte Will beeindruckt fest.

»Und was heißt das jetzt? Hast du sie etwa nicht geheiratet, weil es einzig um deine Karriere ging?«, fragte Ivy nach.

Ich könnte ihr jetzt sagen, dass das stimmte. Aber dann würde ich erneut lügen und dazu war ich nicht hergekommen.

»Das war der Plan«, gab ich widerwillig zu.

»Hab ich's doch gewusst!«, stellte sie grimmig fest.

»Was erwartest du jetzt von mir? Ja, ich habe mit dem Gedanken gespielt. Das gebe ich ehrlich zu, aber …«

»Aber?«

»Der Rest ist eine Sache zwischen Sienna und mir«, sagte ich und warf meine Sachen zurück aufs Bett.

»Falsch. Es ist unser aller Sache, weil wir uns Sorgen darum machen, was mit Sienna passiert, wenn wir dir erlauben …«, sie machte eine Bewegung in meine Richtung, »na, du weißt schon, dich irgendwie zu entschuldigen und …«

»Sie ist meine Frau, Ivy. Und ich danke dir. Ich danke euch allen.« Dabei blickte ich kurz zu Will und Zach. »Ihr wollt auf die ein oder andere ungesunde und gesunde Weise helfen, aber am Ende gibt es nur Eines, das noch zählt.«

»Und das wäre?«, fragte Ivy.

Ich blickte sie an.

»Sie ist noch immer *meine* Frau.«

Ivy öffnete den Mund, vermutlich um mir den Wind aus den Segeln zu nehmen, sagte dann aber doch nichts.

»Babe, es gibt Dinge, die du noch nicht weißt, und es ist besser …«, kam Zach ihr zuvor, bevor sie wieder loslegen konnte, »dass die beiden das klären. Ohne unsere Einmischung.«

»Ohne unsere Hilfe wird sie ihn nicht mal mehr ansehen!« Ivy suchte wieder meinen Blick. »Sie ist verletzt.«

»Ich weiß«, erwiderte ich.

»Und eine verletzte Sienna ist wie Hiroshima. Kommst du in ihre Nähe, könnte es dir wehtun.«

Ich schmunzelte. »Interessanter Vergleich.«

»Das ist eine Warnung!« Ivy kam noch einen Schritt näher, um mich wütend anzufunkeln. »Du magst Zach überzeugt haben, mich aber noch nicht. Tust du ihr noch mehr weh, als du es sowieso schon getan hast, werde ich dich töten. Und damit meine ich nicht, Phoebs Waffenkammer leeren und dir ein paar Kugeln in die Brust zu schießen. Nein, ich nehme vielleicht einen Löffel oder irgendetwas anderes, das schön stumpf ist …«

Will räusperte sich und versuchte sein Grinsen

hinter der Faust zu verstecken. Zach hüstelte mehrmals, um seine Mimik unter Kontrolle zu halten.

»Ich hab's verstanden«, antwortete ich.

Ivy nickte und anscheinend war sie jetzt zufrieden.

»Das ändert nichts daran, dass Sienna dem armen … Millionär erst mal zuhören muss«, sagte von Will.

Ivy rieb sich die Schläfe und ging mit Zach zur Tür.

»Liebst du sie, Cole?«

Ivys plötzliche Frage überraschte mich. Aber es war nicht das erste Mal, dass mich jemand danach fragte und deswegen erzählte ich ihnen die Geschichte, die ich seit Monaten erzählen wollte.

Als ich das Geräusch aus dem Wohnzimmer hörte, wusste ich, dass es sicherlich nicht das Zimmermädchen war. Es war niemand mehr hier außer Sienna.

Mimi wollte nachgucken, woher das Geräusch kam, aber ich hielt sie zurück und lief vor.

Bevor ich um die Ecke sehen konnte, hörte ich eine der Türen.

Fuck!

»War sie das?«, fragte Mimi und starrte mich aufgebracht an. »Jetzt sag nicht, dass sie alles mitangehört hat, oder?«

»Fuck«, erwiderte ich und rieb mir durchs Gesicht.

»Na gut. Ich überweise ihr einen netten Betrag und wir sehen mal, wie viele Nullen es werden müssen, damit sie begreift, wie wichtig die Sache für uns ist.«

Sie sollte was machen?

»Steck den Scheiß weg«, antwortete ich, während sie schon ihr Handy zückte, um sich darum zu kümmern. »Und geh!«

»Wie bitte?«

»Geh!«, forderte ich erneut und ging dann zurück zum Schlafzimmer.

Und doch traute ich mich nicht, die Tür zu öffnen.

Scheiße!

Was jetzt?

Erst als ich von drinnen ein Geräusch hörte, musste ich hinein.

Sienna war bereits angezogen. Sie trug das Kleid von gestern Nacht und lief direkt an mir vorbei, als hätte sie mich nicht gesehen.

»Sienna«, bat ich sie, aber sie war schon aus dem Zimmer geflitzt.

Ich folgte ihr mit klopfendem Herzen, während sie in ihr eigenes Zimmer ging, und knallte die Tür vor meiner Nase zu. Seufzend öffnete ich sie wieder. Sienna packte schon ihren Koffer.

»Sienna.« Mehr brachte ich einfach nicht zustande.

Ihre Haare waren ein völliges Durcheinander, sie lief barfuß und ihr Kleid war vollkommen zerknittert. Aber einzig dieser abweisende Ausdruck in ihrer Mimik machte mich fertig.

Sie packte immer hektischer Sachen in ihren Koffer und irgendwann verlor ich die Geduld und stellte mich ihr in den Weg. Daraufhin lief sie an mir vorbei ins Bad und packte dort weiter zusammen.

Ich biss mir auf die Zunge.

Was jetzt?

Mein Charme, den die Welt jedes Mal betonte, konnte ich hier nicht einsetzen. Sienna war schon immer immun dagegen gewesen. Das war ja der erste Punkt, den ich so an ihr mochte: Es gab niemanden, der sie beeindruckte. Und als ich das damals gleich bei unserem ersten Treffen begriff, dachte ich immer öfter an die Kleine zurück, die auf der anderen Seite des Zauns lebte und genau wie ich vor der Welt und dem Leben geflohen war.

Das Zusammensein mit ihr war erfrischend. Sie war witzig und wunderschön. Von Anfang an war mir ihr exotisches Äußeres aufgefallen, dazu dieser irrwitzige Humor und im Gegensatz dazu das Geheimnisvolle, das sie umgab.

Irgendwann begriff ich, dass sie nur tough wirken wollte. Sienna war tief in ihrem Herzen hochsensibel, verbarg das aber immer sehr gut. Es sei denn, ihre äußere Schale bekam Risse. Und diese winzigen Öffnungen hatte sie mir bei unseren Gesprächen oft gezeigt.

Aber nicht jetzt.

Sienna kam mit ihrer Kulturtasche in der Hand aus dem Badezimmer, legte das Teil in den Koffer und schloss ihn.

Wie ein verdammter Idiot stand ich im Zimmer herum und wusste nicht, was ich sagen sollte.

Was könnte ich noch tun, damit sie überhaupt reagierte? Also sammelte ich mich und versuchte erneut, mit ihr zu reden.

»Ich weiß, du hast etwas gehört, was …«

»STOPP!«, fuhr sie mich an, ohne mich anzusehen. Wie verloren stand sie vor dem Bett, auf dem ihr Koffer lag.

Das alles war so nicht angedacht. Und doch fühlte ich mich beschissen.

»Es gibt nichts mehr zu sagen. Und komm mir jetzt nicht damit, dass es für alles eine Erklärung gibt. Ich habe es so satt«, sagte sie ruhig, aber mit einer unterdrückten Wut in der Stimme. »Jeder ist sich selbst der Nächste – das habe ich jetzt begriffen.«

Sie zog an ihrem schweren Koffer. Dieser plumpste zu Boden, dann griff sie schnell ihre Tasche und rollte den Koffer zur Tür.

»Du kannst nicht gehen!«, platzte es aus mir heraus und ich stellte mich ihr in den Weg.

»Geh zur Seite!«, sagte sie, ohne mich anzusehen.

»Nein!«

»Geh zur Seite!«, wiederholte sie.

»Ich kann dich so nicht …«

»Du kannst und du wirst mich gehen lassen!«, schrie sie mich auf einmal an. Ihre Lippen bebten und instinktiv schluckte ich den Kloß im Hals herunter. Und dann blickte sie mir in die Augen. Ein Schmerz lag darin, der mich erstarren ließ.

Du wusstest, dass sie das verletzen wird. Du hast es immer gewusst. Deswegen wolltest du auch nicht, dass sie es jemals erfährt.

»Hör mir zu, ich weiß, ich habe Scheiße gebaut, aber …«

Die Ohrfeige kam zwar nicht unerwartet, aber sie überraschte mich dann doch.

»Es ist mir scheißegal, was du weißt. Lass mich hier raus!«

Meine Wange pochte leicht, während sie stur auf den Boden starrte. Ihre Lippen waren fest zusammengepresst und sie umklammerte ihre Handtasche, als wäre sie ihr letzter Halt.

»Ich lass dich gehen, wenn du mir nur kurz zuhörst.«

Schnaubend schüttelte sie den Kopf.

»Na los. Ich habe nicht ewig Zeit.«

Okay, jetzt musste ich nur überlegen, was ich genau sagen würde.

»Mimi hat es auf den Punkt gebracht. Ich hatte vorgehabt, dich auszunutzen, aber dann wollte ich es nicht mehr tun!«

»Sag mal, steht vor dir vielleicht ein dummes Blondchen, das lieber an Nagellack schnüffelt?« Jetzt funkelte sie mich wieder wütend an. »Du hast mich nach Vegas gelockt, um mich hier zu heiraten. Okay, du hast Recht, das war ziemlich dumm von mir. Wie hätte ich auch glauben können, dass diese Freundschaft, die wir aufgebaut haben, in irgendeiner Weise ehrlich von dir ...«

»Unsere Freundschaft war ehrlich gemeint«, unterbrach ich sie schnell. »Alles war ... Es war ...« Fuck, seit wann fand ich nicht die richtigen Worte? »Sienna, ich schwöre dir, diese ganze Sache ist komplett aus dem Ruder gelaufen und ...«

»Das ist doch lächerlich«, sagte sie und klang müde und resigniert. »Das alles hier. Glaubst du allen Ernstes, dass du irgendetwas ändern wirst, wenn du vor mir stehst und mir alles erklärst? Glaubst du das wirklich, Cole?«

Nein, das glaubte ich nicht. Und sie las die Antwort von meinem Gesicht ab.

Sienna nickte bestätigend.

»Genau. Es gibt nichts, was mich umstimmen könnte oder was nur im Ansatz alles entschuldigt … Ich weiß auch nicht … Es ist auch nicht meine Aufgabe, dir zu vergeben. Ein Arschloch bleibt eben nicht mehr als das: ein Arschloch. Darf ich mal?« Sie gab mir nicht mal Zeit, zur Seite zu treten. Ohne Reue drängte sie sich an mir vorbei und verließ das Zimmer.

Sie verließ mich …

In meinem Kopf hörte ich noch ihr süßes Kichern von letzter Nacht.

Nein!

Ich war nicht bereit, sie einfach gehen zu lassen.

Ich lief ihr nach.

Sienna stieg gerade in den Fahrstuhl ein.

»Warte!« Mit den Händen hielt ich die Lifttüren auf und sah sie an.

»Du hast Recht. Diese Hochzeit war geplant. Ich sollte ein besseres Image bekommen, da war so eine spontane Liebeshochzeit genau das, was ich brauchte. Ein abgekartetes Spiel, mehr sollte es nicht sein. Aber statt meinem Gefühl zu vertrauen, habe ich es weiterlaufen lassen.«

»Du hast nur eines nicht dabei bedacht«, sagte sie und riss sich den Ring vom Finger, um ihn mir vor die Füße zu schmeißen. »Es war nie eine Liebesheirat!«

Ich schluckte, während ich versuchte, irgendeine Regung in ihrem Gesicht zu erkennen, die darauf schloss, dass sie gerade gequirlte Scheiße redete.

»Du hörst von meinem Anwalt.«

Erneut wollten sich die Türen schließen, aber ich hielt sie erneut davon ab.

»Sienna, du weißt, dass das …«

Bevor ich weiterreden konnte, drückte sie erneut wie verrückt auf die Tasten.

»Geh zurück«, fluchte sie.

Dabei kam sie mir näher, als sie wollte. Und ich hielt es nicht mehr aus, also drückte ich sie an mich und küsste sie.

Ihre Tasche fiel zu Boden und ich spürte, wie sie weicher in meinen Armen wurde.

Sie öffnete geschockt den Mund, wollte wohl etwas ziemlich Fieses sagen, aber meine Zunge kam ihr zuvor.

Und dann war da nur noch dieser wirklich fiese Tritt in die Eier. Stöhnend ließ ich von ihr ab und fiel auf meinen Hintern.

»Du hörst von meinem Anwalt!«, waren noch einmal ihre letzten Worte, bevor sich die Lifttüren endgültig schlossen.

Stöhnend lehnte ich mich an die nächstgelegene Wand und hielt mir meine Eier.

Fuck! Hatte sie spitze Knie!

»Na, das lief ja wundervoll.« Mimi kam mit ihren Zwölf-Zentimeter-Absätzen zu mir. »Wir könnten sie wegen Körperverletzung verklagen.«

»Nein, das werden wir ganz sicher nicht«, zischte ich und versuchte ohne Schmerzen wieder vernünftig ein- und auszuatmen.

»Du hast Recht. Und Geld wird die Kleine bestimmt auch nicht annehmen.«

Sie bemerkte meinen fragenden Blick.

»Es war doch offensichtlich, dass du sie gekränkt hast. Und Kränkung bedeutet, dass du sie verletzen kannst.«

Ich stieß meinen Hinterkopf fest an die Wand an, an der ich lehnte.

»Ach komm schon …« Mimi lächelte aufmunternd. »Sie wird drüber hinwegkommen und …«

»Und dann was?«, hakte ich müde nach.

Sie legte den Kopf schräg und musterte mich.

»Jetzt sag nicht, dass du ein schlechtes Gewissen hast oder sogar Gefühle …«

»Hör auf mit dem Blödsinn«, fuhr ich sie wütender an, als ich wollte, denn ich wollte Mimi nicht meine wahren Gefühle zeigen. Sie sollte nicht sehen, dass mich Sienna völlig fertigmachte.

»Was denn? Du bist derjenige, der wie ein Verlierer auf dem Boden sitzt und melancholisch durch die Gegend starrt. Was ist jetzt?«

»Wie, was ist jetzt?«

»Liebst du sie, oder was?«

Einen langen Augenblick sagte ich nichts. Ich wollte nicht.

Es war nicht zu leugnen, dass ich die Sache – die Chance – mit Sienna vollkommen verkackt hatte. Sienna war Mittel zum Zweck gewesen, so einfach war das gewesen. Mimi hatte mir vor ein paar Wochen gesagt, dass meine Exzesse zu weit gegangen waren. Ich beleidigte die Paps, weil sie mir in L. A. ständig auf die Pelle gerückt waren. Es gab an manchen Tagen keinen Moment, in dem niemand in irgendeinem Baum hing, um Bilder von mir zu schießen. Ich fuhr praktisch kein Auto mehr, weil man nie wusste, ob sich einer von denen vor die Karre stellte, um das perfekte Foto zu ergattern.

Dazu gab es ständig Stalker. Entweder eine verrückte Hausfrau, die sich einbildete, mit mir ein paar Kinderchen zeugen zu wollen, wenn sie nackt in meinem Bett auf mich wartete oder irgendwelche Typen, die mit 55 noch bei Mutter wohnten und im Keller große Altare aufgebaut hatten, um mir zu huldigen.

Einzig das Anwesen neben Sienna gab mir etwas Privatsphäre. Niemand wusste, dass ich es war, der dort lebte. Mimi hatte dafür gesorgt, damit ich wenigstens etwas Ruhe vor der Welt finden konnte.

Und als ich diese Ruhe das erste Mal in meinem Garten genießen konnte und durch die gefühlt tausend Hektar lief, fand ich diesen netten Platz im Gras, legte mich hin und war fast eingeschlafen, als mir der Apfel an den Kopf geworfen wurde. Ab da machte es jedes Mal noch mehr Spaß, mit der Kleinen von nebenan über Gott und die Welt zu quatschen. Denn sie hatte anfangs keine Ahnung, wer ich war. Ihr komischer Humor war nicht gespielt und ihre Unbedarftheit mir gegenüber war echt.

Von Jahr zu Jahr, in denen wir uns jedes mal wieder

sahen, wurde sie immer schöner. Schöner und zurückhaltender, wenn ich versucht war, sie länger anzusehen, als es für normale Nachbarn okay gewesen wäre.

Ich war ja auch nicht blind. Sienna war eine wahre Schönheit. Und es passierte mir immer öfters, dass ich auch während meiner Tour oder dem ganzen anderen Rummel an sie dachte. Bis Mimi sie bemerkt hatte.

»Ich habe die Kleine von drüben gesehen. Hübsch. Steht sie auf dich?« Sie fragte mich das unten im Keller, in dem ich ein komplettes Tonstudio gebaut hatte.

Ehrlich gesagt wusste ich das erste Mal nicht, was ich darauf antworten sollte. Und das bemerkte auch meine Managerin.

»Na, das ist ja interessant. Du weißt es nicht? Hat sie einen Freund?«

»Ich denke nicht«, antwortete ich, hoffte aber, dass ich dieses Mal wirklich Bescheid wusste.

»Du denkst nicht? Was zum Teufel bequatscht ihr denn ständig? Und spiel jetzt nicht den Überraschten. So oft, wie du in den Garten rennst, das ist ja nicht mehr normal. Ich musste also nachsehen, was du so treibst und als ich die Kleine gesehen habe, dachte ich nur, dass du dir da die Hörner abstößt und dann …«

»Und dann was?«, fragte ich widerstrebend und stimmte weiter meine Gitarre.

»Gut, dann eben nicht. Du musst mich ja nicht gleich ansehen, als hätte ich dich gefragt, ob du sie heiratest.«

Mir war auch so schon klar, dass dieses Gespräch zu irgendetwas führen sollte.

»Komm auf den Punkt, Mimi.«

»Nun, ich habe mit der Plattenfirma gesprochen. Das Gespräch war …«

Auch diese Antwort konnte ich mir denken.

»Aha. Und?«

Mimi spielte mit ihrem Handy, dann sah sie mir wieder in die Augen.

Sie war heiß, sah immer perfekt gestylt aus, aber das war es auch schon. Mimi war ein Kontrollfreak, musste über alles und jeden Bescheid wissen. Im Grunde wollte sie von mir wissen, wann ich Scheißen und wann ich mit wem ins Bett ging. Sie begründete es damit, dass sie nun Mal meinen Arsch retten musste, wenn ich es zu weit trieb.

»Nichts und … sie wollen einfach nur, dass du dich benimmst.«

Ich verdrehte die Augen und konzentrierte mich wieder auf meine Gitarre.

»Cole, das ist wichtig.«

»Wichtig für wen? Du weißt genauso gut wie ich, dass die Paps schuld sind.«

»Und die Eskapaden? Du kommst betrunken aus einem Club und …«

»Darf man jetzt nicht mal mehr einen Drink zu sich nehmen, wenn man fünf Monate auf Tournee war?«

»Wir beide wissen, dass es nicht nur ein Drink war und dass es nicht nur nach dem Abschluss der Tournee gewesen ist. Was ist mit deiner Ex?«

Jetzt blickte ich sie an.

»Sie war nie meine Ex.«

Die Presse hatte sie zu einer gemacht, weil man mich dreimal mit Ewa zusammen fotografiert hatte. Mimi fand die Idee gut, dass ich ab sofort eine feste Freundin hätte. Stabilität brachte gute Presse. Nun, das ging so lange gut, bis Ewa es nicht ertrug, dass ich mit anderen Frauen rummachte, während sie sich anscheinend in mich verknallt hatte.

»Das sah Ewa anders«, stellte Mimi fest.

»Weil du sie belabert hast!«

»Gut, das war vielleicht ein Schnellschuss. Aber was wäre, wenn du sesshaft wirst? Ernsthaft sesshaft?«

Mir gefiel ihre Begeisterung überhaupt nicht, die aus ihrer Stimme zu hören war.

»Wovon redest du?«

Mimi setzte sich direkt vor mich.

»Die Plattenfirma fand meine Idee super. Ich sagte, wir suchen dir jemanden, den du offiziell, wirklich offiziell als die Eine vorstellen könntest.«

»Die Eine?« Ich sah sie an, als hätte sie wirklich jetzt den Verstand verloren.

War sie jetzt diejenige, die sich einen Drink zu viel genehmigt hatte?

»Ja, die Eine. Das würde natürlich auch die Trennung von Ewa erklären.«

»Es gab keine Trennung, weil wir nie zusammen waren!«

Mimi wischte meine Erklärung mit einer Handbewegung weg.

»Stell dir das mal vor. Du könntest neue Lieder

komponieren und erzählen, dass deine Frau dich dazu inspiriert hätte.«

Meine was?

»Wir könnten euch zu einer Marke machen. Es gäbe nicht nur Cole Turner, sondern ...«

»Wooow. Warte mal, Mimi. Wovon zum Teufel sprichst du?«

»Nun ...« Erst jetzt schien sie bemerkt zu haben, dass ich von ihrem ach so tollen Plan keine Ahnung hatte. *»Die Plattenfirma will dich loswerden.«*

»Was?«

»Im Großen und Ganzen haben sie keine Lust mehr auf schlechte Presse. Du trinkst zu viel, lässt dich dabei ständig erwischen und ...«

»Du weißt genauso gut wie ich, dass die Paps überall sind!«, versuchte ich mich zu verteidigen.

»Klar, weil sie wissen, dass du verlässlich für schlechte Presse sorgst.«

Ich knirschte mit den Zähnen. Das war womöglich sogar wahr, aber dennoch keine Entschuldigung für diese Verfolgungsjagden.

»Die Plattenfirma fand meinen Vorschlag gut.«

»Welchen Vorschlag?«

»Ich hatte ihnen bereits vor Monaten gesagt, dass du für die Welt weniger der böse Rockstar bist, wenn du vergeben bist. Du weißt so gut wie ich, dass du mit Ewa an deiner Seite weniger präsent warst.«

Ich zog eine Augenbraue in die Höhe.

»Ich meine, nicht negativ aufgefallen bist. Eine

Freundin war gute Presse – aber eine echte Ehefrau? Das wäre perfekte Presse!«

Fassungslos blickte ich sie an und versuchte in ihrer Mimik irgendetwas zu sehen, das den Witz hinter den Sätzen zeigen würde.

»Du meinst das ernst?«

»Natürlich. Ich habe mit der Plattenfirma die halbe Nacht darüber geredet und wir finden …«

»Großer Scheiß! Ihr wollt, dass ich heirate? Für einen guten Ruf?«

»Jetzt tu nicht so, als würde dich das wundern. Du weißt genauso gut wie ich, dass das funktionieren wird. In L. A. ist praktisch jede zweite Ehe nur wegen der Außenwirkung geschlossen worden.«

»Dir ist aber schon klar, dass ich nicht jeder Zweite bin?«

»Nein, ist mir nicht klar. Es ist nämlich so«, Mimi seufzte, »wenn du dich nicht darauf einlässt, verlierst du deinen Plattenvertrag!«

Ich machte ein Geräusch, das meine derzeitige Gemütslage ziemlich gut beschrieb.

»Es gibt hunderte von Plattenfirmen, die …«

»Und dann? Was glaubst du, was die machen werden, wenn sie einen trinkenden Rockstar unter Vertrag nehmen, der lieber Paps verprügelt, statt an neuen Songs zu arbeiten? Jeder wird gleich entscheiden. Und zwar für die Firma und deren guten Ruf. Es wird auf dasselbe hinauslaufen: gute PR.«

Das war doch nicht ihr Ernst! Aber sie lachte wieder nicht.

»Und wie soll das ablaufen? Kauft ihr mir eine Frau aus irgendeinem …«

»Ich dachte da eher an deine Nachbarin.«

»Was?«

Sienna?

Mimi zuckte beiläufig mit der Schulter.

»Sie ist schön, reich, aus gutem Hause und scheint verknallt in dich zu sein.«

Bevor ich über ihre letzte Vermutung ernsthaft nachdenken konnte, bemerkte ich etwas anderes.

»Hast du sie durchleuchten lassen?«, fragte ich nachdenklich.

»Du triffst dich mit ihr heimlich im Garten und neuerdings rufst du sie mitten in der Nacht an, um mit ihr über was auch immer zu reden.«

»Was zum Teufel? Spionierst du mir jetzt auch …«

»Natürlich! Immerhin wüsste ich sonst nicht, dass die Kleine auch mit dir irgendetwas anstellt. Wieso also nicht? Zwei Fliegen mit einer Klatsche. Du heiratest sie, kannst mit ihr weiter im Garten herumlaufen und sie wird nie etwas bemerken, weil sie eh so verknallt ist, dass sie nur rosarote Schweinchen fliegen sieht …«

Sie kannte Sienna wirklich nicht. Meine süße Nachbarin war vieles, aber ganz sicher nicht verrückt nach mir. Es war eher umgekehrt, aber darüber wollte ich gerade echt nicht nachdenken.

Mimis Offenbarungen und Pläne, die sie geschmiedet hatte, reichten für einen ganzen Monat.

»Oder willst du aufhören? Den Plattenvertrag verlieren?«, fragte sie jetzt.

»Nein«, war meine spontane Antwort. »Ich will nicht …«

»Gut, dann verstehst du, warum es so wichtig ist, aus dir einen Saubermann zu machen?«

Ich schüttelte seufzend den Kopf.

»Das ist Wahnsinn!«

»Aber machbar. Sienna ist für die Welt unschuldig, verliebt und völlig ahnungslos. Wenn wir eine Schauspielerin nehmen würden, könnte es niemals echt sein. Deine kleine Collegefreundin ist … ein Niemand, wenn man ihre Eltern mal außer Acht lässt: Das wird zünden.«

»Das ist vollkommen verrückt.«

»Vielleicht. Willst du, dass wir das Ganze professioneller aufziehen? Mit irgendeiner engagierten …«

»Nein!«, rief ich aus, bevor ich mich zurückhalten konnte.

Und Mimis zufriedener Gesichtsausdruck sagte mir, dass meine Reaktion sie nicht überraschte.

»Dann machen wir das so.«

Und trotzdem konnte mich ihre Begeisterung nicht anstecken.

Ich dachte genau an diesen Moment zurück, während in mir eine Entscheidung reifte. Damals wusste ich schon, dass das niemals richtig funktionieren konnte, weil Mimi eines vergessen hatte.

Sienna war kein Niemand.

Sie war schlau, stur und explosiv.

Und ich hatte sie schon nach der ersten Nacht verloren.

Als Mimi immer ungeduldiger und vor allem wütender

zu werden schien, schnaubte ich kopfschüttelnd und stand wieder auf.

»Wo willst du jetzt schon wieder hin?«

»Wir sind in Vegas, oder?«, hakte ich ruhig nach.

Mimi nickte.

»Es wird Zeit, die Stadt zu genießen.«

Kapitel 8

EIN ARSCHLOCH IST NICHT IMMER NUR EIN ARSCHLOCH

COLE

»Du hast es dann in Vegas richtig krachen lassen?«, fragte Ivy, die nicht wirklich beeindruckt war.

»Krachen? Ich konnte mich an nichts mehr erinnern. Zwei Tage später war allerdings alles in der Presse gelandet«, erklärte ich sachlich, als würde mich das kaum noch betreffen.

»O ja, du hast es wirklich genossen.« Will hatte mich anscheinend mit seinem Handy gegoogelt und zeigte uns gerade ein Foto, wie ich vollkommen betrunken auf einer der Tabledancebühnen lag und meinen Rausch ausschlief.

Zach pustete die Wangen auf, weil er keine richtigen Worte dafür fand. Seine Freundin hingegen … die riss Will das Handy aus der Hand und starrte auf das Bild.

»Hier ist keine Frau drauf«, stellte sie fest.

Wie auch? Ich war in die erste Stripbar gegangen, hatte mich volllaufen lassen und darauf gewartet, dass der Alkohol wirkte.

»Boss?!«

Die Tür wurde aufgerissen und ein gefühlt noch jüngerer Student kam ins Zimmer gestürmt.

»Was?«

»Das Bier ist leer.«

Normalerweise müsste ich jetzt echt fragen, ob das sein Ernst war. Aber erstens, wir befanden uns in einer Studentenverbindung und zweitens, verstand ich die Panik dahinter irgendwie. Immerhin gab es kein Bier mehr!

»Ich komme sofort«, seufzte Zach und gab Ivy einen Kuss auf ihren Scheitel. »Mach ihn nicht zu sehr fertig, okay?«

»Als ob ich …« Jetzt pustete Ivy die Wangen auf und blickte Zach an. Der blieb stoisch und wartete auf das, was sie sagen würde.

»Guuut, ich bleibe ruhig.«

Zach schmunzelte und warf Will einen Blick zu. Der machte sich mit ihm auf den Weg, um die Bierkrise zu lösen. Das »Viel Glück«, das Will mir zuflüsterte, ignorierte ich.

»So, dann wären wir wohl allein«, stellte Ivy heiter fest und setzte sich auf das Bett.

»Das klingt beunruhigend.«

»Echt?« Ivy schien das nicht so zu sehen.

»Du verbringst viel zu viel Zeit mit Sienna«, schmunzelte ich.

Ivy musterte mich, während ich auf die Tasche starrte. Was zum Teufel tat ich hier eigentlich?

»Weißt du, so schaut Sienna auch immer.«

»Hm?« Ich blickte zu ihr.

»Na, wenn sie so in Gedanken versunken ist und sie nicht mal bemerkt, dass wir diese Stimmung mitbekommen. Du musst wissen, Sienna …«

»Tut alles dafür, dass man ihre wahren Gefühle nicht sieht«, beendete ich den Satz.

»Du hast recht.« Sie sprach es so aus, als würde sie sich über meine Antwort freuen.

»Ich weiß nicht mal, was sie … für mich empfindet. Ich weiß gar nichts. Ich …« Mein Blick fiel aus dem Fenster, rüber zur anderen Straßenseite.

Es war bereits dunkel geworden, sodass ich das Licht sah, das in fast jedem Zimmer angeschaltet war.

»Wieder hast du recht.«

»Danke«, antwortete ich sarkastisch.

Es geht ja nichts über die Wahrheit.

»Auch das kann dir nicht unbekannt sein, Cole. Ich meine, wir reden hier von Sienna. Jeder auf dem Campus kennt sie …«

Was?

Mit hochgezogener Augenbraue blickte ich sie fragend an.

»Jetzt nicht wegen dem, was du denkst. Und du solltest übrigens gaaaanz ruhig sein, du Chauvi. Deine Eskapaden gibt es weltweit auf Fotopapier.«

Auch wieder wahr.

»Zum eigentlichen Thema wollte ich noch etwas sagen.« Sie stand auf und stellte sich neben mich. Jetzt sahen wir beide zum Haus. »Jeder auf dem Campus kennt Sienna wegen ihrer offenen und ehrlichen Art. Fast jeder hat mal über ihre Witze gelacht oder geweint, je nachdem, ob er Gegenstand des Witzes war oder nicht.«

Ich verkniff mir das Schmunzeln und hörte Ivy weiter zu.

»Ich glaube, jeder von diesen Studenten würde meinen, Sienna sei glücklich. Nur die wenigsten wissen überhaupt, dass sie steinreich ist. Und fast niemand weiß, wie einsam sie sich fühlt, weil ihre Eltern …«

»Arschlöcher sind?«, fragte ich nach.

Ivy stockte, nickte dann aber. »Wieder hast du recht. Sie hat dir davon erzählt?«

»Musste sie nicht.«

»Kein Wunder, dass sie dich hasst.«

»Ich sagte doch, ich habe Scheiße gebaut, aber …«

»Darum geht´s nicht, Cole. Du kennst Siennas tiefste Geheimnisse. Sie weiß, dass du weißt, was sie durchmacht. Hier auf dem Campus ist sie zig tausende Meilen von diesen Problemen entfernt. Hier spielt das alles keine wirkliche Rolle für sie«, erklärte sie mir.

»Und jetzt bin ich hier.«

»Ganz genau. Egal, wie dein Verrat ihr gegenüber ausgesehen hat: Du weißt alles über sie, zumindest zu viel. Und damit kann sie nicht umgehen.«

Ich dachte an heute Morgen zurück. Sienna saß ganz allein im Café, ihre übergroße Brille verbarg ihr halbes Gesicht. War das Absicht gewesen? Damit man ihr nicht ansah, wie es wirklich um sie stand?

»Mir ist bewusst, dass du mir damit sagen willst, wie schlecht es ihr damit gehen könnte, weil ich hier bin. Aber ich versichere dir, ich …« Dann bemerkte ich Ivys Mimik. Sie schien mir nicht Recht geben zu wollen.

»Rede ruhig weiter, Cole. Es ist echt amüsant, wie du immer wieder darauf zurückkommst, wie schlecht du für sie bist.«

»Bin ich das nicht? Ich meine, ich bin ein abgewrackter Musiker, der sich auf diese dämliche Sache eingelassen hat, um was zu retten? Seine Karriere? Ich meine, ein normaler Büroangestellter heiratet auch nicht, nur damit er befördert wird.«

»Wer weiß?«, kommentierte Ivy meine rhetorische Frage und zuckte mit der Schulter.

»Dabei habe ich diese unendlich langen Touren satt, die Stalker, die Presse, selbst meine Songs sind nicht mehr das, was sie mal waren. Es ist doch klar, dass etwas mit mir nicht stimmt, wenn ich deshalb sogar Sienna benutzt habe, um dies alles doch noch irgendwie zu behalten.«

»Was willst du denn jetzt von ihr? Soll sie dir verzeihen?«

»Natürlich.«

»Willst du mit ihr verheiratet sein?«, fragte sie weiter.

»Wäre ich sonst hier?«

Ivy schmunzelte. »Du bist wie sie. Entweder sagst du zu viel oder gar nichts.«

Verständnislos blickte ich sie an.

»Jetzt tu nicht so. Du fliegst tausende Meilen nach

Kentucky, um vor ihrer Tür zu stehen, nur damit sie dir verzeiht?«

Leicht irritiert blickte ich sie an.

»Du willst hören, dass ich sie liebe.«

»Die Frage ist doch ganz einfach: Tust du es oder tust du es nicht?«

»Und meine Frage wäre: Wie merkt man es?«

»Was?«, fragte Ivy nach.

»Wenn man liebt.«

Sie wirkte überrascht.

»Meine Eltern haben sich scheiden lassen, als ich noch ganz klein war. Ich lebte bei meiner Mutter und habe meinen Vater danach vielleicht zehn Mal gesehen. Geheiratet hat meine Mutter nie wieder. Als Teenager fing ich mit der Musik an und bekam mit 17 meinen ersten Plattenvertrag. Feste Beziehungen kenne ich nicht. Habe ich nie gehabt. Ich kenne … es ganz einfach nicht anders.«

»Das klingt irgendwie traurig. Wenn man außer Acht lässt, dass du dabei womöglich eine Milliarde Dollar oder so verdient hast.«

Ihre lockere Art war erfrischend, aber kein Vergleich zu Sienna, die mir wahrscheinlich geraten hätte, nicht so ein Weichei zu sein.

»Aber dann bist du genau richtig hier, Cole. Zach war nicht wirklich anders, bevor wir beide zusammengekommen sind.«

»Höre ich da Groll?«, fragte ich grinsend nach.

Sie schenkte mir einen kurzen, aber scharfen Blick.

Ich frage lieber nicht mehr nach.

»Will hat es zwar etwas anders gemacht, aber nicht verstanden, dass Phoebs in ihn verliebt ist und hat von Tag zu Tag irgendwie immer mehr Mist gebaut. Glaube ich zumindest. Neben Phoebs ist halt jeder irgendwie gleich der Teufel.«

Ich sah sie fragend an.

»Das macht ihr unsichtbarer Heiligenschein, weißt du«, erklärte Ivy und drehte über ihrem Kopf ein paar Kreise.

»Ah, schon klar.«

»Wenn du Sienna fragst, wird sie dir bestätigen, dass es in den letzten Monaten echt viel Drama unseretwegen gab. Keiner wollte zugeben, Gefühle zu haben. Dazu kamen noch ihre besten Freunde, die Häuser abfackeln oder einem gleich den Schädel wegschießen wollten …«

»Was?«

Ivy winkte ab. »Kinderkram. Worauf ich hinaus möchte ist Folgendes:«

Da kommt noch mehr?

»Sienna war stets von unseren kleinen Dramen genervt, aber ich glaube langsam, dass sie das auch von ihren eigenen Problemen abgelenkt hat. Immerhin ist sie verheiratet und dabei tief verletzt worden.«

Jedes Mal wenn Ivy »letzteres« sagte, zuckte ich regelrecht zusammen. Die Schuld war einfach so verdammt groß. Womöglich war es genau das, was mich hier herumtrieb. Mein Schuldgefühl fraß mich auf.

»Aber ich kenne auch deine Version. Und ich denke, da ist noch mehr.«

Stimmt.

»Sie wird mir nicht zuhören und ehrlich gesagt macht mich das seit Monaten verrückt. Ich meine, verstehst du das? Sie ignoriert mich, sie …« Meine Wut brodelte und diese Verzweiflung wurde jetzt, da ich so nah bei ihr war und noch immer nichts erreichen konnte, immer schlimmer.

Erst jetzt bemerkte ich, dass Ivy mich während meines Ausbruches nur still gemustert hatte.

»Du musst mir diese ganze Geschichte nicht erzählen. Ich denke, das sollte jetzt alles nur noch Sienna hören. Ich meine, die volle Wahrheit«, sagte sie dann.

»Du willst mir helfen?«

»Das tue ich irgendwie die ganze Zeit über, Cole. Und jetzt bin ich mir sogar absolut sicher, dass ich das tun sollte. Es tut mir leid, aber ich musste vorher auf Nummer sicher gehen und mit Drohungen und so weiter um mich schmeißen. Aber jetzt weiß ich, dass nur ich noch helfen kann!« Ivy klatschte motiviert in die Hände.

»Kommt jetzt der Moment, in dem ich mit vorsichtiger Stimme nachfragen sollte, was du vorhast?«

Ivy grinste unheimlich.

Womöglich sollte ich jetzt Zach rufen oder einen Teufelsaustreiber.

Selbst meine Gänsehaut, die sich rasch entwickelt hatte, fand das wohl ebenso.

»Gib mir fünf Minuten, ja?« Dann stürmte sie lächelnd an mir vorbei aus dem Zimmer.

»Fünf Minuten für was?«, rief ich ihr nach, bekam aber natürlich keine Antwort auf meine Frage.

Kapitel 9

UND WENN MAN SIE NICHT REINLEGT, KANN MAN SIE AUCH NICHT TÖTEN

SIENNA

»Ach, ist das nicht ein schöner Abend?«, fragte ich July und Phoebs, die neben mir saßen.

July war bereits grün im Gesicht und Phoebs wirkte zwar nicht ganz so angewidert, zog aber die Stirn kraus, als die Hauptfigur gerade einen Daumen verlor, der im Maschendraht stecken blieb.

Vor nicht allzu langer Zeit hatte Phoebs vehement geleugnet, auf Horrorfilme zu stehen. Erst nachdem klar war, dass sie ihr eigenes ich versteckte, weil sie dachte, zu freakig für die Welt da draußen zu sein, gab sie nach.

»Warum genau schauen wir noch mal den Film?«

»Na, weil es Spaß macht!«

July neben mir begann irgendwelche Würgereflexe von sich zu geben.

»Spaß? Die weibliche Hauptfigur trägt die ganze Zeit über keinen BH, wenn sie überhaupt mal so etwas wie Klamotten trägt. Denn soweit ich das sehe, läuft sie zu neunzig Prozent der Zeit nackt rum und ihr Typ hat gerade den wievielten Finger verloren, während er sich die Schnürsenkel zubinden möchte, weil er Angst hat, sich die Füße aufzuschürfen?«

»Jetzt mach den Jungen nicht runter, nur weil er auf saubere Füße steht. Der Film ist brillant«, erwiderte ich und drückte July meine Popcornschüssel in die Hand, damit sie da hineinspucken konnte.

»Bist du dir sicher, dass es dir gut geht, Sienna?«, fragte Phoebs mich schon wieder.

Ich stöhnte genervt auf.

»Bist du dir sicher, dass es dir gut geht, Phoebs?«

»Warum fragst du?«

»Du bist endlich mit deinem Traummann zusammen. Wobei ich gleich korrigiere und sage, du *denkst* Will wäre ein Traummann. Ich will damit nichts zu tun haben. Da ist also jetzt dieser Kerl, der dich liebt, du liebst ihn natürlich auch und der ganze kitschige Kram, der bei euch dazugehört. Nicht zu vergessen, dass ihr beide spontan beschlossen habt, euch zu verloben. Major Minton findet Will erstaunlicherweise auch noch ganz nett. Und was tust du? Du sitzt hier herum und schaust mit mir einen Film. Entweder ist der Film genauso geil wie ich es eben gesagt habe oder aber …«

Phoebs schluckte, schlug ein Bein über das andere, um direkt wieder damit aufzuhören. Dazu versuchte sie sich noch an einem Lächeln, versagte aber dabei kläglich.

»Sienna …«, begann sie, aber da kreischte tatsächlich

die Hauptdarstellerin herum, weil sie gerade ihr erstes Brustimplantat verlor. Irgendjemand hatte ihr ein Messer direkt in die Brustwarze gepfeffert.

»Witzig«, kommentierte ich die Szene, während ich Phoebs enttäuscht seufzen hörte.

»Guten Abend«, trällerte plötzlich Ivy in die Runde und setzte sich in den letzten freien Sessel. Da dieser so stand, dass sie mit dem Rücken zum Fernseher saß, wusste ich sofort, was auf mich zukam.

Angestrengt versuchte ich dem Film zu folgen.

»Phoebs?« Ivy räusperte sich, ohne dass ich sie ansah. »Könntest du vielleicht July mal ins Bad bringen. Ich glaube, ihr Frühstück kommt gleich wieder raus.«

Erst jetzt bemerkte ich wieder Julys Würgegeräusche, als klar war, dass der Highschoolboy ab sofort nur noch mit drei Fingern durch die Welt tingeln würde.

»Klar. Komm, July.«

Schwester Phoebs half July aus dem Wohnzimmer. July hatte den Eimer zurückgelassen.

»Auch Popcorn?«, fragte ich und stopfte mir wieder einiges in den Mund als klar war, dass July nicht reingekotzt hatte.

»Ich denke, du wirst gleich kein Popcorn mehr essen wollen, wenn du erfährst, was ich erfahren habe.«

»Hat Rusty sich wieder ins Verteidigungsministerium gehackt?«, fragte ich beiläufig und lachte mich halb schlapp, als die Lippen der Hauptdarstellerin auch aufplatzten und Flüssigkeit auf ihren Highschoolfreund spritzte. »Was ein toller …«

Plötzlich war der Bildschirm schwarz.

Ivy war aufgestanden und hatte sich die Fernbedienung gekrallt.

»Was zum Teufel stimmt nicht mit dir? Stell den Film wieder an!«

»Was zum Teufel stimmt eigentlich mit dir nicht? Du tust so, als wäre alles völlig normal!«

»Ähm, hallo? Was soll denn bitte nicht normal sein?«, hakte ich gespielt verwirrt nach.

Ivy öffnete den Mund und war sprachlos.

»Na, jetzt weißt du nicht mehr, was du sagen sollst, was?«

Grinsend entriss ich ihr die Fernbedienung und schaltete den Fernseher wieder an.

»Na toll, jetzt habe ich die beste Szene verpasst!«, stöhnte ich genervt auf und bemerkte Ivys Blick.

»Gut, dann eben nicht. Aber mach mich nicht blöd von der Seite an, wenn alle anderen es bereits wissen!«, teilte sie mir mit.

»Moment.« Jetzt stellte ich den Film aus und sah sie an. »Was meinst du?«

»Jetzt willst du es auf einmal doch wissen?«

»Ivy, hör auf, Spielchen mit mir zu spielen. Was hast du damit gemeint?«

Ich stand auf und blickte sie abwartend an.

»Cole hat es allen erzählt.«

»Was erzählt?«, fragte ich langsam und vorsichtig, weil sie sicherlich nicht meinte, was ich dachte.

»Er hat es satt, dass du ihm nicht zuhörst. Deswegen hat er es allen anderen im Verbindungshaus gesagt.«

»Was gesagt? Und warum zum Teufel ist der überhaupt noch auf dem Campus?«

Dieser Mistkerl sollte längst über alle Berge sein!

»Seine Sicht der Dinge, Sienna. Die erzählt er.«

»Erzählt er nicht!«, sagte ich aufgebracht.

»Doch, tut er!« Ivy verschränkte die Arme vor der Brust. »Er erzählt jede Einzelheit. Auch die, das Mimi ihn gebeten hat, dich zu heiraten, weil …«

NEIN! NEIN! UND NOCHMALS NEIN!

Fluchend ließ ich sie stehen und machte mich auf den Weg, um diesen Penner ein für alle Mal kalt zu machen. Keine Ahnung wie, aber er würde sofort sterben!

Auch wenn er keine Brustimplantate oder aufgespritzte Lippen hätte, ihn würde ich töten!

Es würde ein qualvoller Tod werden. O ja!

Phoebs kam mit July aus dem Bad, als ich an ihr vorbeimarschierte.

»Sienna?«

»Jetzt nicht!«

Ich riss unsere Haustür auf und ging mit wütenden Schritten – ich wusste nicht mal, dass es sowas gab! – über die Straße.

Rusty saß auf den Verandastufen und tippte wie wild auf seinem Laptop herum. »Hey, Sienna, warum siehst du aus, als würdest du jemanden töten wollen?«

»Weil ich genau das vorhabe!«, antwortete ich, stampfte die Stufen hoch und stieß die Haustür so fest auf, dass sie gegen die Wand flog und einen riesen Krach verursachte.

»Sienna?«

Zach kam auf mich zu und musterte mich. Seine hochgezogene Augenbraue ignorierte ich.

»Wo ist er?«, fragte ich nur.

Eines musste man ihm lassen: Er tat nicht so, als wüsste er nicht, von wem ich sprach.

»In der Bar.«

»Natürlich«, sagte ich und schüttelte innerlich nur den Kopf. Er trank und erzählte die ganze Story, wobei die Hälfte davon vermutlich eh nur ein Haufen Scheiße wert war.

»Was hat Ivy dir …«

Ich lief an ihm vorbei, ohne auf seine Frage zu warten. Zach war gerade mein geringstes Problem.

Die Jungs hatten ihre kleine, improvisierte Bar aus ein paar Paletten zusammengebaut. Und genau dort saß Cole und unterhielt sich mit ein paar Verbindungstypen.

Klar, erzähl nur dein scheiß Märchen!

»TURNER!«

Sie alle blickten mich an, als ich zu ihnen kam.

»Sienna?«

Es sollte nichts mit mir anstellen, wenn er mich ansah und mich mit meinem Namen ansprach. Immerhin tat das jeder. Immerhin war er nicht der einzige Kerl, der mich so nannte. Immerhin … Scheiße, ich wiederholte mich!

»Was zum Teufel erzählst du …«

Ich bemerkte die Blicke der anderen, die sich zwischen belustigt und genervt wohl nicht wirklich entscheiden konnten.

»Was ist?«, rief ich durch das Zimmer.

»Netter Aufzug«, teilte einer der Weicheier mir mit.

Ich sah an mir herunter.

»Keine Ahnung, was ihr an pinkfarbenen Einhornclogs, einer Jogginghose und einem T-Shirt so …«

»Ein T-Shirt mit Flecken«, mischte sich eines der Weicheier ein.

»Schon mal was von Wasch-Dienstagen gehört?«, fuhr ich ihn an.

»Wir haben Donnerstag.«

»Und was für ein schlauer Kerl du bist. Unglaublich … Und jetzt macht einen Abflug.« Ich wedelte mit der Hand und stellte mich zu Cole. »Und jetzt zu dir!«

Statt vor Angst zu zittern – was ich definitiv bevorzugt hätte – grinste dieser Dreckskerl nur.

»Ist das immer so?«, fragte er nach.

»Was?« Ich hatte die Arme vor der Brust verschränkt und tippelte mit einem meiner süßen Einhornclogs – die im übrigen viel zu wenig geschätzt wurden – auf den Boden.

Cole sah kurz zu den Jungs, die sich leise, aber bestimmt zurückzogen.

»Dass du Angst und Schrecken verbreitest?«

»Das geht dich nichts an, aber ja, ich kriege im Grunde, was ich will«, erklärte ich.

»Ich auch«, erwiderte Cole selbstbewusst und brachte mich für wenige Sekunden aus der Fassung.

Ich begegnete seinem durchdringenden Blick.

Warum war ich noch mal hier?

»Hör sofort auf damit!«

»Womit?«, lächelte er leicht, weil der Scheißkerl genau wusste, was er tat.

»Mich mit deinem Blick zu ficken und übrigens ist dieser Ausdruck total oldschool und nur wegen dir benutze ich ihn, damit du das auch endlich mal kapierst, Grandpa. Also lass es sein!«

»Wer hat ihn denn zuerst benutzt?«

Dieser Mann machte mich kirre!

»Hör auf damit!«, wiederholte ich mich.

»Womit denn jetzt schon wieder?«

»Mit diesen verdammten Gegenfragen!«

»Du hast hier tatsächlich freie Bahn, oder?«

Ich stöhnte entnervt auf.

»Und was soll das jetzt bedeuten?«, hakte ich nach.

»Du setzt dich bei allem durch.«

»Und was soll daran bitte schlecht sein?«

Cole stand plötzlich von der Bar auf und automatisch trat ich einen Schritt zurück, um ihm Platz zu machen.

Selbstverständlich geht es nur darum.

»Kein Wunder, dass du meinst, diese Fassade aus …« Er musterte mich von oben bis unten und dieses Mal fand ich meine Einhornclogs nicht gerade ideal gewählt. *Nicht böse sein, ihr zwei. Ich liebe euch trotzdem!*

»Zicke, knallhartem Biest und verteufelt heißer Frau würde ständig ziehen.«

»Zicke?«, wiederholte ich wütend, dachte aber nur:

Er findet mich heiß? Er findet mich HEIß? ER. FINDET. MICH. HEIß!!!!

»Gib mir einen Grund, warum ich das zurücknehmen sollte?«, stellte er erneut eine Gegenfrage, aber dieses Mal nervte es mich weniger. Cole stand jetzt dicht vor mir und beugte sich leicht hinunter, um mich anzusehen.

Große Männer haben mich schon immer angemacht.

Blinzelnd kam ich wieder im Hier und Jetzt an und dachte direkt an abgetrennte Finger und geplatzte Brustimplantate, um mich nicht in Coles hübsches Gesicht zu verlieren. Gut, er war nicht hübsch, sondern attraktiv. Jede Frau würde verstehen, was ich meinte.

Cole stand für die rohe Macht, die ein Mann äußerlich zeigen konnte. Er war groß, blickte einem immer in die Augen – warum eigentlich? Ich hasste es! – und wusste, wie er auf die weiblichen Geschöpfe wirkte. Und es war ihm egal. Zumindest wenn man die unzähligen *YouTube-Videos* betrachtete, die irgendwelche Fans irgendwann einmal hochgeladen hatten. Er war stets freundlich zu seinen Fans, aber während Slips und Rheumadecken – ja, auch die flogen herum – zu seinen Füßen flogen, war er stets professionell und verschwand ganz schnell wieder.

Ich wollte ihn damit jetzt nicht loben. Der Scheißkerl war ein Lügner und womöglich besaß er heimlich einen ganzen Harem an Frauen, die er – warum auch immer – in Vegas geheiratet hatte. Aber es war meine erste Einschätzung von Cole Turner, den Superstar, den jeder wollte, außer mir.

»Wenn du noch näher kommst, werde ich dich töten müssen«, beendete ich den Augenkontakt zwischen uns.

Zumindest *hoffte* ich, dass er aufhören würde, mich so anzusehen. Aber Cole tat nie das, was ich von ihm erwartete. Und ich hasste es. Immerhin sollte jeder nach meiner Pfeife tanzen.

»Vergiss es. Ich bin nicht achtzehn und noch grün hinter den Ohren, Sienna. Ich tanze nicht nach deiner Pfeife!«

Wer sagt das?

»Und jetzt versuch dich nicht zu rechtfertigen.«

Jetzt macht er mir langsam Angst.

Sein selbstbewusstes Lächeln sollte ihm jemand aus dem Gesicht wischen!

Ach ja. Ich bin dafür zuständig!

»Wenn du glaubst, dass dein hübsches Gesicht mich dazu bringt, dich nicht abgrundtief zu hassen, hast du die E-Mail nicht bekommen, die ich um die Welt geschickt habe!«

»Ach echt?«, fragte er, wirkte aber weder überzeugt noch ernsthaft angepisst.

»Und wie das … echt ist!«

Was für ein dämlicher Spruch.

Als ich seinen Geruch wahrnahm – eine Kombi aus

Deo und einfach ihm – wurde mir klar, dass er mir fremd sein müsste. Immerhin waren wir nie ein Paar und nie … irgendetwas. Aber ich erinnerte mich daran, wie er roch und ich würde mich selbst belügen, wenn ich nicht zugab, dass ich ihn gern hatte.

Also nicht ihn, nur seinen Geruch!

»LASST MICH VORBEI! NA LOS!«

Ivy kam völlig außer Atem ins Zimmer gerannt und bremste wenige Meter vor uns. Sie musterte Cole und mich, dann atmete sie beruhigt ein.

»Gott sei Dank. Als ich kein Geschrei mehr gehört habe und die Stille immer länger andauerte, da dachte ich …«

Phoebs kam ebenso atemlos, aber viel graziler ins Zimmer.

»Und was jetzt?«, brachte Phoebs völlig außer Atem heraus und hob unsere Gartenschaufel hoch.

Cole legte den Kopf schräg und musterte sie.

»Das ist so süß von euch«, lächelte ich aufrichtig gerührt.

»Völlig durchgeknallt«, hörte ich Cole leise sagen.

»Hey! Die beiden wollten nur helfen«, stellte ich klar. »Also mir zumindest. Danke, ihr Süßen. Das vergesse ich …«

»O nein, Ivy. Nicht das schon wieder!« Zach hatte seine Freundin also auch gesehen und schüttelte den Kopf, als Phoebs versuchte, die riesige Schaufel hinter ihrem Rücken zu verstecken.

Nun, dann hätte sie nicht so viel abnehmen sollen.

»Was denn? Sie schrie nicht mehr herum. Da macht man sich doch Sorgen«, verteidigte Ivy sich inbrünstig.

»Und wo ist der Baseballschläger?«, hakte Zach ungeduldig nach.

Coles Frage war in seinen Augen deutlich zu lesen, aber ich winkte nur ab.

»Keine Ahnung, was du meinst«, erwiderte Ivy und sah überall hin, nur nicht zu Zach.

Ach komm schon, Ivy. Das kannst du doch besser!

»Hey Leute, vermisst jemand den Baseballschläger? Der lag noch auf der Veranda und ich dachte mir …« Rusty hob den besagten Gegenstand hoch, bemerkte jedoch die aufgeladene Stimmung sofort und verzog sich klugerweise wieder.

»Was soll das?«, rief Ivy plötzlich, als Zach sich die Schaufel von Phoebs griff und seine Freundin wütend anfunkelte.

»Deine Aktionen machen es nicht besser. Die beiden haben etwas zu klären und du störst, Babe.«

Mit »die beiden« meinte Zach wohl uns.

»Ich störe? Ich störe?«, erwiderte sie stets eine Oktave höher.

»Mich störst du nicht. Deswegen komm mit hoch und wir …«

»Wir was? Wenn du denkst, ich werde mit dir … HEY!«

Zach hatte sie einfach über die Schulter geworfen, klatschte ihr provokant auf den Hintern und grinste bis über beide Ohren, während er mit ihr die Treppe hochlief. Dabei grölten von weiter entfernt die anderen Verbindungstypen.

Was für ein Klischee.

Da stand dann also nur noch Phoebs, die etwas verloren wirkte.

»Nun, dann will ich mal nicht länger stören.«

»Du störst nicht«, antwortete Will, der auf einmal hinter ihr stand und breit lächelte, als sie sich umdrehte und ihm um den Hals fiel.

Ich verdrehte die Augen.

Ehrlich jetzt?

Kichernd hob Will seine Verlobte hoch und dann … nun, weiter musste ich nichts erklären oder? Die beiden verschwanden auch nach oben.

»Was für eine Wendung.«

»Vergiss es. Ich stehe nicht drauf, hochgehoben zu werden, und ich werde dir niemals um den Hals fallen«, stellte ich sofort klar.

Cole hob die Hände, als hätte er sie in Unschuld gewaschen.

»Es ist schön zu sehen, dass deine Freunde sogar so weit gehen und mich im Garten verbuddeln würden, wenn du deine Nerven verlierst.«

»Also, erstens, würdest du nicht in meinem Garten liegen. Irgendein Rastplatz wäre für dich sicher optimaler und zweitens, ich verliere keine Nerven.«

»Lass mich raten? Weil es nichts gibt, was dich durcheinanderbringt, nicht wahr?«

Erneut wollte er auf mich zukommen, aber ich

sah, was er vorhatte, deshalb machte ich einen Schritt zurück und prallte gegen die Bar.

Mist!

»Hör auf damit!«, fuhr ich ihn an.

»Womit?« Sein Grinsen war fast ansteckend. Cole wusste ganz genau, wie anziehend das wirkte. Ich meinte, wirken konnte. Aber nicht bei mir!

Meine erste Reaktion war wohl auch die heftigste. Ich schubste ihn fort von mir. Mir war bewusst, dass ich nicht die Kraft besaß, um ihn wirklich von mir zu stoßen. Cole ließ es einfach zu.

»Damit das klar ist«, begann ich und ignorierte seine veränderte Mimik, während er mir ruhig zuhörte. »Du wirst niemandem von unserer Geschichte erzählen und hör auf dich hier einzunisten. Das ist ein Verbindungshaus. Du gehörst nicht zu dieser Verbindung.«

»Man hat mir angeboten, so lange hier zu wohnen, bis …«

»Bis was? Bis ich dir verzeihe? Bis ich vergesse, was du getan hast?«

»Ja«, bestätigte er dann auch noch.

Ich lachte höhnisch auf. Es war gar nicht mehr aufzuhalten.

»Das ist doch wohl ein schlechter Witz! Soll ich es dir aufschreiben? Es vielleicht noch als Songtext verpacken, damit selbst ein überheblicher Musiker es dann endlich rafft? Niemals, niemals im Leben werde ich dir verzeihen und selbst wenn das passieren würde, glaubst du ehrlich, dass ich dann noch etwas mit dir zu tun haben will? Glaubst du das ernsthaft?«

»Ich weiß, dass ich dir wehgetan habe.«

»Du hast mir nicht wehgetan«, fuhr ich ihn wütend an. »Du hast mich ausgenutzt! Und ich lasse mich nicht …«

»Bist du fertig?«, brach es jetzt aus ihm heraus und seine Augen feuerten wütende Funken.

Was war denn jetzt auf einmal mit ihm los?

»Hier.« Er hob plötzlich sein Handy hoch.

»Was soll ich damit?«

»Du wirst dir jetzt ein Video ansehen und dann will ich eine verdammte Entschuldigung.«

»Wie bitte? Sag mal, hast du zu tief ins Glas geschaut? Mir ist scheißegal, was du«, ich entriss ihm das Handy und warf es mit Karacho gegen die nächste Wand, »da drauf hast! Sieh es dir selbst an, wenn es dir so wichtig ist!«

Statt auszurasten, weil ich sein geliebtes Handy geschrottet hatte, starrte er mich einfach nur weiter an.

Was war los mit ihm?

Warum rastete er nicht aus? Es war bekannt, dass Cole kurzzeitig ausrasten konnte, nur um erneut wieder der die Ruhe in Person zu sein.

Vermutlich besitzt er eine gespaltene Persönlichkeit. Das muss es sein!

»Ich habe Rusty gebeten, das Video auf seine Festplatte zu speichern. Also wirf von mir aus tausend Handys gegen die Wand. Mir ist das egal«, sagte Cole.

Was hatte er getan?

Mein offener Mund war Reaktion genug für ihn.

»Schlag mich auch ruhig weiter. Ich weiß, dass ich es verdient habe. Aber weißt du, was diese ganzen Hinhaltaktionen von dir noch sind?«

Statt nachzuhaken, schüttelte ich verständnislos den Kopf.

»Eine Ablenkung. Du fluchst, du zickst und du wirfst gerne um dich, wenn es dir zu viel wird. So hältst du jeden auf Abstand.«

»Halt die Klappe!«, entfloh mir, bevor ich mich ernsthaft auf seine Anschuldigungen einlassen konnte.

Der zufriedene Ausdruck in seinem Gesicht gab mir Recht.

Cole wollte mich aus der Reserve locken. Wie heute Morgen im Café. Und er hatte es schon wieder geschafft!

Plötzlich wurde mir der Raum zu eng. Es war niemand mehr hier drin außer uns. Es gab die Privatsphäre, die ich mir gewünscht hatte und doch fühlte sich gerade das vollkommen falsch an.

Ich wollte nicht mehr allein mit ihm sein.

Deswegen ging ich schnell hinaus und runzelte die Stirn wegen dieser ganzen Aktion.

War ich es nicht, die ihn zur Rede stellen wollte?

War ich es nicht, die ihm endgültig die Luft aus den Segeln nehmen wollte?

War ich es nicht, die als Siegerin aus diesem Gespräch hervorgehen wollte?

»Was glaubst du, was du da machst?«, rief er mir

hinterher, während ich die Tür aufriss und mehrere Kerle instinktiv zur Seite wichen, als sie mich bemerkten.

»Sienna! Ich rede mit dir!«

Ich war gerade die Veranda heruntergelaufen, da ergriff er meinen Ellbogen, um mich umzudrehen. Da ich so in Gedanken versunken war, stolperte ich leicht zur Seite.

»Was?!«, herrschte ich ihn an.

»Gib mir wenigstens die Chance mit dir über alles zu reden.«

»Nein!«

»Ohne Gezanke, Beleidigungen oder …«

»Nein!«

Cole blieb still.

»Es gibt nichts zu bereden. Verzieh dich einfach!«

»Wovor hast du solche Angst? Wenn dich das alles überhaupt nicht stört, warum willst du dir dann nicht anhören, was ich zu sagen habe?«

Ich ignorierte seine Fragen.

»Geh, bevor die halbe Welt erfährt, dass du hier bist.«

Ich wunderte mich eh, warum noch keine Presse hier war.

»Du hast Angst. Angst, die Wahrheit zu erfahren. Weil du dann weißt, dass einzig du dafür verantwortlich bist, dass wir beide nicht …«

»Was?«, entfuhr es mir ungläubig. »Du glaubst, ich habe Angst? Weißt du, wovor ich Angst hatte? Hm? Kannst du dir das vorstellen?«

Dieses Mal war ich diejenige, die auf ihn zu ging. Cole wich nicht aus, hielt meinem angepissten Blick stand.

»Als ich morgens aufwachte, völlig nackt, da war ich sprachlos. Wir hatten geheiratet und meine Erinnerungen waren einfach weg. Weißt du, wie wenig Kontrolle das bedeutet? Ich hatte fürchterliche Angst und du haust erst mal ab, um mit deiner ach so tollen Managerin zu quatschen. Ich habe dir mein Vertrauen geschenkt, Cole. Und du hast mir den Glauben daran genommen, indem du mir versprochen hast, dass alles gut wird. Das alles gut zwischen uns wird. Für eine Minute dachte ich das wirklich. Ich habe dir geglaubt, Cole.«

Er nickte, sah nachdenklich zu Boden und nickte erneut, als wüsste er wirklich, was das für mich bedeutet hatte.

Aber das war eine Illusion. Ein Trugschluss.

Cole hatte es trotzdem durchgezogen und mich angelogen.

»Ich will, dass du gehst. Verschwinde von hier. Wir beide haben uns nichts mehr zu sagen«, erklärte ich ihm ruhig.

Da er nichts erwiderte, hatte er es wohl endlich verstanden.

Ich wandte mich um und ging die ersten Schritte.

»Sienna?«

Was denn jetzt noch?

Ich drehte mich zu ihm um.

Cole hatte sich nicht bewegt und schaute mich an.

»Wir haben noch viel zu sagen. *Ich* habe noch viel zu sagen.«

Damit ließ er mich dann stehen und ging zum Verbindungshaus zurück.

»Verdammt«, fluchte ich.

Kapitel 10

WER BRAUCHT SCHON FEINDE, WENN DU DIESEN NACHBARN HAST?

SIENNA

Sie alle waren Verräter!

Und wenn ich *alle* meinte, dann wirklich alle!

Ivy war die Auffälligste. Sie verschwand täglich zu Zach, weil sie ihn ja soooo sehr liebte.

Wer's glaubt!

Vermutlich hielten sie täglich ein Krisenrat.

Wie kriegen wir Sienna rum?

Wann knickt sie ein?

Warum entführen wir sie nicht einfach und warten darauf, dass das Stockholm-Syndrom bei ihr anschlägt?

Phoebs war da eher pragmatischer. Wenn sie Fragen hatte, stellte sie sie mir.

»Warum denke ich, dass es dir nicht gut geht?«

»Möchtest du über irgendetwas Bestimmtes reden?«

»Ich vermute mal, die Grapefruit symbolisiert jemanden, den du gerade nicht ausstehen kannst?«

»Wie kommst du darauf?«, hatte ich nachgefragt.

»Na ja, du hast sie gerade in deiner Hand zu Matsch zerdrückt«, erwiderte sie.

Die anderen Mädels gingen mir höflicherweise aus dem Weg. Noch mehr Fragen hätte ich auch nicht vertragen. Vermutlich rochen sie das auch.

Der gesamte Campus war zwei Tage nach unserer netten Unterhaltung der Meinung, dass Cole einfach ein sehr erfolgreicher Doppelgänger des Superstars Cole Turner war.

Wer glaubt eigentlich so einen Schrott?

Nun, die Antwort kam prompt. Jeder!

Zach hatte seine Jungs darauf eingeschworen, die restlichen Mädels aus unserem Haus glaubten es und wie gesagt, auch Professorin Levinston, die beim nächsten Kurs schon wieder diese fiese Stimmung verbreitete, die ich so sehr vermisst hatte.

Dass sie auf einen Doppelgänger reingefallen war, gefiel ihr überhaupt nicht!

Tja, ich bin auf das Original reingefallen. Fühlt sich auch nicht besser an!

Und statt mich ihm zu entziehen, saß ich auf der Veranda und starrte auf das Haus, das Superman niemals betreten könnte, weil es überall mit Kryptonit bestückt war.

»Was machst du?«, fragte Ivy, die sich auf die Hollywoodschaukel setzte und von ihrer Limonade trank.

Ich saß ihr gegenüber in einem der Stühle und blickte ständig rüber.

Zach werkelte an seiner alten Schrottkarre herum.

Selbstverständlich hielt er diesen Schrotthaufen für einen Oldtimer, aber was interessierte mich das?

»Sitzen«, teilte ich ihr kurz und bündig mit und starrte weiter in meine *Cosmopolitan.*

»Ah. Cool«, erwiderte Ivy, als wäre es DIE Beschäftigung, um es auch mal unbedingt auszuprobieren.

Obwohl Zach draußen in der Garage beschäftigt war, saß nur irgendein Anwärter auf der Veranda und schien zu lesen.

Von wegen. Keiner von denen hat jemals irgendein Buch gelesen.

»Wer hat dich geschickt?«, fragte ich also und blickte Ivy an.

Die trank gerade ihre Limonade aus und sah viel zu unschuldig aus auf dieser blumig gemusterten Hollywoodschaukel.

»Geschickt?«

»Komm schon, Ivy. Seit drei Tagen scharwenzelt ihr um mich herum und versucht mich zu bekehren!«

»Ich wohne hier«, antwortete sie verständnislos.

»Ach ja?«, hakte ich zufrieden nach.

Gleich habe ich sie! Gleich beichtet sie.

Dann fiel mir allerdings auf, dass sie wirklich hier wohnte.

»Verdammt«, fluchte ich und starrte wieder zum Haus, obwohl es natürlich so aussah, als würde ich lesen.

Wo war der Mistkerl? Versteckte er sich?

Nein, Cole nicht!

Aber es war keine der hässlichen Gardinen zur Seite geschoben. Wo war er?

»Aber mal eine ganz doofe Frage an dich, Sienna. Was könnte ich dir geben, um dich zu bekehren?«

Ohne den Blick vom Haus zu nehmen sagte ich: »Zehn Millionen Dollar.«

»Hey! Gib mir irgendetwas. Soll Cole zu Kreuze kriechen?«

»Warum mischst du dich da ein? Ist es, weil du keinen Schimmer hast, was passiert ist?«

Ivy hustete plötzlich und trank erneut aus ihrem Glas, obwohl es bereits leer war.

»Warte! Hat er dir etwa diese Story mit dem Video aufgetischt? Glaubst du etwa, was dieser Mistkerl sagt?«, fragte ich wütend.

DAS musste es sein!

Die Mädels wurden von ihm bequatscht! Natürlich! Jetzt ergab das alles auch einen Sinn!

»Sienna …«

»Vergiss es! Ich höre mir den Mist nicht weiter an. Er soll sich einfach verpissen. Mir ist dieser Scheißkerl total egal!«

»Ach so. Deswegen liest du die *Cosmo* vom letzten Jahr, oder? Weil die Zeitschrift so *spannend* ist.«

Ich würde jetzt nicht kontrollieren, ob sie Recht hatte. Niemals!

Und doch blickte ich aufs Cover.

Tatsächlich.

Ivy lachte und ich wäre ihr gern an die Gurgel gegangen.

»Ach, wenn man vom Teufel spricht. Sieh mal.«

Ivy machte mit einer Kopfbewegung klar, dass ich hinüber schauen sollte.

Ich folgte ihrer Geste.

Will lief mit Cole gerade zum Haus, beide trugen Sportkleidung. Waren sie joggen?

Von hier aus konnte ich sie nicht so gut erkennen, aber sein Blick fiel mir auf. Er sah direkt zu mir.

Cole war also immer noch hier. Warum?

Konnte er nicht einfach verschwinden und mich mit dieser ganzen Sache in Ruhe lassen?

Die Bilder, wie ich ihm den Ring vor die Füße geworfen hatte, tauchten wieder vor meinem geistigen Auge auf.

»Sienna?«, hörte ich Ivy fragen.

Ich unterbrach den Augenkontakt und drehte meinen Rekorder an, der neben mir stand.

Lily Allen begann zu singen.

»Fuck you …«

Statt mich genervt anzusehen, wirkte ihr Blick eher mitleidig.

Ja, genau. Das habe ich noch gebraucht.

Cole stand noch immer auf der anderen Bürgersteigseite. Lachte er oder war er wütend?

Keine Ahnung, es war mir auch egal.

***

»Ich bin drüben«, rief Ivy mir wenige Stunden später zu.

»Viel Spaß«, murmelte ich und starrte auf mein Handy, das auf der Küchentheke lag.

»Meinst du das ernst?«, fragte sie und steckte ihren Kopf raus, um in die Küche zu sehen.

»Nur weil ich jemandem den Tod wünsche, wünsche ich ihn nicht euch«, stellte ich kühl klar.

»Ist ja schon gut. Bis später.«

Ich hörte, wie sie die Haustür hinter sich schloss und blickte weiter auf mein Handy.

Dann machte ich mich auf zu meinem nächsten Projekt.

Hatte ich vor kurzem noch gesagt, mir war egal, was auf diesem ominösen Stick gespeichert war? Nun ... ich musste da meine Meinung revidieren.

Zumindest erklärte das meine nächste Aktion.

Da ich auf keinen Fall wollte, dass Cole es mitbekam, musste ich anders vorgehen.

Also kletterte ich gerade an dem Efeu und dem kleinen Gerüst, das die Pflanze hielt, die Fassade hoch.

Mehrmals wäre ich fast heruntergefallen, konnte mich aber jedes Mal wieder fangen.

Ich fluchte leise, als ich mit einem Bein von der Fassade rutschte und mich nur der Griff an die Fensterbank retten konnte.

Definitiv bräuchte ich mehr Sporteinheiten und musste grinsen, weil das niemals passieren würde.

Mit einem tiefen Seufzer klammerte ich meine beiden Arme auf die Fensterbank und schnaufte dazu noch, weil es wirklich anstrengend war unter der Mütze vernünftig zu atmen.

»Komm ruhig rein«, hörte ich dann Rusty sagen.

Sein Fenster stand offen, sodass ich mich nur noch reinziehen musste.

»Schon gut, Rusty. Ich schaff das auch ohne Hilfe«, sagte ich sarkastisch und gab immer noch Laute von mir, die an einen wunderschönen, sterbenden Schwan erinnerten.

Rusty saß unterdessen an seinem Rechner und schien dies interessanter zu finden. Vermutlich schaute er sich Pornos an.

Mit meinen letzten Kraftreserven zog ich mich über die Fensterbank und stürzte polternd in sein Zimmer.

O Gott. Meine Arme. Meine Lunge. Alles tut so weh.

Dabei flog der Baseballschläger aus meinem Hoodie.

Ich zog die Mütze etwas hoch, um genügend Sauerstoff zu bekommen.

»Du findest das, was du suchst auf meinem Bett, Sienna.«

Woher wusste er, dass ich kommen würde?

Woher wusste er, dass ich es war?

Schnell schob ich die Maske wieder ganz über mein Gesicht und stand auf.

»Ich suche nicht …«

Jetzt blickte Rusty mich das erste Mal an und musterte meine Erscheinung und dann den Baseballschläger, den ich mir gegriffen hatte, um ihn in Angst und Schrecken zu versetzen.

Dann blickte er wieder auf seinen Rechner.

Hat ja super geklappt!

Ich ignorierte die nackten Ladys, die an der Wand klebten und blickte zu seinem Bett. Dort lag tatsächlich etwas. Ein Stick in Form einer nackten Frauenbrust.

Natürlich.

»Was ist da drauf?«, fragte ich.

»Nimm ihn dir einfach, Sienna. Obwohl du so laut warst, hat noch niemand nachgefragt.«

»Du wirst Cole nichts erzählen?«, fragte ich zweifelnd.

»Glaubst du echt, er weiß nicht, dass du früher oder später hierhin kommen wirst?«

Ich öffnete den Mund, um zu kontern, aber ich stand jetzt nun mal in Rustys Zimmer. Maskiert und bewaffnet, falls es zu Schwierigkeiten gekommen wäre.

»Na wunderbar.« Schnell griff ich mir den Stick und steckte ihn mir in den Hoodie.

»Und nur so zur Info: Cole ist mir scheißegal!«, stellte ich klar.

»Klar.«

Rusty sah immer noch nicht auf, also entschloss ich mich, zu verschwinden.

»Wohin gehts?«, fragte er dann, als ich zum Fenster ging und den Baseballschläger ebenfalls wieder in meinem Hoodie verstaute.

»Bevor ich durch das Haus gehe, spring ich lieber in den sicheren Tod.«

Bevor Cole mich noch sieht.

Als ich erneut an der Fassade hing, schüttelte ich über mich selbst den Kopf.

Wie war das?

Cole ist mir scheißegal?

Ich ließ die letzten Fuß hinter mir, indem ich heruntersprang und auf dem Boden ankam, ohne mir etwas zu brechen.

Dann schlich ich wieder zurück zu unserem Haus. Unbeobachtet und doch wusste ich, dass Cole davon erfahren würde.

Und das war das erste Mal, dass es mir mehr ausmachte, als es sollte.

***

Ich schloss mein Zimmer ab. Die Mütze und der Baseballschläger landeten in der Ecke.

Mein Laptop stand wie immer auf dem Schreibtisch und war bereits an.

Nur Phoebs und July hatten mich so hereinkommen sehen.

Phoebs hatte schwer geseufzt und dann nur »Will ich es wirklich wissen?« gefragt.

Ich antwortete ihr nicht, sondern ging direkt in mein Zimmer.

Und jetzt saß ich an meinem Schreibtisch vor meinem Laptop und starrte die Titte, ich meinte den Stick, an.

Was, wenn etwas drauf war, das alles änderte? Was, wenn es nichts änderte und ich umsonst …

Ach halt die Klappe, Sienna. Jetzt mach schon!

Dieses Mal zögerte ich nicht, als ich den Stick in den Laptop steckte und darauf wartete, dass der Inhalt geladen wurde.

Erst ruckelte das Bild, dann waren Cole und ich zu sehen.

Wann war das?

Cole trug Hemd und Hose und ich das Kleid aus Vegas.

Das war Vegas! Das war …

»Ach komm schon, Cole.«

Ich hatte meinen Arm um ihn geschlungen und grinste debil. Die Perspektive war merkwürdig. Als würde ich ihn heimlich filmen.

Ja, ich habe wohl getrunken.

»Sienna«, seufzte er, als wäre ich ihm lästig. Er versuchte meinen Arm von sich zu schieben, aber das ließ ich nicht zu.

Die Kamera wackelte wieder, dann hielt ich sie plötzlich direkt vor unsere Gesichter.

»Gib mir mein Handy, Sienna.«

Das war sein Handy?

»Warum? Die Kamera ist perfekt. Also, was machen wir als nächstes? Ich habe gehört, es gibt noch viel mehr Casinos! Lass uns da hin!«

»Du willst noch mal verlieren?«

Verlieren? Was hieß das denn?

»Hey, ich habe ehrenvoll gewonnen, Cole!«

Am Hintergrund konnte ich nicht erkennen, wo wir uns befanden. Aber es war in Vegas. Soweit konnte ich ihm folgen. Und da ich ständig mit meiner freien Hand herumwedelte, konnte ich meinen ringlosen Finger sehen.

Zu dem Zeitpunkt waren wir noch nicht verheiratet!

»Und was soll das Video jetzt beweisen? Dass ich einen über den Durst getrunken habe? Super. Das sehe ich auch so!«, sagte ich zu mir selbst und lehnte mich an die Stuhllehne zurück.

Plötzlich war das Video zu Ende und ein neues begann. Dieses Mal lag das Handy auf dem Boden und ich konnte erkennen, wie ich weinend auf irgendeiner Art Stufe saß. Nur mein halbes Gesicht war wegen des Aufnahmewinkels zu erkennen. Noch immer trug ich dasselbe Kleid.

»Sienna.« Coles Stimme.

Er setzte sich direkt neben mich, machte sich aber nicht die Mühe, mich zu berühren. Das musste er auch nicht. Ich warf mich heulend in seine Arme.

»Warum willst du es nicht, Cole? Warum nicht?«

Wovon sprach ich denn da?

O Gott. Habe ich ihn angebettelt, mit mir zu schlafen?

»Es geht nicht darum, dass ich es nicht will«, erklärte er.

»Nein? Du willst es also auch?« Hoffnungsvoll schien mein betrunkenes Ich ihn anzusehen.

Ich schloss kurz gequält die Augen, weil ich ihn offenbar wirklich angebettelt hatte, mit ihm zu schlafen.

»Es geht darum, was du willst, Sienna. Ich glaube, es wäre ein Fehler. Diese ganze Reise war ein Fehler. Ich hätte dich nicht …«

Mein Kopf ruckte hoch.

Was wollte er damit sagen? Dass er es bereute, mich

mit den übelsten Hintergedanken nach Vegas gelockt zu haben?

»Also willst du es? Du willst mich heiraten?«

»WAS?«, schrie ich aus und bekam meinen Mund nicht mehr richtig zu.

Das hatte ich gerade nicht gehört. Das konnte nicht sein! Das durfte nicht sein!

»Sienna.« Cole klang verzweifelt.

»Bitte, Cole. Es fühlt sich wie Fügung an. Du und ich hier. Wir sind eigentlich vollkommen allein, obwohl unsere Welt das völlig anders sieht.«

DAS konnte nicht aus meinem Mund gekommen sein.

NIEMALS!

Und doch sah ich es schwarz auf weiß. Quatsch, das Video war in Farbe.

»Das tut sie«, stellte Cole leise fest.

»Und wir zwei könnten vielleicht gut füreinander sein. Was meinst du?«

Was meinte er?

»Nimmst du das etwa auf?«, hakte er nach, als er die Kamera oder das Handy bemerkte.

Ich kicherte los.

»Mist, ich habe gar nicht bemerkt …«

Das Video endete und ich starrte den schwarzen Bildschirm an. Meine entsetzte Mimik spiegelte sich in dem Laptop.

»WIR SIND VERHEIRATET!«, schrie mein betrunkenes Ich, als das nächste Video startete.

Ich drückte Cole einen Kuss auf die Wange und lächelte, als wäre ich wirklich eine glückliche, nüchterne Braut.

Cole schmunzelte mich an und er sah ... auch wirklich glücklich aus.

Und an all das hatte ich keinerlei Erinnerung mehr? Wie konnte das sein?

Wie viel hatte ich verdammt noch mal getrunken?

»Was für ein Spiel ist das ...«, redete ich erneut mit mir selbst.

»Jetzt sind wir nicht mehr allein, Cole«, flüsterte ich ihm zu und küsste ihn.

War das jetzt unser erster Kuss gewesen?

Ich hätte diese Szene ewig ansehen können, aber da war das Video bereits zu Ende.

Mehr war nicht mehr auf dem Stick enthalten.

Drei kurze Videos. Drei und sie alle bewiesen es: Cole mag mich nach Vegas gebracht haben, aber ich war die treibende Kraft gewesen, dass wir heirateten.

Und dann fielen mir wieder Coles Worte ein:

»Dein Vater hat dir immer noch nicht das Video gezeigt?«

Mein Handy lag auf der Kommode. Ich hatte es hiergelassen, falls man mich orten würde, wenn ich bei Rusty zu Besuch war.

Es war Monate her, dass ich Dad angerufen hatte. Jedes Mal dauerte es Minuten, bis ich mich dazu aufraffen konnte, ihn zu kontaktieren. Heute zögerte ich nicht ihn anzurufen.

Es klingelte viermal bei ihm, da hatte er schon abgenommen.

»Ja?«

Dad wusste ganz genau, wer dran war, aber das änderte nichts daran, dass er mich nicht begrüßte.

»Dad. Ich muss dich was fragen.«

»Wie wäre es mit einem Hallo? Ich bin dein Vater!«

»Wenn du es dir mehrmals hintereinander sagst, glaubst du womöglich selbst dran«, konterte ich.

Die Zeiten waren vorbei, dass ich auf liebevolle Gesten oder Worte von ihm wartete.

»Anscheinend lehrt man dich in Kentucky immer noch nicht …«

Meine Geduld war am Ende.

»Ich habe echt keine Zeit für diesen immer wiederholenden Wortwechsel, Dad. Ich will nur eines wissen.«

Der langgezogene Seufzer hätte mich wieder angestachelt, aber ich gab dem Drang nicht nach.

»Worum gehts?«

»Warum konnte ich die Ehe nicht annullieren lassen?«, platzte ich mit der Frage heraus.

»Was?«

»Du weißt schon. Die bisher einzige Ehe deiner einzigen Tochter. Warum …«

»Ich habe dich schon verstanden!«, donnerte er in den Hörer.

»Sehr gut, also? Warum hat das damals nicht funktioniert?«

Als ich aus Vegas zurückgekommen war, hatte ich Mom und Dad angerufen. Ich war zu aufgewühlt und wollte diese Sache schnell bereinigt wissen. Dad schiss mich minutenlang am Telefon zusammen, versprach aber, seine besten Anwälte an die Sache zu setzen. Eine Woche später informierte er mich darüber, dass eine Annullierung nicht möglich sei. Auf Nachfragen meinerseits lag es angeblich an den Gesetzen in Vegas. Und da ich einfach nicht mehr über dieses Thema nachdenken wollte, hakte ich nicht weiter nach.

Ein Fehler. Ein riesengroßer Fehler!

»Du hast mir gesagt, wir müssen das Trennungsjahr abwarten. Du hast mir gesagt, eine Annullierung würde nicht funktionieren.«

»Und?«, fragte er ungeduldig nach.

Mit dem Blick zum schwarzen Bildschirm, sagte ich:

»Du hast mich angelogen. Es gab nur eine Komplikation. Ich. Denn ich war es, die diese Hochzeit wollte. Ich habe es ständig in diesen Videos, die auch noch ich aufgenommen habe, gesagt. Ist es nicht so? Eine Annullierung wäre nicht möglich gewesen, weil ich …«

»Hör auf!«, rief er mir genervt dazwischen. »Keine Ahnung, woher du die Videos auf einmal hast, aber ja, so war es. Selbst die besten Anwälte konnten da nichts mehr machen. Immerhin argumentierte ich, dass du viel zu betrunken gewesen seist, als dass du noch gewusst hättest, was du da getrieben hast. Aber offensichtlich sah der Richter das anders.«

Um ehrlich zu sein, wirkte ich auf den Videos wirklich nicht zu betrunken.

Warum erinnerte ich mich also nicht daran?

»Bist du jetzt zufrieden? Und warum willst du das jetzt wissen?«

»Du hättest mir die Wahrheit sagen sollen«, stellte ich klar.

»Ach ja? Ist dir eigentlich klar, dass dieser Skandal uns viel hätte kosten können?«

»Und ist dir klar, dass es mich noch mehr gekostet hat?«, fuhr ich ihn barsch an.

»Sienna, du redest nicht so …«

»Hat Cole dir das Video gegeben?«

»Natürlich. Dieser Mistkerl wollte, dass du es siehst. Ich habe ihm gesagt, dass das nichts zur Sache tut. Du willst diese Ehe nicht und …«

Kopfschüttelnd setzte ich mich aufs Bett. Meine Beine fühlten sich an wie Wackelpudding.

»Bist du noch dran?«, fragte er nach einer Weile.

»Ich muss auflegen. Mein Seminar beginnt gleich.«

Ich ließ Dad nicht mehr darauf antworten, sondern legte einfach auf.

»Scheiße!«

Und jetzt?

Langsam stand ich wieder auf und ging zum Fenster. Ich schob die Gardine nicht weg, schaute aber rüber zum Verbindungshaus.

Cole hatte nicht gelogen, es gab ein Video. Ein Video, das so viel änderte.

Er mag mich nach Vegas gebracht haben, aber ich war die treibende Kraft gewesen. Ich wollte ihn heiraten! Und ich hatte es am Ende auch getan!

»Mist, verdammter!«

Kapitel 11

WENN MUSIK SPRECHEN KÖNNTE

COLE

»Shit!« Will stützte sich auf seinen Rugbyschläger ab und ich atmete mehrmals tief durch, um dann auf der Stelle zu laufen. »Wie schaffst du das?«

»Was?«

Ein paar der Jungs klopften mir auf die Schulter, andere blickten mich feindselig an.

»Mach dir nichts draus. Du bist nicht mal eingeschrieben und machst sie alle fertig. Das ist der Neid«, stellte Will klar, während er nach Luft schnappte.

Er hatte mich heute eingeladen, mal mit zu trainieren, nachdem wir jetzt seit zwei Tagen zusammen joggten.

Da Zach ab dem Sommer seinen Master machte, wollte er im Team zurücktreten. Will würde die Stelle des Captain übernehmen.

»Kann ich mit leben«, stellte ich klar.

»Weil Sienna nichts anderes bei dir …« Will grinste schadenfroh, bemerkte dann aber meine ernste Miene. »Sorry. Manchmal rede ich schneller als mir lieb ist. Frag …«

»Phoebs?«, half ich ihm auf die Sprünge.

Aber statt mich deswegen genervt anzusehen, nickte er.

»Da hast du recht.«

»Mach dir keine Sorgen. Ich finde es ganz interessant, dass mich mal niemand überschwänglich toll findet.«

»Ja, klar. Muss richtig beschissen sein, von Hunderttausenden angehimmelt zu werden«, schnaubte Will, während er seinen Schläger auf eine der vielen Bänke legte. Diese Reaktion kannte ich. Jedermann, der dieses Leben nicht kannte, fand es alles andere als schlecht, ein Superstar zu sein.

»Stell dir einfach vor, du wirst überall und ständig erkannt. Und falls du das Pech hast, dass es zu viele Fans sind, die dich vor einem Café oder einem Restaurant erkennen, versucht man dich zu küssen, dir deine Sachen vom Körper zu reißen und dich anzufassen. Und das nicht nur von hübschen Frauen. Wir reden von allen.«

»Man wollte dir auf offener Straße deine Klamotten …? Wow. Klingt anstrengend.«

»Genau. Deswegen ist es hier ziemlich angenehm.« Suchend blickte ich mich um. Auf der Tribüne saßen nur ein paar Studentinnen, die uns kichernd beobachteten. Das war es aber auch schon an Publikum.

»Aber du willst Sienna trotzdem zurück, oder? Das willst du doch?!«

»Warum fragst du?«

»Na ja, ich bin womöglich nicht der richtige dafür. Oder vielleicht doch, weil ich mir mit Phoebs zu viel Zeit gelassen habe, weil … Ich schweife ab. Du musst wissen: Mit Sienna legt man sich nicht an und …«

»Falsch. Ihr legt euch nicht mit Sienna an, weil ihr *denkt,* es würde sich nicht lohnen«, korrigierte ich ihn.

»Kann schon sein«, mutmaßte Will und trank aus seiner Wasserflasche.

»Sie ist nicht ganz einfach.«

»Nicht ganz einfach? Nett formuliert.«

»Aber das ist es ja gerade.«

Man konnte Will ansehen, dass er nicht ganz verstand, worauf ich hinauswollte.

»Am Anfang fand ich sie einfach nur originell. Sie besaß ziemlich viel Ausstrahlung. Jung und hübsch eben. Aber irgendwann habe ich begriffen, dass sie von mir als Musiker überhaupt nichts hielt. Zumindest als sie erfuhr, wer ich war.«

»Das ist Sienna.«

»Stimmt. Und das gefällt mir.«

Mir gefällt sie.

»Na, dann hoffe ich, dass du keine sechs Monate brauchst, damit sie es auch begreift.«

»Sechs Monate?«, fragte ich überrascht.

»Aufgerundet oder abgerundet. Sieh es, wie du willst. Je älter die Ladys hier werden, umso verrückter

… Na ja, du stehst auf Sienna, du wirst das bereits bemerkt haben. Ich bin echt gespannt, was das noch mit euch wird.«

»Ich auch«, erwiderte ich. »Ich auch.«

***

»Hey Rusty.«

»Hey«, erwiderte er, blickte aber nicht von seinem Laptop hoch.

Ich hatte mich neben ihn gesetzt und schaute zu Siennas Haus rüber.

Heute hatte ich mir von Zach die Anlage ausgeliehen. Die Boxen standen bereits an beiden Seiten der Veranda verteilt. Das Verlängerungskabel hatte mir einer der Anwärter aus dem Keller besorgt. Im Haus herrschte reges Treiben, da eine der vielen Collegepartys heute Abend in der Verbindung stattfand.

»Was machst du? Hackst du dich wieder im Verteidigungsministerium ein?« Ich grinste, weil die Geschichte echt verrückt klang. Angeblich war das FBI vor wenigen Monaten ins Haus gestürmt, weil Rusty vergessen hatte, sich auszuloggen.

Er hob den Kopf und stöhnte genervt auf.

»Ein einziges Mal ist mir das passiert und ich werde wohl Jahre dafür bezahlen.«

»Keine Ahnung. Aber es ist echt …«

»Ja, ja. Ich sage dir, bei deren lächerlichen Firewall ist es reines Glück gewesen, dass nur ich durchgekommen bin. Ich meine, ein paar Trojaner hätten womöglich noch mehr Schaden angerichtet und wer weiß, ob ein paar Ghost…«

Rusty blickte mich an.

»Du hast keine Ahnung, wovon ich spreche, oder?«

»Nein«, gab ich ehrlich zu.

Rusty seufzte. »Es ist hart, wenn man so überdurchschnittlich hochbegabt ist … Du weißt, was ich meine. Deine Karriere ist interessant.«

»Ich bin nur ein Doppelgänger. Verdiene ein bisschen was dazu.«

Wenn ein Typ wie Rusty so etwas sagte, war es womöglich ein ernstzunehmendes Kompliment. Trotzdem versuchte ich noch die Fassade aufrecht zu erhalten.

»Natürlich. Und ich bin der Stuntdouble von Dwayne Johnson.«

Ich schmunzelte, weil Rusty einen beschissenen Humor besaß.

»Natürlich rede ich von den ersten Jahren deiner Karriere, Cole. Denn da lief es noch gut für dich. Vor zwei Jahren kam dann der erste Absturz, seitdem produzierst du fast nur negative Schlagzeilen.«

»Danke«, stellte ich lachend fest.

»Oh, bedank dich nicht. Ich speichere nur das, was mir die Webseiten liefern. Kein Wunder, dass du versucht hast, mit einer Ehefrau deinen Ruf zu retten. Soll ja öfters klappen bei denen in Hollywood. Trotzdem ging es schief, weil die Wahrheit für besagte Ehefrau ja auch ziemlich …«

Ich pustete die Wangen auf.

»Keine Angst. Nur die Fakten sehen beschissen aus.«

»Aha«, kommentierte ich kurz und blickte wieder zum Haus.

»Das meine ich ernst. Auf den ersten Blick klingt der Plan wirklich böse. Du benutzt eine Frau, damit sie dir gute Schlagzeilen beschert. Aber auf den zweiten Blick …«

»Auf den zweiten Blick?«

»Du hast ausgerechnet Sienna für diesen Plan gewählt«, stellte Rusty fest, als würde das bereits alles erklären.

»Und?«

»Und? Von allen Frauen dieser Welt – und da rede ich von mehreren Milliarden – hast du ausgerechnet die gewählt, die dir nicht verzeihen wird.«

»Na großartig«, sagte ich. »Weißt du eigentlich, dass du bereits der zehnte oder so bist, der mir sagt, dass Sienna mir nicht verzeihen wird, sondern eher Schaschlik aus meinen Eiern macht?«

»Ja, wir können eine richtig geile Motivationstruppe sein, oder?« Rusty war schon wieder in seinen Laptop vertieft und tippte so schnell Wörter hinein, das ich einfach nur den Kopf schütteln konnte. »Jedenfalls hat sie sich den Stick geholt.«

Den letzten Satz hatte er beiläufig erwähnt, so als wenn er mir sagen würde: »Kaltes Bier ist im Kühlschrank.«

»Was? Wann?«

Rusty dachte nach.

»Muss vor drei Tagen gewesen sein.«

»Drei Tage? Das sind zweiundsiebzig Stunden!«

»Joa, wenn sich daran nichts geändert hat, werden es wohl zweiundsiebzig sein!«

Ich hatte Rusty den Stick gegeben, weil ich wusste, dass sie mich nie danach fragen würde.

Sie war zu stur. Sie war zu … Sienna wollte immer recht behalten. Deswegen und aus vielen anderen bescheuerten Gründen wäre sie nie auf mich zugekommen.

Aber dass sie bereits vor drei Tagen bei Rusty gewesen war?

»Du hättest mir direkt Bescheid geben sollen!«

»Weil?«

»Weil?« So langsam wurde ich echt pissig. »Ich sitze hier bereits fast zwei Wochen herum und habe keine Ahnung, was ich machen soll. Und …«

»Falsch.«

»Falsch?« So langsam kam ich mir wie ein Papagei vor.

»Richtig. Du wohnst bereits fast zwei Wochen hier und Sienna hat dich gemieden wie die Pest.«

»Aha. Und was soll bitte an der Pest gut sein?«

»Na ja, geschichtlich nicht viel. Aber Sienna stellt sich allem. Frag die Jungs. Jeder von uns wurde mindestens einmal von ihr zusammengeschissen. Selbst dann, wenn sie nicht mal wussten, warum. Und bei dir? Nichts!«

»Auf die ein oder andere Art ergibt das sogar Sinn«, stellte ich fest.

Je länger ich hier herumsaß, umso weniger Hoffnung hatte ich. Ja, jedes Mal musste ich mich selbst motivieren zu hoffen, dass sie irgendwann nachgibt, damit wir alles klären konnten. Aber von Tag zu Tag, von Stunde zu Stunde wurde aus dieser Motivation eine Endlosschleife. Sie zermürbte mich.

»Außerdem schickt sie dir auch ständig diese Botschaften. Es müsste übrigens wieder mal so weit sein.«

Wir beide blickten zur anderen Seite der Straße.

Es war zwölf Uhr und somit Zeit für Sienna, ihren jeweiligen Song lauthals draußen zu spielen.

Seit das mit der Musik anfing, wartete ich wie gespannt darauf, welchen »netten« Song sie heute für mich hätte.

Einmal forderte sie lautstark Respekt, ein anderes Mal sollte ich mich schämen wegen meiner Existenz und gestern schallte dann »Your Ex-Lover is dead« über die Straße. Danach hatte Ivy sich die Boxen geschnappt und die Mädels fingen an, leidenschaftlich zu diskutieren.

Hatte sie sich also immer noch nicht den Stick angesehen?

Oder es ist Sienna ganz einfach egal, was drauf zu sehen ist?

»Das ist neu«, sprach Rusty überrascht.

»Was?«

»Na hör doch hin!«

Und ich hörte hin.

Sienna war unentdeckt von mir auf die Veranda gegangen, hatte die Musik laut aufgestellt und ging die Straße entlang, ohne zu mir zu sehen.

Der Song, den sie heute ausgesucht hatte, der … war anders als die anderen.

»*Would I lie to you?*« drang es aus den Boxen.

Und ich antwortete wie immer, in dem ich den Song ,,*The Power of Love*" spielte.

KAPITEL 12

THERAPIEN SIND DIE NEUEN INTERVENTIONEN

SIENNA

Mein Bein wippte, während ich *Lily Allen* zuhörte, wie sie über diesen Scheißtypen sang, der es nicht besser verdiente.

Nach diesen anstrengenden Seminaren heute Mittag hatte ich mir etwas Musik und meine Ruhe definitiv verdient.

Ich schloss meine Lider und sang aufrichtig berührt mit.

»Fuck you … Fuck you very, very much«, trällerte ich und öffnete die Augen, um so richtig abzugrooven.

Nur hatte ich weder Phoebe noch Ivy hier erwartet, sodass ich lauthals aufschrie.

Phoebe schrie mit, weil sie nicht mit meinem Ausbruch gerechnet hatte.

Ivy saß an meinem Schreibtisch und ließ sich nicht von unserem Ausbruch ablenken.

»Scheiße!«, fluchte ich und riss mir meine kabellosen Kopfhörer aus dem Ohr.

Mein Herzschlag ging fast an die Decke.

Ivy hob die Hand und tat so, als wäre nichts dabei, weil ich sie erwischte, wie sie vor meinem Laptop saß.

»Was zum Teufel macht ihr hier? Schon mal was von Anklopfen gehört?«

Phoebe wirkte zumindest einigermaßen schuldbewusst. Aber Ivy? Die saß noch immer an meinem Schreibtisch, vertieft in irgendetwas.

Oha. An dem Schreibtisch mit meinem Laptop, in dem der Stick noch steckte!

»Halt! Hände hoch und nicht rühren!«, rief ich hastig.

»Zu spät!«, kommentierte Ivy und schloss den Bildschirm langsam wieder.

Doppelt scheiße!

»Was hast du gesehen?«, fragte ich.

Ivy drehte sich mit dem Stuhl zu mir um.

»Was hast du denn gesehen?«, stellte sie die Gegenfrage, ohne die Miene dabei zu verziehen.

»Nun, kommt drauf an, was du gesehen hast?«

Ivys Augen wurden immer kleiner, während sie mich musterte.

»Das ist doch lächerlich!«, stellte Phoebs fest.

»Dann sag das ihr!«, sagten Ivy und ich synchron.

»Gut.« Ivy gab als Erste nach und ich grinste zufrieden. »Du brauchst gar nicht so blöde zu grinsen. Wenn du die Videos auf dem Stick auch angesehen hast, würde ich in deinem Fall nicht so selbstgefällig vor mich hin lächeln.«

Sofort war mein Grinsen verschwunden.

»Du hast sie also angesehen!« Ivy stand vom Stuhl auf.

»Ja, und wenn ich vielleicht mal reingesehen habe? Und?«

»Und? Darauf ist klar und deutlich zu sehen, dass *du* heiraten wolltest! Cole, dem du vorgeworfen hast, dich gezwungen zu haben – falls du es vergessen haben solltest.«

»Wow«, kommentierte Phoebs, um auch bei mir irgendeine übriggebliebene Sicherung – die noch nicht durchgebrannt war – doch noch in Fetzen zu reißen.

»Was ändert das?«, rief ich aus und stand umständlich vom Bett auf. Phoebs wollte mir helfen, aber ich hob warnend die Hand und sie ließ mich zufrieden. »Ich hätte vermutlich wissen sollen, dass ich es war, die … die diesen ganzen Irrsinn wollte. Und ja, spätestens mein Dad hätte mir die Wahrheit sagen können. Denn alles, was er dazu gesagt hat, lautet übersetzt ungefähr so: ›Wie? Ist das denn jemals wichtig gewesen?‹« Dabei sprach ich den letzten Satz bewusst tiefer aus.

»So klingt dein Dad?«, hakte Ivy verwirrt nach.

Ich verdrehte kopfschüttelnd die Augen. »Das ist nicht wichtig.«

»Na ja, es klingt schon ziemlich gruselig«, stellte Phoebs dann auch noch fest.

»Um ihn geht es nicht. Also nicht nur!«, stellte ich entfernt fest.

Er hatte mir ja auch nur verschwiegen, dass ich anscheinend die heiratswütige Irre von uns beiden gewesen war.

»Worum geht es denn dann?« Ivy wirkte leicht verwirrt.

Ich stockte in der Bewegung und öffnete den Mund, um ihr eine Antwort zu geben.

Nur – was für eine?

Cole wollte mich nicht heiraten. Also … anscheinend nicht so begierig, wie ich ihn im besoffenen Zustand. Und ehrlich gesagt, nagt das an mir.

Phoebs indes blickte mich mit diesem Hundeblick an, den ich so hasste.

Vermutlich wollte sie mich gleich aus Mitleid adoptieren oder so etwas.

»Mein Dad hat recht«, sagte ich stattdessen. »Warum sollte es wichtig sein? Ja, er hat mir nie gesagt, warum keine schnelle Annullierung infrage kommt und auch bei meiner Nachfrage war er sich keiner Schuld bewusst.« Einmal holte ich tief Luft. »Cole und ich waren fünf Minuten verheiratet. Fünf verdammte Minuten und schon hat er mich belogen und verarscht! Glaubt ihr, nur weil er jetzt hier auftaucht – nach über zehn Monaten –, will ich ihn noch haben?!«

Ivy öffnete den Mund.

»Wehe du sagst jetzt, dass ich ihn will!«

»Eigentlich wollte ich nur sagen, dass dein Dad ein echtes Arschloch ist!«

»O.« Mist. Jetzt nahm sie mir völlig den Wind aus den Segeln. »Danke.«

Niemand von uns sagte danach etwas.

Die Stille war zugleich unheimlich und irgendwie notwendig.

»Und was jetzt?«, beendete Ivy die Ruhe oder auch den Waffenstillstand zwischen uns.

Seufzend setzte ich mich zurück auf mein Bett.

»Musst du ständig als Erste so nervige Fragen stellen?«, fragte ich fast verzweifelt.

»Was denn?«

Phoebs schüttelte seufzend den Kopf.

»Recht hat sie ja. Es ist nie gut, wenn du eine Unterhaltung beginnst, Ivy.«

Gut, jetzt blickte Phoebs Ivy an, als würde sie sie adoptieren wollen.

War ich wenigstens aus dem Schneider.

»Na gut, dann rede du doch.« Ivy setzte sich beleidigt zurück auf den Schreibtischstuhl, hatte die Hände vor der Brust verschränkt und wartete darauf, dass Phoebs begann.

»Sienna …«

»Wenn das eine Intervention wird, vergisst es!«

»Das ist keine Intervention«, antwortete Phoebs.

»Ja, aber nur weil July das Banner verlegt hat«, mischte Ivy sich murmelnd ein.

Es hatte in den letzten Jahren immer wieder mal ein paar Probleme gegeben. Das war nichts Neues, wenn viele Mädels zusammenwohnten.

July hatte mal eine Shoppingsucht, die wir therapieren mussten. Also … nicht dass wir Probleme damit hatten, wenn sie sich Klamotten oder so kaufte. Aber sie war damals von Einhörnern besessen. Rosa Einhörnern. Eines Morgens nahm es so sehr Überhand, dass Ivy sich den kleinen Zeh gebrochen hatte, da einige der Teile bereits auf der Treppe lagen. Denn July hatte nirgends mehr Platz in ihrem Zimmer. Nun, die Intervention konnte Ivy nur noch unter Schmerzmitteln mitmachen. Sie lallte auffällig viel, als wir July klarmachen mussten, dass dieses Haus ab sofort einhornfreie Zone bleiben sollte. Wobei meine Einhornclogs selbstverständlich davon ausgenommen waren.

Ein anderes Mal mussten wir auch mal bei Ivy intervenieren. Damals übertrieb sie es etwas mit diesem ganzen »Ich muss Zach töten«-Geschwafel. Nun, wir hatten wenig Erfolg. Man musste nur Zach fragen. Der Arme war allergisch gegen Apfelkuchen und nun … Die Geschichte war einfach zu verrückt und außerdem … fragt doch Ivy!

»Wie lange weißt du das mit den Videos schon?«, fragte Phoebs aufrichtig interessiert.

Sie setzte sich neben mich und lächelte wieder freundlich.

»Nicht lang«, antwortete ich, klang aber wenig überzeugend.

Phoebs schaute mich so lang an, bis ich nachgab.

»Drei Tage.«

»Wow«, kam es jetzt von Ivy.

Phoebs machte eine zustimmende Geste mit den Augenbrauen.

»Was?«, hakte ich verwirrt nach.

»Nur zu, Phoebs. Du willst das ja klären«, sagte Ivy, klang aber alles andere als begeistert.

»Sienna, bist du dir sicher, dass es dir gut damit geht?«

Stirnrunzelnd betrachtete ich Miss Marple. Sie trug ein schönes Kleid, allerdings fehlte noch der Hut und sie sähe wirklich so aus wie die überfreundliche Nanny.

»Warum sollte es mir nicht gut gehen?«

»Weil es dir nicht gut geht«, sagte Phoebs.

Ich schnaubte. Dann schnaubte ich kopfschüttelnd, nur um dann noch einmal ein Räuspern von mir zu geben, das an ein Schwein erinnerte.

Sie sahen mich immer noch mit einem merkwürdigen Ausdruck in ihren Gesichtern an, den ich schwer deuten konnte.

»Natürlich würde ich mich besser fühlen, wenn Cole endlich dahin geht, wo der Pfeffer wächst. Das ist doch klar!«

Sie schauten mich immer noch abwartend an.

»Ich meine, er ist hier unerwünscht. Ich will ihn nicht hier haben!«

Die beiden gafften mich immer noch an.

»Was? Habe ich was im Gesicht?«

Jetzt stand ich auf und musterte beide konzentriert.

»Ja, hast du. Eine Nase, die immer länger wird, weil du gequirlte Scheiße erzählst«, erklärte Ivy.

»Was?«, fuhr ich sie an.

»Sorry, ich habe eigentlich erwartet, dass Phoebs mich jetzt aufhält. Da kam aber nichts. Ist das also in Ordnung so, Phoebs?«, hakte Ivy bei ihr nach.

Phoebs seufzte theatralisch.

»Meine nette Art zieht mal wieder nicht. Mach nur.«

Dabei machte sie dann noch eine wegwerfende Handbewegung.

»Also …« Ivy holte tief Luft, als würde sie sich wappnen, dann blickte sie mich erneut an. »Du weißt seit drei Tagen etwas, das praktisch alles verändert.«

»Das ändert gar …«

»Aha«, schüttelte Ivy den Kopf. »Sag nichts, was du nicht auch so meinst. Ich denke, wir zwei haben in letzter Zeit genug Mist aus deinem Mund gehört. Jetzt kommen die Karten auf den Tisch.«

»Aha?«, wiederholte ich ihre Antwort verdutzt.

»Sienna, du hast Cole geheiratet. Ob das jetzt unter Alkoholeinfluss passiert ist oder nicht, aber du hast ihn heiraten wollen. Und egal, wie viel du vor uns verheimlichst, wir wissen, dass du das nie getan hättest, wenn dir Cole scheißegal gewesen wäre. Du kannst dich ja nicht mal entscheiden, ob außerhalb unserer Drei-er-Konstellation überhaupt jemand anderes existieren darf!«

Liebend gern hätte ich jetzt gekontert, aber Ivy hatte ganz einfach Recht.

Wir mochten zu zehnt oder zu zwanzig hier im Haus leben, im Grunde waren aber nur Ivy und Phoebs meine Freundinnen. Ich vertraute den wenigsten.

»Jetzt weißt du es also … und was tust du? Statt mit diesem überaus attraktiven Typen zu reden, der seit fast zwei Wochen bei unseren Jungs wohnt, kommunizierst du mit ihm durch Songs.«

»Das sind Zufälle«, behauptete ich.

Ivy ging darauf gar nicht erst ein.

»Und warum versteckst du dich dann?«

»Ich verstecke mich nich…«

»Doch. Tust du«, sagte Ivy.

»Tust du«, bestätigte dann noch mal Phoebs.

»Und eine Sienna Miller versteckt sich nicht. Niemals.«

»Niemals«, wiederholte Phoebs.

Ich knirschte mit den Zähnen.

»Und was wollt ihr mir jetzt damit sagen? Dass ich rübergehen, alles vergessen, ihn küssen und weiterhin seine Ehefrau spielen soll?«

Ivy zuckte mit der Schulter. »Vielleicht.«

»Vielleicht? Ivy, dass hier ist nicht deine Lovestory, okay? Du hattest deinen Spaß bereits!«

Bevor sie darauf etwas erwidern konnte, sah ich zu Phoebs.

»Und du hattest deine schleimige Liebesschnulze auch schon. Also hört auf, genau das aus meinem Leben zu machen, klar?! Habt ihr vergessen, dass er mich angelogen hat? Es mag sein, dass ich heiraten wollte. Besoffen, wohlgemerkt! Aber hat Cole es verhindert? Nein! Weil es sein verdammter Plan war, dass ich sein Frauchen spiele! Es fehlte im Grunde nur noch das Leckerli und er hatte mich dort, wo ich sein sollte. Das hier ist nicht diese Heiß-Kalt-Story, die du mit Zach hattest, Ivy. Ich hasse Cole wirklich. Und Phoebs, es tut mir leid, dass ich dich enttäuschen muss, aber ich bin nicht schon seit Jahren unsterblich in Cole verliebt gewesen. Und er war auch nicht total verschossen in mich und auch tausend Missverständnisse hielten uns nicht davon ab, ein total klischeehaftes Pärchen zu werden. Versteht ihr das?«

Jetzt hatten sie es kapiert.

Jetzt mussten sie es kapieren!

»Er hat dich gekränkt«, stellte Ivy ruhig, fast sanft, fest.

Schnaubend schüttelte ich den Kopf und starrte überall hin, nur nicht zu den beiden.

»Und du weißt nicht mal, ob er es ernst meint, oder?«, fragte sie weiter.

»Ich weiß gar nichts!«, rief ich verzweifelt aus.

Als würde die riesengroße Mauer, die ich seit Coles Ankunft nur noch höher gemauert hatte, langsam Risse bekommen.

»Ich habe diese Videos gesehen und … ich kann mich an nichts mehr erinnern. Ich meine, wie soll ich damit umgehen, wenn ich das alles nicht verstehe? Ja, Cole hat die Wahrheit gesagt, aber was sagt das über mich aus?«

»Wie meinst du das?«, fragte Phoebs nach.

»Was, wenn ich ihm die ganze Zeit Unrecht getan habe? Ich ihm, warum auch immer, verzeihe, nur um dann doch noch daran erinnert zu werden, dass ich das getan habe, um meinen Dad zu ärgern oder …«

»Glaubst du denn, dass du es deswegen getan hast?«

»Was weiß ich denn? Ihr kennt mich. Im Grunde

würde ich sowas völlig verrücktes machen. Aber dann bin ich auch rational genug, um zu begreifen, dass so etwas wie Heiraten nicht gerade etwas ist, das man mit ein paar Witzen wieder beenden kann. Versteht ihr, was ich meine?«

»Und dann wäre da noch das Problem, dass du Cole …« Ivy schien fast mit sich selbst zu reden, als sie meinen scharfen Blick begegnete. »Sorry, ich rede erst mal nicht über deine Gefühle bezüglich Cole, die du dir nur nicht eingestehen möchtest, weil du deswegen eine Heidenangst verspürst. Wir quatschen einfach ein anderes Mal drüber, obwohl jede von uns Angst hätte, ob seine Gefühle wirklich echt sind.«

Phoebs stellte sich schnell zwischen uns, weil es dann womöglich eine Tote gegeben hätte.

Also Ivy …

»Und was machen wir jetzt?«, platzte Phoebs mit der Frage heraus.

Frag mich mal was leichteres.

»Ist doch klar, was wir machen«, rief Ivy begeistert aus und stand auch auf.

»Ja?«, fragten Phoebs und ich zögerlich.

Ivy klatschte in die Hände.

»Das, was auch mir geholfen hat.«

»Herumschreien?«, fragte Phoebs, während ich »Apfelkuchen backen?« vorschlug.

Beide Varianten kamen nicht an Ivys Idee heran.

Zehn Minuten später hatte sie mich so weit, dass Phoebs und ich mit ihr hinausgingen, um zu ihrem Wagen zu gehen.

Dabei fiel mein Blick – selbstverständlich völlig unabsichtlich! – zur anderen Straßenseite und meine Schritte stockten, als klar war, dass Cole draußen stand.

Der, der eigentlich nicht mehr genannt werden sollte. Der, der entweder der Böse bleiben würde, oder aber im Grunde nie einer war. Der, der …

Ein Ruck an meinem Arm zog mich heraus aus meinem wirren Gedankenkarussell.

»Okay, ich denke, wir sollten schnellstens los«, sagte Ivy, die mich zum Auto lotste.

»Warum?«, hakte ich verwirrt, weil ich keine Ahnung hatte, wohin es eigentlich ging.

»Weil du womöglich denkst, Cole könnte der Gute in der Geschichte sein, aber da du bist, wie du bist …«

Ivy öffnete die Tür und drückte mich hinein. Dann beugte sie sich zu mir herunter und blickte mich fast mütterlich an. »Wirst du ihn zerfleischen wollen. Natürliche Schutzreaktion.«

So ganz Unrecht hatte sie nicht.

***

Die Therapeutin lächelte mich seit gefühlt zwanzig Minuten an, ohne mit der Wimper zu zucken. Mein Blick schoss auf meine Armbanduhr.

O nee, es waren tatsächlich bereits zwanzig Minuten seit ihrem letzten Zucken vergangen.

»Wollen Sie nicht mal anfangen?«, fragte ich irgendwann ungeduldig.

Dr. Whitter war mal Ivys Therapeutin gewesen. Oder war es die von Zach gewesen? Ich kam nicht mehr ganz mit. Als Ivy und Phoebs mich hergefahren hatten, dachte ich nicht viel darüber nach. Immerhin hatte Ivy die vollen vierunddreißig Minuten Fahrtzeit genutzt, um mir die Vorteile einer Therapeutin zu erklären.

»Wenn dir sonst keiner helfen kann, dann ist die Therapeutin deine einzige Chance.«

»Oder die Geschlossene«, murmelte ich.

»Was?«, hatte sie gefragt.

»Nichts, ich bewundere nur das schöne Wetter.«

»Ach so.«

Sie ignorierte die dunkelgrauen Wolken oder sie wollte sie ganz einfach nicht sehen.

»Gerne, worüber wollen Sie reden?«, fragte jetzt Dr. Whitter.

»Ich meinte eher, dass Sie mir irgendetwas erzählen könnten.«

»Warum denken Sie das?«

»Können Sie mit diesen Gegenfragen aufhören?«

»Sie wollen gar nicht wissen, wie oft ich das höre«, erwiderte sie freundlich und geduldig.

Ich saß auf einem Sofa, das weich und beruhigend blau, fast schon grau war. Auf dem kleinen Tisch zwischen uns stand ein riesengroßer Strauß frischer, bunter Tulpen. Dr. Whitter war professionell gekleidet. Rock, Bluse und selbstverständlich mit Brille auf dem Kopf. Einzig der Dutt fehlte. Sie trug ihr dunkelblondes Haar offen.

»Mir ist klar, was Sie hören wollen«, sagte ich.

»Ach wirklich?«

Ich ignorierte ihre Frage und versuchte auf den Punkt zu kommen. Diese Sache hier ging sowieso schon viel zu lang.

»Ivy hat mich hergeschleppt, weil sie denkt, ich müsste reden. Aber ehrlich gesagt kann ich nicht mal mit ihr drüber reden und ich wüsste nicht, was eine Fremde dazu zu sagen hätte.«

»Warum glauben Sie, dass ich etwas dazu sagen müsste?«

»Okay, können wir das lassen mit diesen Gegenfragen? Davon steigt mein Puls.«

»Selbstverständlich.«

»Selbstverständlich?«, fragte ich zögernd nach.

Dr. Whitter nickte. »Natürlich. Sie werden ja nicht gezwungen, etwas zu sagen.«

Einen kurzen Moment wusste ich nicht, was ich darauf sagen sollte.

»Ist das umgekehrte Psychologie? Sie tun so, als müsste ich nichts sagen und ich fühle mich dann besser und sage dann doch etwas?«

Jetzt war es Dr. Whitter, die etwas durcheinander wirkte.

Na toll, jetzt hatte ich wohl Zach oder Ivys Psychologin kaputt gemacht.

»Alles Coles Schuld«, murmelte ich.

»Cole?«

»Sie sind gut«, teilte ich ihr mit. »Immerhin bringen Sie mich dazu, ihn doch anzusprechen.«

Dr. Whitter schmunzelte kopfschüttelnd und begann etwas in ihr Tablet einzutippen.

»Dann reden Sie mal weiter, immerhin scheint es so, dass ich mehr über diesen Cole erfahren sollte. Es scheint nicht viel zu geben, das Sie rasend vor Wut macht.«

Normalerweise hätte ich jetzt verneint. Aber nicht bei ihr. Nicht heute.

Und dann erzählte ich ihr alles.

Wie ich Cole kennengelernt hatte und die Jahre vergingen, wie ich eines Morgens in Vegas – in seinem Zimmer! – aufwachte und ach ja, das Highlight war dann am Ende, wie Cole plötzlich vor meiner Tür stand und ich später den Stick fand … also aus Rustys Zimmer holte. Dazu musste natürlich noch Dads wundervolle Rolle erwähnt werden.

Wenn sie meine Story irgendwie verrückt fand, zeigte Dr. Whitter es nicht. Stattdessen nickte sie hier und da, machte sich Notizen und nickte dann weiter.

»So … das war es dann wohl …«

Erneut dieses Nicken, als wüsste sie alle Antworten auf dieser Welt.

»Und?«, hakte ich ungeduldig nach.

»Und was?«, fragte sie verständnislos nach und blickte auf.

»Können Sie meinen Freundinnen bitte da draußen sagen, dass eine Therapie nicht hilft? Dass alles … keine Ahnung …« Ich zuckte mit der Schulter. »Dass man so etwas einfach nicht mehr klären kann?«

»Sienna.« Sie legte das Tablet zur Seite und faltete die Hände auf ihrem Schoß zusammen.

Jetzt wirkte sie wie eine Lehrerin, die ihrer Schülerin den Sinn des Lebens beibringen wollte. Zum tausendsten Mal.

»Sie haben mir jetzt viele Informationen mitgeteilt. Wenn Sie dieses Chaos nehmen und sich das alles von oben ansehen …«

Was zum Teufel würde als nächstes kommen?

»Möchten Sie es dann mit Tabletten beenden?«

»Hören Sie Stimmen?«

»Was zum Teufel stimmt mit Ihnen nicht?«

»Stehen Sie auf Frauen?«

Okay, letzteres wäre wirklich absolut verrückt. Aber hey, mit Verrückten kannte diese Frau sich ja aus.

»Welche Frage stellen Sie sich als Erstes?«

Ich blinzelte mehrmals aufgrund ihrer Frage.

»Wie bitte?«, fragte ich verdutzt.

Dr. Whitter schmunzelte.

»Die erste Frage, die womöglich wichtigste Frage: Wie lautet sie, wenn Sie sich dieses ganze Durcheinander, das Sie selbst so nennen, aus weiter Entfernung betrachten?«

Durcheinander? Es war ein Haufen Scheiße. Stinkend. Übelriechend.

Und doch nahm ich ihre Frage auf und dachte ernsthaft darüber nach.

»Ich … will mich erinnern.«

Dr. Whitter nickte, als hätte sie bereits so eine Antwort erwartet.

»Weil Sie nur sich selbst trauen können.«

»Ich traue vielen«, stellte ich klar, auch wenn ich selbst wusste, wie unwahr das war. Es klang sogar nicht mal besonders überzeugend. Aber da Dr. Whitter mich immer noch abwartend ansah, fühlte ich mich gezwungen, noch mehr zu sagen. »Zum Beispiel dem Zeitungsjungen. Jeden Morgen, pünktlich um sechs«, ich schnipste beeindruckt mit der Hand, »liegt die Tageszeitung auf der Veranda. Ich meine, zuverlässiger gehts doch nicht!«

»Es gibt einen Unterschied zwischen zuverlässig und vertrauensvoll, Sienna. Wir wissen Zuverlässigkeit zu schätzen, Vertrauen muss man sich verdienen. Und Sie, Sienna, vertrauen nicht.«

»Also, so würde ich es nicht sagen …«

»Selbst Ihre Freundinnen wissen das.«

»Ach bitte. Ivy ist einfach nur zu neugierig. Sie platzt, wenn sie nicht erfährt, wie das mit Cole und mir weitergeht, und Phoebs ist einfach nett. Sie würde mich hier nicht allein lassen. Das kann ihr Weltfrieden-Image einfach nicht zulassen.«

»Interessant.«

»Die beiden? Nicht wirklich.«

»Das meine ich nicht. Es ist interessant, dass Sie zig Gründe finden, warum Ihre Freundinnen Sie begleitet haben. Aber Sie könnten sich nicht vorstellen, dass sie mitkommen, weil … sie einfach für Sie da sein wollen.«

Tatsächlich hatte diese Frau mich gerade sprachlos gemacht. Natürlich bemerkte es Dr. Psychologie. Sie lächelte.

»Was hier drinnen beredet wird, dringt nicht nach außen, Sienna. Machen Sie sich darüber keine Sorgen.«

»Mach ich nicht«, sprudelte es aus mir heraus, aber da es eh zwecklos war, schüttelte ich sofort wieder den Kopf. »Das ist Schwachsinn. Ich mache mir Sorgen. Immerhin bin ich die Einzige von uns gewesen, die ständig tough, stark und kämpferisch war. Bei Ivy ist die Fassade schon gebrochen und Phoebs … wir wussten alle, dass sie im Grunde nie eine besaß, auch wenn sie viel dafür tat, uns das glauben zu lassen. Und ich …«

»Ja?«

»Ich will sie halten. Ich will meine Fassade aufrechterhalten.«

»Und warum denken Sie, dass Sie das müssen?«

»Die offensichtlichen Gründe?«, fragte ich ironisch.

»Zählen Sie ruhig alle auf, die Ihnen einfallen.«

Ich zuckte mit der Schulter. »Ich will nicht, dass mich jemand schwach sieht. Ich will nicht, dass irgendjemand meint, mir wehtun zu können. Schwäche zeigt so etwas halt.«

»Verstehe. Und jetzt bitte die nicht so offensichtlichen Gründe, Sienna.«

»Sie sind gut, wissen Sie das?« Ich lächelte sie nervös an. Dr. Whitter ging gar nicht darauf ein und schien zu warten.

»Mein Leben gehörte immer mir. Zumindest seit ich auf dem College bin. Dad lässt mich machen. Im Großen und Ganzen. Er bezahlt übrigens auch Ihre Stunde. Dafür könnten Sie ihm danken, wenn es ihn denn überhaupt interessieren würde.« Als sie erneut nicht darauf reagierte, redete ich weiter. »Es ist das eine, meinen Mädels zu zeigen, was Cole und dieser ganze Kram mit mir anstellt, es ist aber eine ganz andere Sache, eine viel schlimmere Sache, Cole zu sagen, dass ich …«

Dr. Whitter ließ mir Zeit und ich nahm sie dankend an.

»Es ist so, Dr. Whitter: Ich … habe auf keinen Mann gewartet. Ich … Es gab keinen Platz für einen, weil ich mich gesehen habe und ich wollte nie … Ich wollte nie irgendetwas teilen. Dazu bin ich nicht gemacht, wissen Sie. Liebe und all der Kram. Wer hält so etwas denn auf Dauer aus? Ich meine, warum sollte ausgerechnet Cole derjenige sein, der meine Meinung über die Liebe ändern sollte? Zach und Ivy … gut, die Chemie stimmt und irgendwie war da schon immer etwas zwischen den beiden. Phoebe und Will ergänzen sich wie Salz und Pfeffer, wenn Sie verstehen, worauf ich hinaus will. Aber Cole und ich? Wir sind wie Marmelade und Spinat. Wobei ich ganz klar die süße Marmelade bin. Es passt nicht zusammen, aber getrennt sind sie super!«

Dr. Whitter nickte und wieder gab mir ihre Reaktion nichts.

Hielt sie mich jetzt für verrückt?

Oder verstand sie es und würde gleich ihrem Lover schreiben, dass aus ihr und ihm nichts würde, weil sie auch das Gefühl hatte, Honig und Nutella würden nicht zusammenpassen?

»Wir nehmen mal an, Sie beide passen nicht zusammen.«

Ich nickte. Jetzt kamen wir langsam mal zur Sache.

»Warum wollen Sie dann wissen, was wirklich passiert ist?«

Ich öffnete den Mund, um etwas darauf zu erwidern. Aber sie kam mir zuvor.

»So, wie ich Sie kennengelernt habe, sind Sie nicht der neugierige Typ. Vor allem dann nicht, wenn Sie merken, dass Sie kein Interesse an der Sache haben.«

Erneut öffnete ich den Mund.

»Wissen Sie, Sienna. Oftmals glauben wir Dinge oder nehmen Sie an, weil wir genau wissen, dass die Wahrheit zu viel verändern würde. Und vor Veränderung – glauben Sie mir – hat jeder Respekt. Immerhin ist es meist ein Weg ins Blaue. Wir wissen nicht, was passiert. Aber dass etwas passiert, ist klar.«

Ihre Worte hallten erneut in mir nach.

»Die Zeit ist fast rum und normalerweise lasse ich mir Zeit dafür … Aber da Sie nicht wissen, wie Sie mit allem umgehen sollen und ein sehr rationaler Mensch zu sein scheinen, werden wir die Stunde verlängern.«

Ich und rational?

Sollte ich mich darüber freuen?

»Ich würde gern eine Antwort für Sie finden.«

»Würden Sie das?«

Dr. Whitter nickte.

»Legen Sie sich bitte auf das Sofa. Kopf auf das Kissen.«

Ohne zu zögern legte ich mich hin. Dieses Sofa ist wirklich gemütlich.

»Entspannen Sie Ihre Hände, atmen Sie ruhig ein und aus und dann schließen Sie langsam die Lider.«

Es dauerte mehrere Atemzüge, dann schloss ich die Augen und begann, mich zu entspannen.

»Denken Sie zurück an den Abend in Vegas. Hören Sie die Spielautomaten? Oder riechen Sie etwas, das Sie an dem Abend mitbekommen haben?«

Ich driftete immer weiter weg. Und obwohl Dr. Whitters Stimme melodisch klang, wurde sie immer leiser und irgendwann fand ich mich wirklich dort wieder, wo alles angefangen hatte.

»Ich kann nicht mehr«, stöhnte ich und blickte mich suchend um.

Wir standen vor der Kapelle. Der Schriftzug war nur halb beleuchtet. Statt Elvis Chapel stand nur noch lvi Cape. Ich fand das so witzig, dass es ein Zeichen sein musste. Ivy hatte mir ein Zeichen gesandt.

»Cole.«

Ich blickte in das fremde und doch nicht fremde Gesicht.

Mann, war ich betrunken.

»Es ist ein toller Abend!«, lachte ich und drehte mich wie verrückt im Kreis.

»Vorsicht!«, rief er, als ich taumelte. Meine hochhackigen Schuhe hatte ich bereits ausgezogen und Cole trug sie die ganze Zeit.

Ich drückte mich in seine Arme.

»Danke, dass du mich gerade erträgst«, murmelte ich in sein Hemd. Er roch so sauber und so gemütlich. Ergab das Sinn? Ich fürchtete nicht.

»Du bist betrunken«, erwiderte er, als würde das gerade alles erklären. Vermutlich erklärte das vieles, aber nicht, dass ich mich endlich traute, ihn zu berühren.

»Aber ich muss gestehen, dass ich schon länger nicht mehr einfach so durch die Stadt laufen konnte, ohne erkannt zu werden.«

»Gern geschehen«, grinste ich ihn an. Ich hing mehr in seinen Armen, als dass ich richtig stand. Meine Füße schmerzten, aber das Grinsen konnte ich nicht sein lassen.

»Du hörst nie auf damit, oder?«, fragte er liebevoll und leise. Dabei strich er mir das Haar aus dem Gesicht und ließ mich nicht aus den Augen.

JETZT war mein Grinsen wie weggeblasen.

»Magst du mich, Cole?«

Statt überrascht oder geschockt zu sein, wirkte er belustigt.

»Was ist daran so lustig?«, murrte ich.

»Du!«

»Na, danke aber auch.«

Ich wollte mich ihm entziehen, aber er ließ mich nicht.

»Cole! Lass mich los!«

»Nur weil ich dir nicht sage, was du hören willst?«, mutmaßte er immer noch mit diesem bescheuerten Schmunzeln.

»Quatsch!«, log ich und wollte mich wieder von ihm losreißen.

Cole seufzte genervt, ließ mich aber nicht los.

»Sienna …«

»Cole!« Ich verdrehte die Augen.

»Du bist fürchterlich kompliziert. Hat dir das schon mal jemand gesagt?«

Ich wollte kontern, aber er ließ mich nicht aussprechen. »Nein, natürlich hat das noch niemand. Vermutlich schlottern alle ängstlich mit den Beinen, wenn du sie so ansiehst, wie du es gerade bei mir tust.«

Sofort versuchte ich, nicht so angepisst zu schauen, aber das war ein Unterfangen, das schwieriger wurde als gedacht.

»Ich mag eigentlich die wenigsten Menschen.«

»Schon klar«, murrte ich.

Er musste ja nicht unbedingt jetzt sagen, dass er mich abgrundtief hasste, oder?

»Aber bei dir ist das irgendwie sofort anders gewesen.«

Hatte ich mich verhört?

Ich blickte zu ihm hoch.

»Ja?«

»Es kommt vor, dass man mir Slips auf die Bühne wirft oder verrückte Moms ihre Töchter in meine Arme schieben, damit wir wunderschöne Kinder zusammen machen, aber einen Apfel an den Kopf …«

»Schon gut. Ich habe es verstanden«, verdrehte ich die Augen.

Cole lachte und ich musste zugeben, dass es mir Freude machte, wenn ich der Grund dafür war.

»Du wolltest weder deine Unterwäsche bei mir loswerden, noch Kinder mit mir haben, gerade weil du mich nicht kanntest war das ... überraschend, Sienna.« So liebevoll, wie er mit mir sprach und dabei mein Kinn hob, damit ich ihm direkt in die Augen sehen konnte, – das machte mich vollkommen sprachlos.

Ich verlor mich sofort in seinem Blick, der meinem standhielt.

Und ohne zu überlegen, ohne diese Angst, die mich stets begleitete, ob das hier wirklich richtig war, lächelte ich.

»Ich mag dich, Cole. Sehr.«

»Ich dich auch, Sienna.«

Dann beugte er sich zu mir runter und ich kam ihm entgegen. Der Kuss war zögerlich. Cole hatte die Führung übernommen, griff sich meinen Nacken und drückte mich enger an sich.

Am liebsten wäre ich ihm auf den Schoß geklettert, um ihn hier vor der Kapelle zu ...

Ich riss meinen Kopf zurück.

»Was ...«

»Wir sollten heiraten!«

Cole blinzelte und mein Ego würde sich nachher darüber imaginär auf die Schulter klopfen. Immerhin hatte er halb den Verstand verloren, weil er mich geküsst hatte.

»Sienna ...«

»Ach komm schon. Ich habe zigtausende Dollar verloren!«, sagte ich.

»Und deswegen soll ich Mitleid mit dir haben?«

»Mitleid?« Ich schnaubte. »Es war Dads Kohle. Das ist der einzige Grund, warum ich gleich wieder ins Casino gehe und noch mal so viel oder mehr verlieren werde.«

Ich gackerte wieder mal über diese grandiose Idee und Cole fing mich erneut auf, sonst wäre ich noch zu Boden gefallen.

Irgendetwas fiel mir dabei aus der Hand, aber hey … Hauptsache, ich fiel nicht.

Seufzend setzte ich mich auf die Stufe vor der Chapel. Es war kaum jemand hier auf der Straße. Die Chapel lag abseits. Keine Ahnung, warum wir so weit gelaufen waren.

Ach ja, ich hatte nach meiner Niederlage Lust auf einen Hotdog gehabt. Gefunden hatten wir eine Hochzeitskapelle. Cole hatte die ganze Zeit über geduldig auf mich aufgepasst. Ich trank zu viel, er ermahnte mich, ließ mir aber meinen Freiraum. Ich heulte, weil ich keinen Hotdog-Stand fand, er hielt mich fest und murmelte mir liebevolle Worte ins Ohr.

Und jetzt hatten wir uns geküsst und ich hatte ihm gesagt, was ich niemals sagen wollte. Ich mochte Cole. Und er wollte nicht …

»Sienna.«

Er setzte sich direkt neben mich und mich hielt nichts mehr. Ich fiel in seine Arme und schluchzte auf.

»Warum willst du es nicht, Cole? Warum nicht?«

Keiner wollte mich. Mein Dad nicht, meine Mom nicht, die Typen vom College nicht. Oh, nee, die wollte ich nicht.

»Es geht nicht darum, dass ich es nicht will«, erklärte er sanft.

»Nein? Du willst es also auch?« Ich hob mein verheultes Gesicht und sah diesen schönen Mann an.

Seine ausdrucksstarken, graublauen Augen blickten mich sanft an.

Mein Herzschlag stockte. Dann schlug es wieder schneller. Verrückte Sache ist das mit diesem Organ.

»Es geht darum, was du willst, Sienna. Ich glaube, es wäre ein Fehler. Diese ganze Reise war ein Fehler. Ich hätte dich nicht …«

»Also willst du es? Du willst mich heiraten?«

»Sienna.« Jedes Mal, wenn er meinen Namen sagte, hörte er sich verzweifelter an. Womöglich bildete ich mir das auch nur ein, vielleicht war es der Alkohol, aber der Unterton in meiner Stimme klang fast wie ein Flehen, ihn immer wieder danach zu fragen.

Deswegen sagte ich jetzt etwas, das ich wohl die ganze Nacht fühlte. Vielleicht sogar schon viel länger.

»Bitte, Cole. Es fühlt sich wie Fügung an. Du und ich hier. Wir sind eigentlich vollkommen allein, obwohl unsere Welt das völlig anders sieht.«

Einen langen Moment blickte er mich an. Versuchte womöglich herauszufinden, ob ich es ernst meinte. Und das tat ich.

»Das tut sie«, sagte er.

»Und wir zwei könnten vielleicht gut füreinander sein. Was meinst du?« Ich lächelte, weil ich das wirklich annahm. Seit ich Cole kannte, ging mir kein Mann so oft durch den Kopf wie er.

»Nimmst du das etwa auf?«

Stirnrunzelnd folgte ich seinem Blick. Das Handy lag ein paar Fuß entfernt und …

Ich kicherte los, weil er jetzt erst bemerkte, dass es die ganze Zeit seines gewesen war.

»Mist, ich habe gar nicht bemerkt …«

Cole griff sich das Handy und schaltete das Video aus.

»Sienna, du weißt, dass das alles total verrückt klingt, oder? Ich meine, morgen wirst du aufwachen und du …«

»Ich werde aufwachen und hoffen, dass … endlich alles anders wird. Cole, ich weiß, es ist bescheuert. Ich habe getrunken und du könntest denken, dass ich dich deswegen heiraten will. Aber die Wahrheit ist, mich macht der Alkohol nur mutiger. Und obwohl ich ständig sage, ich wäre mutig, bin ich das nicht bei allen Dingen in meinem Leben. Die Wahrheit ist, ich … ich mag dich. Schon immer.«

»Rede nicht wieder so, bitte …«

Stirnrunzelnd sah ich ihn an. »Warum nicht?«

Mittlerweile lag ich halb in seinen Armen.

»Ich muss dir was sagen.« Er konzentrierte sich auf mein Gesicht. Cole wirkte ernst. Zu ernst.

»Du hast schon jemanden …«

Instinktiv drückte ich mich von ihm weg.

»Was? Nein! Scheiße, ich wäre nie mit dir hierher geflogen, wenn es da jemanden gäbe.«

»Was ist denn dann das Problem? Alle meinen immer zu wissen, was für mich nicht geht. Jetzt will ich das hier, weil ich … Ich will einfach nicht mehr allein sein, okay?«

Ich war lauter geworden und auch wütender. Wenn der Kerl so weiter machte, würde ich wieder nüchtern werden! Das würde ich nicht zulassen!

Dann sollte er mich halt verschmähen. Ich verschmähe ihn dann aber auch!

Pah, der Kerl konnte mich mal. Auch wenn er so mega hübsch anzusehen war.

»Okay.«

»Okay?«, fragte ich blinzelnd nach.

Dann quiekte ich glücklich, weil ich plötzlich wusste, was er damit meinte. Ich drückte ihn an mich und küsste ihn.

Cole war so überrascht, dass wir erst taumelten.

Alles andere nahm ich nur noch wie auf einem sehr merkwürdigen Drogentrip wahr. Wobei ich selbstverständlich nicht mal wusste, was das genau war.

Keine Macht den Drogen und so …

In der Chapel lief irgendein kitschiger Elvissong. Ich sah Cole in die Augen, während er lächelnd davon sprach, mich zu ehren und zu lieben …

Auch mir fiel es leicht, das Wort »lieben« zu benutzen. Wir lächelten die ganze Zeit über und als wir uns anschließend küssten, spielte nichts mehr eine Rolle.

Ein Taxi fuhr uns ins Hotel zurück. Wir küssten und küssten uns, bis wir in das Penthouse zurücktaumelten.

»Bist du dir sicher?«, fragte er, als ich mich von ihm losriss und rückwärts in sein Zimmer ging. Zumindest hoffte ich, es wäre seins.

Er öffnete schon den ersten Knopf seines Hemdes und ich wäre allein von dieser Geste fast gekommen.

Noch während ich nickte, spürte ich an den Beinen die Matratze seines Betts.

Cole zog sich das Hemd über den Kopf.

Noch eine Geste, die mich anmachte.

Großer Gott. Wie sollte das nur weitergehen?

Dann kam er langsam, mit raubtierhaften Schritten auf mich zu. Cole ließ mich nicht aus den Augen.

»Ziehst du mir das Kleid aus? Der Reißverschluss ist …«

Mit zwei Griffen, zog er langsam – großer Gott war das sinnlich! – den Reißverschluss an meinem Rücken runter. Der Stoff hielt sich nicht lang, mit zwei Bewegungen fiel das Kleid zu Boden.

Aber er ließ mich nicht aus den Augen. Keine einzige Sekunde lang.

Das war so heiß!

Aber da ich hormongesteuert war, betrachtete ich seine nackte Brust. Er hatte unter seiner Rippe ein Tattoo. Eine Gitarre. Lächelnd strich ich darüber und ich konnte schwören, dass er leicht zusammenzuckte.

»Musiker durch und durch …«, murmelte ich.

»Manchmal. Aber nicht heute.«

Mein Blick hob sich. Immer noch schaute er mir in die Augen.

»Du kannst ruhig schauen, was du bekommen hast.«

»Das tue ich doch.«

Ich wusste, dass ich schön war. Aber Cole gab mir schon wieder – wie unzählige Male zuvor – das Gefühl, dass es ihm nicht nur um mein Äußeres ging.

»Und außerdem fehlt noch etwas«, sagte er plötzlich.

Ich runzelte die Stirn.

Was meinte er?

Auf einmal griff er meine Hände, verschränkte sie mit seinen und hob sie leicht zwischen uns.

Es war eine süße Geste, bis ich bemerkte, was er mir da an den linken Ringfinger steckte.

Ein Ring!

Mir blieb die Spucke weg.

»Was? Woher?«

»Du bist meine Frau. Du solltest einen tragen.«

Die Zeremonie war so spontan gewesen, dass wir Elvis gesagt hatten, wir wollten keine Ringe. Er war nicht überrascht. Vermutlich geschahen diese spontanen Geschichten wirklich oft.

War ich also nicht allein so verrückt.

»Okay. Du brauchst auch etwas von mir …«

Jetzt war er es, der nicht ganz wusste, was er sagen sollte.

Ich fummelte an seiner Hose herum und griff mir das Handy, das er dort hin verstaut hatte.

»Was …?«

Ich benötigte vielleicht eine Minute, dann steckte ich es ihm wieder in die Hose zurück.

»Will ich wissen, was du getan hast?«

»Lass dich überraschen. Du wirst auf jeden Fall immer wissen, wenn dich deine Frau anruft. Und du wirst es hassen. Aber da ich deine Frau bin, lässt du das natürlich zu.«

Ich umarmte ihn und grinste ihn an.

»Ach, werde ich das?« Cole erwiderte die Umarmung, als wäre es vollkommen normal. Aber ab sofort war das so. Immerhin waren wir verheiratet!

Ich nickte stolz, weil ich so verdammt toll war!
»Genug geredet«, flüsterte er mir zu und küsste mich.
Lachend fielen wir aufs Bett.

Ich öffnete meine Augen.

Die Decke war mir unbekannt, aber nicht die Therapeutin, die immer noch auf ihrem Stuhl saß.

»Verdammt!«, rief ich aus und setzte mich auf.

»Ganz schön viele Informationen, die Sie …«

»Um Gottes Willen! Ich wache auf, wenn es endlich mal interessant wird!«, rief ich frustriert aus.

Dr. Whitter zog die Augenbraue hoch.

»Ich liege mit Cole Turner im Bett und wache auf! Wenn ich schon einen Ehemann habe, möchte ich zumindest wissen, was mir die ganze Zeit entgangen ist! Das ist wie so ein dämlicher Cliffhanger in einer Serie und man muss den gesamten Sommer über darauf warten, wie es weitergeht. Das ist doch zum Kotzen!«

»Sienna …«

»Stellen Sie sich mal vor, das hier wäre ein Buch. Wissen Sie, wie die Leser darauf reagieren? Genau! Ich würde herumschreien, das Buch wegwerfen und es wieder holen, nur weil ich hoffe, dass es doch noch weitergeht. Aber ich bin wach, Leute! Es gibt keine Antworten!«, rief ich durch den Raum, als würde man mich hören können.

»Aber Sie haben trotzdem Antworten bekommen.«

»Ja«, seufzte ich müde und fuhr mir durchs Gesicht. »Warum habe ich mich so plötzlich an den Abend zurückerinnert?«

»Unser Kopf ist wirklich ein erstaunliches Ding. Sie haben es ganz einfach verdrängt. Der Alkohol spielte sicherlich auch noch eine Rolle, aber instinktiv haben Sie sich dazu entschlossen, den restlichen Abend zu vergessen. Unterbewusst wollten Sie sich wohl selbst schützen.«

»Selbst schützen?« O man, das klang sowas von nach mir!

»Ja, und ich denke, Ihr Unterbewusstsein hat begriffen, dass Sie das weder müssen noch wirklich wollen.«

Seufzend schüttelte ich den Kopf. »So etwas kann ja nur mir passieren.«

»Das passiert mehr Leuten als Sie denken, Sienna. Sie sind nur … besonders stur.«

»Danke?«, versuchte ich lustig zu klingen, aber Dr. Whitter lächelte nicht. Ihre Augen sprachen für sich. Es war Mitgefühl und Verständnis darin zu sehen.

Warum also noch weiter so tun, als ob ich wütend wäre? Gut, ich war es. Aber es gab auch Einsicht.

»Ich war es, die ihn heiraten wollte. Er …«

»Er?«, fragte Dr. Whitter neugierig nach.

»Ich denke, ich muss mit Cole reden.«

»Wenn man bedenkt, dass Sie vor einer Stunde noch nicht mal seinen Namen aussprechen wollten, ohne das Gesicht zu verziehen, ist das ein Fortschritt.«

Ich versuchte mich an einem Lächeln.

»Haben Sie etwas gegen Übelkeit?«

»Ist Ihnen schlecht?«

»Nein, aber vor Cole könnte mir das passieren …«
Ich verzog angewidert das Gesicht, hielt mir dabei den Bauch und Dr. Whitter lächelte mitfühlend.

Kapitel 13

VERGISS DEN KNOBLAUCH, LIEBE NIRVANA

COLE

»Hier.« Ich stellte einem der Anwärter das Bierfass auf die Bar.

»Danke, Cole. Weißt du, was komisch ist?«

Ich blickte mich um. Es lief bereits Musik, aber es waren noch keine Gäste hier.

»Was?«, fragte ich beiläufig und ignorierte die dominante Note Knoblauch, die mir in die Nase stieg. Was zum Teufel war das?

»Du sagst, du bist der Doppelgänger von Cole Turner. Macht dich das irgendwie an, wenn du dich auch so im privaten Cole nennst? Ich meine, liegt es vielleicht an deinem echten Namen?«

»Wovon sprichst du?«

Er blickte sich um und flüsterte mir dann zu:

»Hast du vielleicht einen richtig beschissenen Vornamen? Oder warum nennst du dich Cole?«

»Ich sehe aus wie Cole Turner, also sollte man mich auch so nennen«, stellte ich fest, weil ich keine Ahnung hatte, was ich sonst dazu sagen sollte.

Der Anwärter blickte mich verständnislos an.

»Es ist wegen den Frauen«, stellte ich klar, damit er endlich Ruhe gab. »Ich sehe aus wie er und die Frauen stehen drauf.«

»Ah.«

»Dip, gibst du mir mal ein Wasser?« Zach gesellte sich zu uns.

»Wieso nennst du ihn Dip?«, fragte ich ihn.

»Riechst du den Knoblauch?«, fragte Zach und nahm ein Schluck Wasser, nachdem Dip ihm eine Flasche hingestellt hatte und weiter hinter der Bar arbeitete.

»Wer könnte den nicht riechen?«

»Dips Parfum für die nächsten Wochen.«

»Warum zum Teufel …«

»Er hat seine Arbeit nicht ordnungsgemäß erledigt. Deshalb wird er nicht belohnt.«

»Und wir auch nicht«, stellte ich klar.

»Stimmt. Aber Dip hat eine frischgebackene, feste Freundin auf dem College. Wie auch immer er das geschafft hat, aber er leidet mehr als wir bei dieser Bestrafung. Nicht wahr, Dip?«

»Natürlich, Boss«, sagte er fast schon ehrfürchtig.

»Nenn mich nicht …« Zach schüttelte seufzend den Kopf. »Mach deine Arbeit, Dip.«

Die gesamte Verbindung – allen voran die Anwärter – nannten ihn so. Die festen Mitglieder machten sich einen riesigen Spaß daraus, wenn sie ihn so ansprachen.

»Danke, dass du uns bei den Vorbereitungen hilfst«,

bedankte sich Zach bei mir und ich folgte ihm durchs Haus.

»Ich wohne hier. Irgendwas muss ich doch machen können.«

»Damit du nicht den Verstand verlierst?«

»Ja, auch deshalb …«

»Glaub mir, da musste jeder von uns schon mal durch.«

Wir liefen nach hinten in die Garage, in der Zachs Mustang stand, ein wunderschönes Auto.

»Lass mich raten? Du hast vermutlich drei von diesen Modellen in deiner Garage«, stellte Zach fest, während er mehrere Kisten mit Trinkbechern stapelte.

»Nein, tatsächlich habe ich keinen Mustang. Vor allem keinen Klassiker. Aber was ja noch nicht …«

»Vergiss es. Das Schätzchen gebe ich nicht her.«

»Schade.«

Wir grinsten uns an.

»Übrigens bist du bereits berühmt.«

»Was meinst du?«, fragte ich nervös und lehnte mich an die nächste Wand und sah den anderen Jungs zu, die gekommen waren und halfen, die Kartons herauszutragen.

»Diese Musiksessions, die du und Sienna veranstaltet – es spricht praktisch jeder darüber«, erklärte Zach und verteilte Kiste für Kiste an die Jungs.

»Wir veranstalten keine …«

»Gut, dann eben nur sie. Aber was zum Teufel bedeutet deine Erwiderung eigentlich? Du spielst ständig nur diesen schnulzigen, schlechten Song. Normalerweise würde ich erwarten, dass du deine Songs laufen lässt oder …«

»Ich hatte gedacht, sie würde sich dran erinnern.« Außerdem würde sie es hassen, wenn ich meine Songs spielen würde. Das wäre … ziemlich unkreativ.

»Bei *The Power of Love*?«, hakte er kritisch nach.

Ich schmunzelte.

»Was soll ich sagen? Ich habe keine Frau geheiratet, die einen guten Musikgeschmack … Wobei … doch, sie besitzt einen guten.« Ich lächelte, weil es unzählige Gespräche zwischen ihr und mir gab, in denen wir über alle möglichen Songs sprachen, die wir beide mochten. »Außerdem liebt sie *Nirvana*. Deswegen trage ich dieses Shirt so oft wie es geht.« Ich zeigte darauf, weil ich es schon wieder angezogen hatte. »Mein naiver, hoffnungsvoller Verstand dachte sich, dass sie mir meinen Arsch weniger krass aufreißen würde, wenn ich es trage.«

Erst jetzt bemerkte ich, dass sich neben Will noch ein paar Jungs aus der Verbindung zu uns gesellt hatten und mich mehr als irritiert ansahen.

War ich etwa vom eigentlichen Thema abgekommen? Ich räusperte mich.

Also zurück zum Thema, Junge.

»Sienna will mir mit dem Song eigentlich nur klarmachen, dass ich immer an sie denken soll, wenn er gespielt wird.«

Zach musterte mich, während er sich selbst eine der Kisten nahm.

»Meine Fresse, sah ich auch so aus, als ich Ivy hinterhergehechelt bin?«

Die Frage war wohl nicht an alle gestellt worden, dennoch bejahten sie alle.

Zach war weder mürrisch noch überrascht darüber.

»Wie denn?«, hakte ich jetzt neugierig nach.

»Wie ein verliebter Trottel!«, antwortete Zach. »Nimmst du einen der Kartons?«

Ich griff mir einen, dann fing plötzlich die Musik an laut zu spielen.

»Die ersten Partygäste sind da«, erklärte Zach und wir liefen zurück ins Wohnzimmer.

Normalerweise müsste ich ihm jetzt sagen, dass ich keinesfalls aussah wie ein verliebter Trottel. Aber woher sollte ich wissen, wie einer aussah?

Als ich an einem der Spiegel vorbeiging, die im Flur hingen, sah ich meinem Spiegelbild dabei zu, wie es das Lieblingsshirt seiner Ehefrau trug, weil der Typ im Spiegel hoffte, sie würde ihm wenigstens zuhören – wenn sie denn heute vorbeikommen würde.

Ivy hatte mir versichert, dass sie sicherlich kurz rüberkommen würde.

»Wir kriegen sie schon hin. Für ein paar Minuten.« Sie schien über ihre Antwort nachzudenken. »Für ein paar Momente. Na, du weißt schon.«

Ich wusste, was sie meinte. Sienna zu etwas zu bringen, was sie nicht wollte, war quasi unmöglich.

»Du hast mir erzählt, wie ihr vor Elvis getreten seid und all das ... Was ist danach passiert?«, fragte Zach,

240

überreichte Dip seinen Karton, während ich meinen vor ihm abstellte.

»Was meinst du mit danach?«

Zach setzte sich an die Bar. Ich nahm den Stuhl daneben. Das Haus füllte sich langsam mit Gästen. Nur vereinzelt registrierte ich ein paar Leute, die den inoffiziellen Doppelgänger von Cole Turner anstarrten.

»Ihr habt im Sommer geheiratet, sie ist abgehauen und dann?«

Ach, darauf wollte er hinaus …

Ich wollte ihm gerade ausgiebig davon erzählen, als ich Zach laut seufzen hörte.

»Nicht sie …«

»Wer?«

»Hey Jungs.«

Eine Blondine stellte sich zwischen uns und blickte mir mit ihren langen, künstlichen Wimpern in die Augen.

»Hi, Cole.«

Mehr als ein Nicken erwiderte ich nicht.

Ich musste nicht auf dem College gewesen sein, um zu begreifen, was für eine Art Frau die Kleine war.

Sie trug einen Mini und ein Shirt. Aber da ich verdammt noch mal keine Probleme wollte, tat ich so, als würde es mir nicht auffallen.

»Dir scheint langweilig zu sein«, stellte sie leicht angesäuert fest.

Vermutlich hätte ich sofort auf dieses sehr originelle »Hi Cole« anspringen sollen.

»Bis vor ein paar Sekunden nicht.«

Erst wirkte sie, als wüsste sie nicht, was sie darauf antworten sollte. Aber das Wimpernklimpern hörte nicht auf.

»Schüchtern?«

Großer Scheiß. Was war los mit dieser Frau?

»Jenny«, warnte Zach sie.

Aber sie reagierte nicht auf ihn.

»Du bist älter, oder? Diese Muskeln sind echt mit keinem Studenten zu vergleichen«, seufzte sie zufrieden und strich mir über meinen Oberarm.

Mein Blick schoss zu dieser Geste.

»Was soll das werden?«, fragte ich sie.

»Keine Ahnung. Du verbringst die ganze Zeit hier nur mit den Jungs. Hast du vielleicht Lust …«

»Oha!«, hörten wir dann von Dip, der hinter uns stand und riesengroße Augen bekam.

»Oho«, grinste Zach.

Was für zwei unterschiedliche Reaktionen …

Ich wandte mich um und blickte in Siennas schönes, wutverzerrtes Gesicht.

Kapitel 14

DU MAGST MICH NICHT. ICH MAG DICH NICHT

SIENNA

Eins musste man meinen besten Freundinnen ja lassen. Sie waren geduldig. Sehr geduldig.

Erst kurz bevor wir auf dem Campusgelände ankamen, reichte es Ivy. Ihre Neugier war größer und ich schmunzelte, als sie loslegte.

Ich hatte mich nach hinten verdrückt. Phoebs saß vorne neben Ivy, die fuhr.

»Wirst du es tun?«

Ich seufzte und blickte weiter hinaus.

»Dir ist schon klar, dass ich meine Jungfräulichkeit bereits verloren habe? Aber danke, dass du dir Sorgen um mich machst.«

Ivy stöhnte frustriert auf.

»Sienna«, mahnte mich plötzlich Phoebs.

Ich seufzte.

»Ist ja schon gut. Ich werde mit ihm reden.«

»Mit Cole? Du wirst mit Cole reden, richtig?«, hakte Ivy nach.

»Was?«

»Wir müssen ja wohl davon ausgehen, dass du dir noch ein Schlupfloch suchst«, erklärte sie.

Ich verdrehte die Augen, weil ich das nicht vorhatte. Womöglich nicht. Vielleicht doch. Was wusste ich denn?

»Macht euch keine Sorgen«, war meine einzige Erwiderung.

»Weil du ihn nicht verletzen wirst. Also körperlich, richtig?«, fragte Ivy vorsichtig weiter.

»Großer Gott«, murmelte ich.

»Sie wird ihm schon nichts tun, Ivy«, meldete sich Phoebs zu Wort.

»Danke«, kam es von mir.

Phoebs blickte zu mir nach hinten. Die Drohung in ihrem Blick passte ganz sicher nicht zu ihrem letzten Satz.

»Was glaubt ihr eigentlich, wer ich bin? Ein Monster?«, fragte ich drauflos.

Phoebs schüttelte den Kopf. Ivy schnaubte.

»Nett.« Ich verschränkte die Arme vor der Brust. »Nur damit ihr es nicht vergesst, ja? Cole wollte …«

»Wir wissen, was Cole wollte, Sienna.«

Sie parkte an der Straße und ich runzelte die Stirn. Warum fuhr sie nicht direkt vor die Garage?

Ivy drehte sich zu mir um, nachdem sie den Motor ausgeschaltet hatte.

»Ich habe ihn gehasst. Als ich sah, wie er dir wehgetan hat, habe ich ihn abgrundtief … Aber dann hat er mir alles erzählt. Die Geschichte, die du jetzt auch kennst, Sienna.«

Das wunderte mich nicht. So oft, wie Phoebs und Ivy miteinander tuschelten, und aufgrund der Tatsache, dass Cole aktuell bei ihren Jungs wohnte, überraschte mich gar nichts mehr.

»Geh jetzt rüber, Sienna.«

»Jetzt?«, fragte ich erschrocken und blickte rüber.

Ach ja. Heute stand die Verbindungsparty an.

Mist, verdammter!

Ich stieg aus und blickte erneut rüber zum Haus.

Es war bereits einiges los. Tatsächlich hatten wir ziemlich viel Zeit bei der Therapeutin verbracht. Vermutlich berechnete sie Zuschläge ohne Ende, aber es hatte sich gelohnt: Sie hatte mir die Augen geöffnet.

Mein Magen grummelte.

»Ich muss noch mal rein und schnell was erledigen …«

»Sienna!«, rief Ivy.

Beide waren mit ausgestiegen.

»Was denn? Da drinnen läuft eine Party! Ich hab noch nichts Schönes an.«

»Du siehst immer gut aus.«

»Tue ich, oder?«, grinste ich, weil das Kompliment nun mal der Wahrheit entsprach.

Ivy verdrehte die Augen.

»Rede du mit ihr, Phoebs. Ich brauche ein Time-out.«

Phoebs trat vor.

Sie trug ein dunkelblaues, hübsches Kleid. Mittlerweile hatte sie wieder etwas zugenommen. Will füttere sie auf ein normales, passendes Körpergewicht. Auch wenn ich womöglich anderes zu ihr gesagt hatte, standen ihr ein paar Pfund mehr wirklich gut. Sie strahlte etwas aus, das sie weder als dicke, noch ziemlich schlanke Frau besessen hatte – pure Freude.

Und dann fiel mir plötzlich der Ring auf, den sie trug.

»Phoebs?«, fragte ich überrascht und griff mir ihre Hand mit dem hübschen, kleinen Stein.

»Will hat ihn mir geschenkt«, lächelte sie glücklich.

»Wenn es Eine verdient, dann du«, kam es aus tiefstem Herzen von mir und auch ich lächelte.

Sie würde heiraten!

Unsere Introvertierteste von uns!

War das zu fassen?

Stirnrunzelnd schaute sie mich an.

»Du hast das alles auch verdient.«

Hatte ich das?

»Da bin ich mir nicht mehr so sicher, Phoebs. Ich meine, ich habe jemanden geheiratet, der nicht seit Jahren in mich verknallt ist. Ich habe ihn angebettelt, mich zu heiraten. Ich!« Immer wieder zeigte ich auf mich, damit sie begriffen, dass alles irgendwie nur von mir ausging. »Dabei war ich betrunken und habe dann meinem Unterbewusstsein eingeredet, dass ich das alles bloß vergessen soll, weil ich zu stolz und stur bin, dazu zu stehen.«

Ivy nickte nicht, aber mein Eingeständnis schien sie nicht zu überraschen.

»Was sagt das über mich aus, wenn ich den erstbesten Mann bitte, mich ja zu heiraten?«

Phoebs Ausdruck wurde milder und Ivy stellte sich neben sie.

»Dass du verliebt bist, Sienna«, stellte Ivy ruhig fest.

»Ich bin nicht verliebt!«, fuhr ich aus der Haut.

»Weil du denkst, er hätte es sonst nicht getan«, erklärte sie weiter.

»Quatsch!«

»Du weißt genauso gut wie wir, warum du deine Sturheit die ganze Zeit hast siegen lassen: Du hast Angst, dass deine Liebe nicht erwidert wird. Und natürlich hast du das bestätigt bekommen, als du herausgefunden hast, dass Cole dich heiraten sollte!«

Ich schloss die Augen, um mich zu sammeln.

»So und nicht anders ist es gewesen!«, redete Ivy weiter.

»Aber das ist gar nicht schlimm«, sagte Phoebs. Ich öffnete die Augen wieder, um sie anzusehen. »Wir drei sind charakterlich vielleicht sehr verschieden. Aber wir haben dieselben Ängste. Der Unterschied ist, dass du bereits weiter bist. Du hast trotz deiner Angst geheiratet. Und ich glaube, du wärst es immer noch gern.«

»Was?«, kriegte ich gerade so heraus, weil ich am liebsten heulen wollte.

»Glücklich.«

»Ich bin glücklich«, sagte ich kurz und knapp, aber mit einem riesigen Kloß im Hals.

»Bist du nicht!«, stellte Ivy klar. »Meinst du, ich weiß nicht, was du das letzte Jahr alles getrieben hast? Ja, du hast deine Sprüche geschoben und warst mit uns raus, wenn wir dabei waren. Aber sonst? Du vergräbst dich vor dem TV, tust so, als würdest du lesen, wenn du eigentlich deine Ruhe haben möchtest und …«

»Was ist denn bitte daran schlimm, wenn man ab und zu TV schaut?«

»Gar nichts, Sienna. Aber wenn du ausgerechnet die TV-Serie rauf und runter siehst, in der dein Ehemann mehr als zwei Gastauftritte hat, dann ist das schon fragwürdig.«

Sie wusste es?

»Ganz zu schweigen davon, dass du nur noch Horrorfilme schaust.«

»Und was ist daran jetzt bitte …«

»Dein Lieblingsfilm war ›*Wie ein einziger Tag*‹«, stellte Phoebs klar.

»Ja und? Ich finde halt die Logik dahinter völlig bescheuert! Er trauert ihr hinterher, obwohl sie ihm das Herz gebrochen hat.«

Phoebs und auch Ivy schienen eine Unterhaltung mit ihren Augen zu führen, so wie sie sich gegenseitig ansahen.

»Wir haben den Film die ersten Semester fast wöchentlich gesehen und du hast dich darüber lustig gemacht. Und was war am Ende? Jedes Mal hattest du danach …«, Ivy zeichnete imaginäre Gänsefüßchen in die Luft, »einen Allergieschub, der dich zum Heulen gebracht hat. Du musst uns übrigens immer noch erzählen, was das für eine Allergie war.«

»Eine Allergie gegen Mitbewohner, die zu viel wissen wollen!«

»Hör auf, Ausreden zu erfinden, Sienna! Wir wissen, dass du eine ganz normale Frau mit normalen Gefühlen bist. Das ist aber auch nicht der Punkt! Der Punkt ist der: Dir ging es wegen Cole nicht gut. Du hast entweder versucht, der Liebe aus dem Weg zu gehen oder seine Nähe gesucht, indem du *Criminal Minds* rauf und runter gesuchtet hast. Immer mit dem Hintergedanken, dass du ihn damit verbindest. Das ist auch überhaupt nicht schlimm.«

»Nicht schlimm?«, fragte ich lauter als beabsichtigt. »Weißt du eigentlich, was du da redest? Natürlich nicht. Wie auch! Zach und du liebt euch ja ach so schön. Und Phoebs ist auch überglücklich, dass sie ihr ganzes Selbst aufgibt, um einem Mann bedingungslos zu vertrauen!«

»Das kannst du doch auch alles haben«, stellte Phoebs in den Raum.

»Kann ich das? Ihr wisst nicht, wie es ist, wenn du dich dein ganzes Leben lang nur auf dich selbst verlassen musst. Und damit meine ich nicht, dass ihr keine Scheiße durchhabt. Die habt ihr! Aber bei mir wird nicht einfach alles gut, wenn ich mit meiner Familie rede …«

»Aber du hast doch Cole«, sagte Phoebs.

»Habe ich das wirklich? Kannst du mir mit hundertprozentiger Sicherheit sagen, dass er auf mich wartet? Dass er mich will? Und ich meine – alles von mir? Die Sienna, die auch oftmals nur Scheiße redet, weil sie nicht über Gefühle reden oder zugeben möchte, dass sie unrecht hat? Will er das gesamte Paket? Das bezweifle ich!«

Beide seufzten, als hätten sie nichts anderes von mir erwartet.

»Was?«, herrschte ich sie an.

»Was ist denn schon zu Hundertprozent sicher? Gar nichts. Und jetzt kommst du uns wirklich mit dieser Ausrede? Du hast einfach Angst. Das ist doch völlig normal«, stellte Ivy klar.

»Hör mir auf mit dieser Angst! Ich kann …«

»Du kannst was? Geh schon rein und sieh, was passiert. Ihr müsst reden, Sienna. Es wird Zeit. Das weißt du.«

»Weißt du, dass ich die ernste, erwachsene Ivy abgöttisch hasse?«, fragte ich genervt.

Ivy lächelte. »Natürlich.«

Mein Blick schoss zum Haus.

»Ich rede nur mit ihm. Mehr nicht.«

»Wir haben auch nichts anderes verlangt. Oder Phoebs?«

»Neeeeeee«, dehnte sie das Wort und meinte damit natürlich das Gegenteil.

Ich verdrehte die Augen und stapfte wortwörtlich über die Straße, um zu Cole zu gehen.

»Unmaskiert, Sienna?«, fragte Rusty, der wie so oft, auf der Veranda saß und mich angrinste.

»Immer schön ausloggen, mein Freund«, lächelte ich ihn an.

Er verlor sein Grinsen.

Ich konnte es immer noch!

Das bekommst du hin, Sienna. Du wirst ein zivilisiertes,

normales Gespräch mit Cole führen. Das geht. Das wird funktionieren!

Erst suchte ich im Flur, aber auch auf der Treppe war niemand.

Dann ging ich ins Wohnzimmer. Hier drängten sich schon ein paar Leute, die mir Gott sei Dank bereits Platz machten, sonst hätte ich sie eh umgerannt. Mein Herz in der Brust sprang wieder in diesem unerwünschten, verräterischen Rhythmus.

Mein Blick schoss sofort zur Bar. Warum auch immer. Aber da passierte halt immer der größte Scheiß.

Und siehe da! Jennifer Banks stand dicht gedrängt an Cole und strich ihm über seinen nackten Oberarm.

»Nicht schon wieder«, hörte ich Ivy hinter mir angepisst sagen.

Ihre Loyalität überraschte mich nicht.

»Sienna, denk dran …«, wollte Phoebs gerade sagen, aber ich hatte keine Lust mehr auf irgendetwas zu hören.

Zach, der neben Cole saß, hatte mich bereits gesehen und schien sich zu amüsieren.

Cole drehte sich zu mir um, weil er Zachs Blick bemerkt hatte.

Du wirst ruhig bleiben, Sienna! Ruhig Blut …

Jennys Grabelfinger hingen noch immer an seinem Shirt.

Das Nirvanashirt!

Okay, die Grenze ist erreicht!

»Nimm sofort deine pilzverseuchten Hände von *meinem* Shirt, Jenny!«, schrie ich und ging auf sie zu.

Wie schnell die Musik verstummen konnte, war schon interessant.

»Wie bitte?«, fragte sie leicht verwirrt.

»Du hast mich schon verstanden! Nirvana ist für deine Herpesfinger tabu!«

»Herpes?«

»Und vergiss die Pilze nicht«, sprach Zach, als wollte er unbedingt derjenige sein, der Jenny das noch einmal erklärte.

»Sienna.« Coles Stimme klang ruhig.

»Was? Jetzt komm mir nicht damit, dass du dich von ihr anfassen lassen willst. Dieses Miststück bringt das seit gefühlt drei Liebesgeschichten!«, fuhr ich ihn an.

Als alle nur die Stirn runzelten, da sie mir natürlich nicht folgen konnten, zählte ich mit den Fingern auf.

»Erst hat sie es bei Zach versucht.«

»Veto!«, rief dieser aus und griff sich Ivy, um sie fest in die Arme zu drücken und an ihrem Haar oder Hals oder irgendwo anders an ihr zu schnuppern. »Vor Ivy gibt es nichts, was ich noch wissen sollte.«

Ivy schmunzelte und biss sich verlegen auf die Unterlippe, während ich mit den Augen rollte.

»Und dann hat sie sich an Will rangemacht!«, fuhr ich fort.

Keine Ahnung, wo der war … Ich blickte mich um. Er war gerade dabei, die lachende Phoebs aus dem Raum zu tragen.

Ah ja …

»Und die dritte Liebesgeschichte?«, hakte Cole nach.

»Was?«

»Du hast von drei gesprochen«, stellte Zach fest, nachdem er mal aufgehört hatte, Ivys Hals abzulecken.

»Habe ich nicht!«, behauptete ich.

Coles Blick verfinsterte sich.

»Hast du doch«, stellte dieser fest und alle begannen wie ein Papagei zu nicken. Außer unser kleines Flittchen hier. Die verdrehte genervt die Augen.

»Das ist mir hier alles zu blöd. Cole, wenn du keine Lust auf diesen Kindergarten hast, dann würde ich dir vorschlagen, dass du …« Jenny biss sich auf die Unterlippe, als wäre das hier ein billiger Pornofilm.

»Ehrlich jetzt? Halbsätze, damit sie geheimnisvoll und völlig versaut klingen?«, hakte ich bei ihr nach. »Das ist deine Masche?«

»Was ist eigentlich dein Problem, Sienna? Was ist das überhaupt hier? Willst du nun was von Cole oder willst du mir nur auf die Nerven gehen?«

Eins musste man ihr ja lassen: Nach den ganzen Geschichten, war sie noch immer mutig. Mutig-dumm. Aber eben auch mutig.

Ich bemerkte, wie Cole mich anblickte. Vermutlich erwartete er jetzt, dass ich auf ihre Fragen antwortete. Aber erst einmal musste dieses Miststück ein für alle Mal begreifen, dass sie mir nicht mehr auf die Eierstöcke gehen sollte.

»Ich sage es dir nur ein einziges Mal, Jenny!«

Sie hob das Kinn, um Stärke zu beweisen. Aber ich

kannte diese Art von Tussi. Es gab Publikum und sie wollte zeigen, dass sie es noch draufhatte.

»Als du Ivy und Zach dazwischengefunkt hast, habe ich es mit Humor genommen. Meine Freundin konnte mit dir umgehen. Dann kamen Will und Phoebs dran und du musstest unbedingt eine Wiederholungstäterin spielen. Aber jetzt? Jetzt bist du entweder dumm oder lebensmüde, dich mit mir anzulegen. Such es dir aus. Du wirst so oder so den Kürzeren ziehen.«

Wir standen uns direkt gegenüber und ich wartete auf ihre Reaktion.

Doch bevor ich diesen Sieg voll auskosten konnte, drängte sich plötzlich Cole zwischen uns.

»Hey, was …«, begann ich mich zu beschweren, aber sein eindringlicher Blick traf mich.

»Ich denke, es ist an der Zeit, dass *wir* uns mal unterhalten, findest du nicht?«

Ich öffnete den Mund wie ein Fisch, brachte allerdings kein Wort heraus.

Jetzt drängte sich Ivy zwischen uns. »Ich denke, dass ist eine hervorragende Idee, Cole. Sienna?«

Eindringlich starrte sie mich an. Die Drohung, bloß nichts Verkehrtes zu sagen, stand glasklar in ihren Gesichtszügen.

»Geh du mal mit Cole. Wir kümmern uns um …«

Cole griff meine Hand und zog mich behutsam aber konsequent aus dem Zimmer.

Ich starrte weiterhin zu Jenny rüber, die jetzt ziemlich angepisst wirkte.

Oh, habe ich dir den Abend versaut?

»Ich denke, dass hast du wirklich«, entgegnete Cole vor mir.

Hatte ich den Satz etwa laut ausgesprochen?

Erst bekam ich nicht mit, wohin er mich brachte. Aber dass wir nicht die Treppe nahmen und wir stattdessen in der Garage landeten, erstaunte mich dann doch.

Cole schloss die Tür hinter sich. Zachs Auto stand hier und in der restlichen Garage standen noch ein paar Kisten und Krimskrams herum.

Und erst dann traute ich mich, mich zu ihm umzudrehen. Cole lehnte immer noch an der Tür. Er blickte mich mit vor der Brust verschränkten Armen an und … wartete.

»Was?«, fragte ich herausfordernd nach.

»Mir ist klar, dass ich dieses Gespräch beginnen muss. Also, was war das gerade, Sienna?«

»Jenny ist ein Miststück. Sie hat schon vorher für Ärger gesorgt. Ivy und Zach und …«

»Selbst wenn es niemand gewusst hat, weiß jetzt dank dir jeder auf der Party darüber Bescheid, dass sie sich gern an vergebene Männer ranmacht. Aber das habe ich nicht gemeint.«

»Nicht?«

Er kam ein paar Schritte auf mich zu, ohne den Blick zu senken.

»Was meinst du mit ›vorher‹?«

»Was?«

»Vorher hat sie schon für Ärger gesorgt. Und jetzt?«

»Jetzt?«, fragte ich leise.

»Sienna«, seufzte er, hob den Blick zur Decke und schüttelte den Kopf.

»Was kann ich dafür, wenn du so merkwürdige Fragen stellst.«

»Gut, dann frage ich direkt. Bist du eifersüchtig gewesen?«

»Ich?« Dann lachte ich auf und schüttelte den Kopf. »Träum weiter, Turner.«

Aber Cole lachte nicht mit. »Dir ist schon klar, dass das alle anderen da draußen genauso sehen wie ich, oder?«

»Ich kann nichts dafür, dass sie anscheinend in einer anderen Realität leben«, erklärte ich und scharte unbewusst mit den Füßen auf dem Boden herum.

»Natürlich sind es die anderen, die da etwas falsch verstehen. Schon klar.«

»Was willst du denn jetzt von mir hören?«

»Die Wahrheit?«, fragte er leicht genervt.

»Die Wahrheit? Weißt du, was mir diese Wahrheiten momentan bringen? Gar nichts!«, fuhr ich ihn wütend an, obwohl ich das gar nicht wollte. Da er daraufhin nichts sagte, musste ich die Stille beenden. »Ich habe dich gehasst. Denn hassen kann ich gut und jetzt? Jetzt weiß ich, dass das meiste gar nicht stimmt! Ich war diejenige, die dich zum Altar gezerrt hat. Nenn es von mir aus eine Hochzeitsvergewaltigung, die ich da mit dir gemacht habe!«

»Eine was?«, fragte er verdutzt nach.

»Du hast mich schon verstanden! Ich habe dich bedrängt und … Großer Gott, jeder Mann sollte sich freuen, mich heiraten zu dürfen und was mache ich? Ich zwinge dich …«

»Stopp, Sienna!« Er ergriff meine Hände, denn ich wedelte die ganze Zeit schon damit wild herum. »Also erst einmal: Niemand hätte mich dazu zwingen können, dich zu heiraten.«

Ich hob die Brauen.

»Glaubst du ernsthaft, ich würde irgendeine Frau heiraten, nur damit mein Image aufpoliert wird?«

»Ehrlich gesagt, ja …«

»Das würde die verletzte Sienna sagen. Es stimmt schon. Die Branche hat mich reich und arrogant gemacht. Und ich habe null darüber nachgedacht, was das mit mir und dir bedeuten könnte. Als Mimi die Idee kam, mir eine Frau zu nehmen, war ich überhaupt nicht begeistert. Ich meine, das hörte sich nicht nur verrückt an, es war ganz einfach …«

»Verrückt?«, half ich ihm auf die Sprünge.

Er nickte schmunzelnd.

»Ganz genau. Aber dann schlug sie dich vor. Mimi war nicht mal bewusst, was sie mir da für einen Gefallen tat. Denn auf einmal fühlte und hörte sich diese Idee nicht mehr verrückt an. Als wir dann nach Vegas flogen, warst du so verdammt glücklich. Jedes Mal, wenn wir uns wiedersahen, wirktest du noch trauriger und enttäuschter von der Welt, als beim letzten Treffen. Ich habe erst nicht verstanden, warum ich das ständig bei dir bemerkte. Bis ich in den Spiegel sah. Meine Welt ist oberflächlich betrachtet wie ein wahrgewordener Traum, aber sieht man genauer hin …«

»Ist es ein einziger Albtraum«, beendete ich leise den Satz.

Er nickte, weil ich womöglich eine der wenigen Menschen auf der Welt war, die wusste, was er meinte.

Seine warmen Finger umhüllten meine Hände.

Es war merkwürdig, dass er mich berührte. Immerhin kannten wir uns kaum. Zumindest redete ich mir das ständig ein, wenn ich mit ihm konfrontiert wurde oder über ihn nachgedacht hatte. Und das hatte ich oft. Im Geheimen.

»Was ist mit der Sienna, die mich mit 18 Jahren kennengelernt hat? Würde die auch glauben, dass ich so ein Typ Mann bin? Ein Typ, der dich heiratet, nur um irgendwelche Vorteile daraus zu ziehen?«

Seine Frage riss mich aus meinen eigenen Gedanken und ich starrte nicht länger auf unsere Hände.

»Ich habe eigentlich nie geglaubt, dass du so ein Typ Mann bist, Cole.«

»Aber?«

»Aber wir haben geheiratet, bevor wir überhaupt wussten, was wir da taten. Was ich da tat!« Ich riss mich von ihm los. »Du hast keine Ahnung, wie verwirrt ich war, als ich nackt aufgewacht bin, mit deinem Ring an meinem Finger. Ich meine, es sah so aus, als hättest du alles geplant! Und als ich genau das erfuhr, da …«

»Es war ein rein intuitiver Kauf! Mimi hatte mir gesagt, dass so eine Heirat eine echt gute Idee wäre. Abends war ich dann auf dieser Party und … direkt daneben war ein Juwelier. Ich habe den Ring gesehen und wusste, dass er dir gefallen würde. Es ging nicht darum, irgendeinen Ring für irgendeine Frau zu kaufen. Ich kaufte ihn für dich.«

War das süß oder war das süß?

»Auf eine verschrobene Art war das womöglich süß«, gab ich zögerlich zu.

Cole lächelte.

»Aber das heißt gar nichts, Cole. Diese ganze Sache ist doch völlig …«

»Verrückt?«

Dieses Wortspiel nervte langsam!

Ich blickte ihm in die Augen. Erneut lag sein Blick wieder auf meinem. Dieses nervende Organ in meiner Brust sprang plötzlich im Dreieck.

»Hätten wir das dann geklärt? Super. Gespräch war äußerst produktiv. Bis dann.«

Ich löste mich von ihm, lief an ihm vorbei und berührte schon die Türklinke.

»Mehr Mut hast du also nicht mitgebracht?«, fragte er.

Seufzend schloss ich die Augen.

»Du hast den Stick geklaut.«

»Ich habe ihn nicht …« Dabei drehte ich mich zu ihm um. Coles hochgezogene Augenbraue ließ mich den Satz nicht beenden.

Rusty war eine Tratschtante!

»Du weißt, dass wir nur verheiratet sind, weil du es so wolltest.«

»Tatsächlich?«, fragte ich desinteressiert nach.

Er ließ sich Zeit mit einer Erwiderung.

»Ich mag nicht ganz nachgedacht haben, als wir nach Vegas flogen, aber von mir aus wäre ich nicht mehr auf die Idee gekommen, dich zu heiraten.«

»Was? Warum?« Ich klang viel zu verzweifelt.

Dieses Mal zögerte er leicht. Als wüsste er nicht, was er antworten sollte oder aber er wollte sie ganz einfach nicht geben.

»Dir ist schon klar, dass du Glück mit mir hast? Ich bin steinreich, scheiße heiß und …«

Erst jetzt bemerkte ich, dass ich die Nähe zu ihm suchte. Ich war auf ihn zugegangen.

»Und?«, hakte er nach.

Ich musste jetzt antworten, sonst würde er mich für feige halten.

Also zog ich die Schultern hoch und regte das Kinn in die Höhe.

»Und das Beste, was dir passieren konnte!«

»Das habe ich mittlerweile auch verstanden.«

Großer Gott. Schmilz nicht dahin, Sienna. Mach es ihm nicht zu einfach!

»Was heißt das?«, stellte ich ihm leise die Frage.

»Sienna«, seufzte er, als würde ihn diese Frage auch noch überraschen.

»Was denn? Ich möchte bloß wissen, was du …«

»Ich weiß es doch selbst nicht!«, brüllte er fast.

Ich zuckte fast zusammen, aber ich war mehr über seinen Ausbruch an sich überrascht, als über seine Lautstärke.

»Und was soll das jetzt heißen?«

Knurrte er etwa? Zumindest hörte sich der nächste Laut, den er ausstieß, genauso an.

»Na was denn? Wir reden. Ich bin deinem Gejammer gefolgt und wir unterhalten uns jetzt über alles. Also, was nun? Traust du dich nicht, darüber zu reden oder …«

»Oder?« Cole stellte sich herausfordernd vor mich.

Seine graublauen Augen funkelten wie Smaragde.

Oh, nicht doch. Jetzt gehöre ich auch zu diesen liebestollen Girlies, die die Augenfarbe ihrer Lover mit irgendwelchen Steinchen vergleichen.

Mein Blick schoss zu seinem Nirvanashirt. Ich hatte mehr als einmal bei unseren Gesprächen davon gesprochen, wie sehr ich Nirvana anbetete. Und jetzt trug er dieses Shirt schon wieder!

Dazu roch er so unglaublich männlich.

Na klasse, wehe ich rede noch von moschusartig oder so etwas. Ich hasse dieses Wort!

Er hatte den Bizeps angespannt. Cole war so wunderbar trainiert. Hatte ich schon erwähnt, dass ich einen kleinen Fetisch hatte? Ich liebte die Hände eines Mannes und Cole hatte wunderschöne Exemplare…

»Sieh mich nicht so an«, bat er mich plötzlich.

Ertappt sah ich ihm wieder in die Augen. Er hatte genau bemerkt, wie ich ihn abgecheckt hatte.

»Sienna«, setzte er nach.

»Hm?«

Ich fand ja sein Haar auch perfekt. Es war weder zu kurz noch zu lang.

»Wenn du keine weiteren Fragen hast, darf ich dann?«, fragte er auf einmal.

»Hm?«

Ob ich mir sein Tattoo unter dem Shirt noch mal ansehen könnte?

»Ich hätte nur eine Frage, Sienna.«

Womöglich hatte er noch eins mit der Zeit dazu bekommen.

»Darf ich dich küssen?«

Er hatte es gerade gefragt, da hatte ich bereits meine Lippen auf seine gepresst.

Kapitel 15

DAS ERSTE ODER ZWEITE MAL

COLE

Es gab selten jemanden, der mich in meiner Welt noch überraschen konnte. Aber Sienna? Sie sorgte jedes verdammte Mal für eine Überraschung. Jüngstes Beispiel?

Sie küsste mich, bevor ich es tun konnte.

Ihre süßen Lippen trafen auf meine, danach reagierte mein Körper sehr schnell, weil er die ganze Zeit über nichts anderes machen wollte, seit sie wie eine Furie auf diese Jenny losgegangen war.

Ich drückte sie an mich, drehte uns um, damit wir uns an das Auto lehnen konnten. Jetzt befand sie sich zwischen Auto und mir, eine Flucht war nicht mehr möglich.

Ein Mann musste bei einer Frau wie Sienna auf alles gefasst sein.

Deswegen wunderte es mich nicht, dass sie sich tatsächlich das Shirt vom Kopf riss und mich erneut stürmisch küsste.

Fuck. Ich habe nicht viel von ihrem BH gesehen, weil ihre Lippen genauso verführerisch sind, aber sie steht nur im BH vor mir! Versteht jemand, was ich damit meine?

»Cole«, flüsterte sie gegen meine Lippen.

»Du machst mich verrückt«, murmelte ich an ihre Lippen. Ich spürte sie grinsen.

»Kenn ich.«

Ich griff mir ihre Taille, hob sie hoch und setzte sie auf der Motorhaube ab. Dieses Mal machte ich einen Schritt zurück, um ihren Anblick zu bewundern.

Sie trug schwarze Spitze, die perfekt zu ihrem braunen Teint und den schwarzen, langen Haaren passte. Ihre Lippen waren bereits geschwollen von meinen Küssen und ihre schmale Taille und diese enge Jeans verursachten ein heißes Sehnen nach mehr. Viel mehr.

»Sienna …«

Sie hakte sich in meinen Gürtel ein und zog mich so zu sich. Dann sah sie hoch und allein dieser Blick könnte unzählige Männer in die Knie zwingen.

Sienna war eine Herausforderung. In jeder Hinsicht. Oberflächlich gesehen war sie eine wunderschöne, junge Frau. Sah man länger hin, bemerkte man, wie wunderschön auch ihr Charakter war. Ob sie es je zugeben würde oder nicht: Sie war sensibel, treu und … die witzigste Frau, die mir je begegnet war.

»Mach es nicht mit irgendwelchen Sprüchen kaputt. Wir haben genug geredet«, sagte sie und öffnete dann meinen Gürtel.

Ich sah ihr dabei zu, wie sie selbstsicher die Schnalle öffnete, um mir langsam die Hose aufzuknöpfen.

»Weißt du, Cole, du hast dich sehr lange nicht um deine Frau gekümmert.«

»Stimmt«, kam es mir schnell über die Lippen, weil ich vermutlich nur träumte.

Das hier passierte gerade nicht wirklich. Oder doch?

Sie schmunzelte, weil sie anscheinend heraushören konnte, was sie gerade mit mir anstellte.

Ich blickte ihr auf die Brüste ... Schön verpackt für mich, obwohl ich genau wusste, wie sie nackt aussah.

Das war damals die Hölle gewesen.

Also nicht, sie nackt zu sehen, sondern mich zurückzuhalten.

»Zeig mir, wie gut es sein kann, Cole«, sagte sie leise und zog mir dann die Jeans herunter.

Ich bekam nicht wirklich mit, was sie genau sagte. War der Inhalt denn auch wichtig?

Die letzten Wochen hatte ich mir ständig ausgemalt, was ich wie zu ihr sagen könnte, damit sie mich anhören würde, ohne mich gleich zu kastrieren.

Nun, DAS hier, war auch eine Möglichkeit zu reden.

Sie biss sich auf die Unterlippe und musterte meine Shorts, die ziemlich eng saß.

»Schade, dass ich vergessen habe, wie gut bestückt du bist.«

Ich grinste daraufhin und griff mir ihr Haar, um sie noch enger an mich zu ziehen.

Dieses ganze »Halb angezogen auf einer Motorhaube« hatte definitiv seinen Reiz.

Mein Mund schwebte über ihren.

Ich konnte mich kaum zurückhalten. Mein Griff um ihr Haar wurde noch fester. Sie roch leicht blumig, als würde der Sonnenschein nur darauf warten, von mir …

»Zeigst du mir, wie es zwischen uns sein kann?«, flüsterte sie mir zu.

Erst verzögert traf ihre Frage auf den Teil meines Verstandes, der noch irgendwie funktionierte.

»Was?«, brachte ich gerade so heraus und lockerte den Griff um ihr Haar.

»Na ja, ich will wissen, was ich verpasst habe, als wir das erste Mal miteinander … Du weißt schon. Leider endeten meine Erinnerungen, als ich eingeschlafen war und bevor wir …« Sie lächelte aufrichtig, als würde sie wirklich wissen wollen, was wir danach getrieben hatten.

»Moment mal, du glaubst, wir hätten schon Sex gehabt?«

»Hatten wir nicht?«, fragte sie überrascht. »Aber das kann nicht sein!« Sie schob sich weiter zurück auf die Motorhaube und musterte mich. »Sieh mich an!« Sie machte eine kurze Handbewegung über ihren Körper, den ich aus bekannten Gründen nicht zu lange mustern wollte. »Sieh dich an! Wir sind heiß!«

»Mir musst du das nicht sagen«, stellte ich ironisch fest.

»Aber … wir hatten keinen Sex?«, wiederholte sie noch mal.

Ich schüttelte den Kopf.

»Du warst völlig k. o.. Irgendwann musst du dich nachts ausgezogen haben. Und ich schlafe eigentlich immer nackt, also …«

266

Ich wusste noch, dass ich bei ihrem Anblick am Morgen fast den Verstand verloren hätte. Eigentlich hatte ich gehofft, dass wir die Hochzeitsnacht dann eben nachholen würden, aber sie hatte einen totalen Filmriss gehabt. Und ehrlich gesagt, wollte ich erst mal mit Mimi darüber reden, was passiert war. Sienna hätte niemals erfahren dürfen, dass Mimi genau das gewollt hatte. Und doch erfuhr sie direkt alles und brach mir das …

Scheiße. Diese Frau hatte mich an den Eiern.

»Wir hatten keinen Sex«, stellte sie monoton fest.

Das erklärte natürlich ihr forsches Vorgehen.

»Sienna …« Ich lächelte.

»Nein. Alles gut. Ich dachte nur … Warum hast du nicht mit mir geschlafen? Immerhin war ich nackt!«

»Weißt du, du magst vieles von mir halten. Ich bin ein Rockstar, Frauenversteher und ein Mistkerl ohne Gewissen.« Ich ignorierte ihr Augenrollen. Das würde nur meinem Ego schaden. »Aber du vergisst etwas sehr Entscheidendes dabei.« Ich zog sie wieder an mich, so dass sie erst auf mein Kinn blickte, um mir dann kurzzeitig den Atem zu nehmen, weil sie mir direkt in die Augen sah. »Du warst nie Teil meines Planes, Sienna, und doch bist du die Einzige, die das Gewissen in mir hervorgerufen hat. Du bist die Einzige, die …«

Ich atmete tief ein und es freute mich so sehr, sie dabei riechen und an meinem Körper spüren zu können, dass ich zitternd lächelte.

»Ich bringe dich ganz schön durcheinander mit diesem BH, was?«, grinste sie.

»Das auch«, lachte ich, ohne sie loszulassen. Ich konnte es ganz einfach nicht. Dann wurde ich jedoch wieder ernst, weil es wohl doch Zeit wurde zu reden. »Ich will damit sagen, dass ich dich niemals ausgenutzt hätte.«

Sienna verdrehte die Augen, weil sie natürlich auf die Hochzeit anspielte.

»Es stimmt. Scheiße noch mal. Ja, Mimi wollte, dass ich dich aus niedrigen Beweggründen heirate. Gut, ich habe ja gesagt, aber nur weil ich mir diese Ehe wirklich mit dir vorstellen konnte.«

»Konntest du?« Sie zögerte mit der Frage, weil sie unsicher wurde.

»Ja«, bestätigte ich ihr ruhiger und blickte diese schöne, halbnackte Frau vor mir an.

Scheiße. Ich wollte sie so sehr …

Deswegen sagte ich jetzt etwas, dass kein Mann dieser Welt wirklich verstehen würde.

»Aber damit du meine ehrenhaften Absichten verstehst, zieh dich wieder an!«

Ich zog mir meine halb heruntergezogene Hose wieder an.

»Was? Warum?«

»Süße … ich werde nicht das erste Mal mit dir schlafen, wenn wir in einer fremden Garage sind.«

»Wow.«

»Was?«, fragte ich barscher, als ich es eigentlich wollte, während ich meinen Gürtel schloss.

»Deswegen hältst du dich zurück?« Sienna sagte es leise. Fast hätte ich sie nicht verstanden.

»Du hast Besseres verdient.«

»Nein! Das meinte ich nicht, Cole.«

Sie saß noch immer auf der Motorhaube und so langsam begann auch mein Schwanz in der Hose unruhig zu werden.

Wie lange hielt sich eine Erektion, ohne dass es Spätfolgen nach sich zog?

»Sienna«, jammerte ich wie ein kleiner Schuljunge, als sie auf einmal ihren BH auszog und in die nächste Ecke warf.

Okay, sie will mich bestrafen. Gut, ich stehe das durch. Ich stehe das …

»Du wirst jetzt mit mir schlafen, Cole.«

»Was?«

Da ich Abstand zwischen uns gebracht hatte, stand sie nun von der Motorhaube auf und begann ihre Jeans auszuziehen. Dabei wippten ihre hübschen runden Brüste so wunderbar. Ich schluckte gegen den trockenen Hals an.

»Unsere Geschichte hat harmlos begonnen und endete völlig verrückt. Und so wird auch unser erstes Mal sein«, redete sie weiter und zog bereits an ihrem schwarzen Slip. Aber instinktiv wusste ich, dass das alles ändern würde, wenn sie jetzt ihren letzten Stofffetzen verlor. Deswegen packte ich ihre Hand und hielt sie auf.

»Wenn du das jetzt tust, dann werde ich mich nicht mehr zurückhalten können, Sienna. Verstehst du das?«

»Cole«, sie lächelte aufrichtig. So aufrichtig, dass

es etwas mit meinem Herzen machte. »Hast du jemals erlebt, dass ich etwas tue, was ich nicht will?«

War das eine Anspielung auf unsere Vegas-Hochzeit? Ich schüttelte langsam den Kopf.

»Siehst du. Ich denke, dann wirst du auch wissen, dass deine Frau wirklich mit dir schlafen möchte. Jetzt. Hier. Sofort.«

»Fuck«, murmelte ich mehr zu mir selbst, obwohl ich eigentlich ihren Körper meinte, den sie erneut an meinen presste.

»Das wird nicht lange dauern, Sienna. Das ist dir klar?«

Sie grinste. »Ich wette, das wird es wert sein.«

Ich küsste sie gierig und Sienna gab genauso viel Energie zurück, als sie sich an mich klammerte, um mir mit Mund und Zunge entgegenzukommen.

Ich knurrte vermutlich wie ein ausgehungertes Tier, als ich sie mit einem Ruck wieder auf die Motorhaube zurücksetzte und begann, ihre Brust zu kneten. Sie passte perfekt in meine Hand.

Wie für mich gemacht.

Meine Hände gingen weiter auf die Suche und das Ende war natürlich ihr Slip. Nicht das Ende … der Anfang, das Paradies. Schon durch den Slip konnte ich ihre Feuchtigkeit fühlen.

Mein Schwanz in der Hose zuckte. Stöhnend drückte ich meine Stirn an ihre.

»Fuck. Fuck. Fuck« murmelte ich, um mich selbst zu beruhigen.

»Hm?« Sienna wirkte leicht neben sich, was mich stolz machen sollte. Leider bekam ich gerade kaum irgendwelche zusammenhängende Sätze zusammen.

»Scheiße, ich will dich so sehr, Sienna«, murmelte ich fast schon flehentlich.

Sie fuhr mir durch mein Haar und lächelte mich an.

»Und ich will dich, Cole. Ich will dich schon so …«

Meine Zurückhaltung war vorbei. Ich küsste sie wieder, drückte sie an mich und hoffte, sie würde verstehen …

»Ja«, wollte ich laut ausrufen, als sie wieder meine Jeans öffnete. Es dauerte dieses Mal etwas länger, weil wir uns nicht mehr voneinander lösen konnten.

Ich leckte über ihre Brustwarze, sie bäumte sich auf und ich konnte nur noch stöhnen.

Dann spürte ich, wie mir die Hose bis zu den Knien herunterrutschte.

Sie hatte es geschafft!

»Und wehe, es kommt jetzt ein langes Vorspiel, Rockstar!«, drohte sie mir und ich lächelte in die vielen Küsse hinein.

Ich hatte nicht vor, lange zu warten. Das war auch gar nicht mehr möglich.

Schnell hob ich ihre Taille hoch und drückte sie gegen meine Shorts. Ihr Blick veränderte sich, als sie den Kontakt bemerkte, den wir beide nun miteinander hatten.

Lasziv bewegte sie ihre Hüften. Nur der Stoff war noch im Weg.

»Cole«, flüsterte sie fast ehrfürchtig.

Wenn sie so weiter machte, dann würde ich …

»Das reicht!«, rief ich frustriert aus und begann diese wunderbare Stelle zwischen ihren Beinen zu massieren. Fest, langsam und …

»Wehe, du …« Sie brach ab, öffnete plötzlich den Mund und stöhnte so laut und ausgiebig, dass ich schlucken musste. »O Gott«, japste sie weiter, klammerte sich an mich wie ein bedürftiges Äffchen und verkrampfte sich dann.

Sie kam.

Ich schloss die Lider, um meine Nerven zusammenzukratzen und kurz nach Luft zu schnappen.

Diese Frau kostete mir nicht nur den Verstand. Scheiße, sie nahm mir jegliche Kontrolle.

Aber nicht jetzt. Nicht. Jetzt!

»Du Mistkerl«, hörte ich sie leise gegen meinen Hals murmeln, dann küsste sie mich aber plötzlich an eben dieser Stelle.

»Ich weiß, warum du das getan hast.«

»Ach ja?« Ich fragte zwar nach, konnte aber nur ihre sinnlichen, weichen Lippen auf meiner Haut spüren.

»Du bringst mich um«, flüsterte ich ihr zu und küsste ebenfalls ihre nackte Schulter. Meine Hände gingen erneut auf Wanderschaft.

»Dann sterben wir beide glücklich«, stellte sie klar und brachte mich zum Grinsen.

»Ich weiß, warum du dir Zeit lässt. Aber ich werde meine Meinung nicht ändern, Cole. Hier ist es perfekt, weil du und ich zusammen sind.«

Da hatte sie mich! Klar, meine Eier gehörten ihr sowieso schon. Sonst hätte ich nicht bereits seit fast einem Jahr eine verdammte Durststrecke hinter mir. Aber jetzt besaß sie noch viel mehr als meinen Schwanz.

Ich hob den Kopf, um sie anzusehen. Ein seliges Lächeln lag in ihrem Blick, als sie mein Gesicht musterte.

Ihre Wangen glühten noch nach, weil ihr Ehemann es ihr besorgt hatte.

Allein der Gedanke veränderte irgendwie meinen Herzschlag.

»Sienna, ich …«

»Nicht mehr reden. Vögeln.« Dann grinste sie dreckig, zog mir meine Shorts herunter und ließ ihr Höschen von der Leine.

Aufs Neue küsste sie mich und ich reagierte darauf, ich konnte gar nicht anders.

Ich zog sie an mich. So fest, dass ich sie am liebsten verschlungen hätte. Aber irgendwann hielt ich es ganz einfach nicht mehr aus. Sie war nackt und ich war überfällig. Mein Schwanz war überfällig.

»Du weißt absolut nicht, was du für einen Anblick abgibst, Sienna«, sagte ich ehrfürchtig. Es hatte Momente gegeben, in denen sie niemals bemerken sollte, was sie mit mir anstellte. Jetzt sollte sie es sehen.

»Du auch nicht«, lächelte sie und blickte meine Erektion an, die endlich von dem Stoff befreit worden war.

Ich griff mir ihre Hüfte und drückte sie so heftig an mich, dass sie sich aufbäumte, als ich in ihr war.

Ich stockte und verkrampfte.

»Fuck ...« Ich hob den Kopf, um mich zu beruhigen.

»Cole«, jammerte diese süße Frau vor mir und bewegte ihre Hüften schon wieder, bevor ich es ihr erlaubt hatte.

»Du willst es echt nicht anders, oder?«

»Ich will es JETZT!«, fauchte sie mich an und bei mir riss etwas. Vermutlich war es meine Geduld, denn dann vögelte ich sie, so wie ich es mir schon lange erträumt hatte.

Ich beobachtete Sienna, die ihre Lider halbgeschlossen hatte und sich selbst berührte, während ich sie auf der Motorhaube vögelte.

Mein kurzer Lacher ging unter, weil sie irgendetwas mit ihrer Beckenbodenmuskulatur machte und mich halb um den Verstand brachte.

Deswegen und womöglich lag es auch daran, dass ich einfach völlig untervögelt war, pumpte ich immer schneller in sie.

Sienna schrie laut auf, als ich ihren Orgasmus spürte. Sie quetschte alles aus mir heraus und ich konnte nichts mehr zurückhalten.

Ich stöhnte und kam auch.

Mittlerweile hingen wir beide halb über der Motorhaube. Sienna sah wunderschön aus. Ihre Haare lagen quer über der Motorhaube verteilt, ihr Busen wippte wieder so schön hin und her und ich ... ich konnte mein Grinsen gar nicht mehr zurückhalten.

So fühlte es sich also an, mit seiner eigenen Frau zu schlafen?

Scheiße. Sie hatte ab sofort ein Problem, denn jetzt würde sie mich wirklich nicht mehr loswerden!

Kapitel 16

ZU SCHÖN, UM VERRÜCKT ZU SEIN

SIENNA

»Lass mich runter«, bat ich Cole völlig außer Atem.

»Das ist aber jetzt nicht dieser versteckte Satz, der so etwas bedeutet wie: Jetzt hatte ich was ich wollte und du kannst dich wieder verpissen, oder?«

Er drückte sich hoch und sah mir ins Gesicht.

Selbst jetzt sah er unwiderstehlich aus. Und ich? Ich schwitzte, aus mir lief wortwörtlich die Suppe aus und …

»Wir haben nicht verhütet«, stöhnte ich auf und legte meinen Kopf zurück auf die Motorhaube.

Cole runzelte die Stirn.

»Scheint so.«

»Scheint so?«, fuhr ich ihn an und drückte ihn erneut von mir.

Dieses Mal gab er mir den Freiraum.

»Ich verhüte sonst immer!«, stellte er klar.

Cole sah mir dabei zu, wie ich zu den vielen Kartons ging, um nach irgendetwas Brauchbarem zu suchen.

»Was suchst du?«

Ich fand die Serviettenpackungen recht schnell und

drehte mich um, um mich zu säubern. Dann griff ich mir schnell meine verstreuten Klamotten, um mich anzuziehen.

»Anscheinend auch meinen Verstand«, murrte ich und fuhr mir durch mein Haar. Cole stand indes wieder in voller Montur vor mir.

»Hey.« Er nahm meine Hände, damit ich ihn ansehen musste. Aber wollte ich das gerade?

Keine Ahnung.

»Wir bekommen das hin. Wenn du schwanger bist, dann kriegen wir das hin.«

Mir blieb der Mund offen stehen.

»Wir kriegen das hin?«

Er wirkte leicht irritiert.

»Hätte ich das nicht sagen sollen?«

»Nein. Hättest du nicht!«, wurde ich lauter und entriss ihm meine Hände. »Du müsstest davonlaufen und wenn du nicht so clever bist, die Beine in die Hände zu nehmen, dann solltest du zumindest herumschreien. Denn dann könnte ich zurückschreien und alles wäre …

»Einfacher?«, hakte er schmunzelnd nach. »Denn dann könntest du wenigstens so tun, als wäre ich das Arschloch, für das du mich gehalten hast, richtig?«

»Ich mag dich gerade überhaupt nicht, weißt du das?«, murrte ich erneut und verschränkte die Arme vor der Brust.

»Jedes Mal, wenn du das sagst, liebt ein Teil von dir mich noch mehr«, erwiderte er selbstbewusst. Grinsend drückte er mich an sich und ich versuchte wirklich standhaft zu bleiben. Aber seine Nähe, seine Wärme und vermutlich auch die zwei Orgasmen ließen mich dahinschmelzen. Ich schmiegte mich an seine Brust.

»Nur damit du es weißt. Ich nehme die Pille«, nuschelte ich in sein Shirt.

»Und wieder gab es keinen Grund, in Panik zu verfallen. Ich bin gesund, lasse mich regelmäßig testen«, antwortete er in mein Haar.

»Was heißt regelmäßig?«, fragte ich nach und fürchtete die Antwort.

Er ließ sich keine Zeit mit der Antwort, das war gut, oder?

»Das letzte Mal war vor Vegas. Danach … war alles anders.« Er küsste mein Haar und ich lächelte. Cole konnte es nicht sehen.

»Du lächelst«, stellte er fest.

Verdammt.

»Tourette«, log ich.

Seine Brust vibrierte vor Lachen.

»Und jetzt?«, murmelte er wieder in mein Haar.

Er mochte anscheinend mein Shampoo.

»Keine Ahnung«, gab ich ehrlich zurück.

Ich war hergekommen, um mit ihm zu reden. Jetzt war irgendwie mehr passiert als das.

»Komm mit …«

Er ergriff meine Hand und verließ die Garage über die Außentür. Man konnte die Partygäste lautstark lachen, singen oder grölen hören. Aber er ging mit mir nicht zum Verbindungshaus zurück. Cole zog mich über die Straße zu unserem Haus, das in der Dunkelheit stand.

»Was hast du vor?«, fragte ich außer Atem, weil er wirklich schnell zu Fuß war.

Warum hatte er es eilig?

Gab es ein geheimes Candle-Light-Dinner? Oder wilden Sex 2.0. in meinem Bett? Oder unter der Dusche? Oder …

Bevor ich weitere sehr interessante Beispiele durchgehen konnte, saß ich auf seinem Schoß auf unserer Hollywoodschaukel im Dunkeln.

Nur die Party spendete etwas Licht.

»Ähm … was tun wir hier?«, fragte ich nach einer Weile. Ich hatte meine Arme um seinen Nacken geschlungen und er wippte leicht hin und her mit mir auf dem Schoß.

»Nichts«, war seine alles erklärende Antwort und blickte weiter in die Dunkelheit.

»Nichts?«

Er atmete erneut tief ein. Dieses Mal schien es, als schnupperte er an meinem Hals.

»Ich wollte einmal wissen, wie es ist, auf dieser Seite der Straße zu sitzen«, sagte er weiter. Dann sah er mich an. »Mit meiner Frau auf dem Schoß.«

War das nicht süß?

Gut, dass ich das für mich behielt.

»Mein Leben besteht nicht aus diesen Momenten, Sienna. Es gibt keine Partys, auf denen ich wie ein ganz normaler Student oder Gast gesehen werde.«

»Hier wirst du auch nicht …«

»Die Notlüge wird auffliegen«, sprach er mir dazwischen. »Früher oder später wird sie das und ich genieße jeden Augenblick, so lange sie noch hält.«

Manchmal vergaß ich wegen diesem ganzen Trouble, wer Cole für den Rest der Welt war.

»Du bist ein Superstar«, stellte ich fast anklagend fest.

Erneut trafen sich unsere Blicke.

»Für dich bin ich nur dein Ehemann, Sienna. Nichts hat sich verändert.«

»Es hat sich alles verändert.« Mein Blick glitt zur anderen Straßenseite. »Ich kann dich nicht mehr hassen.«

»Sei ehrlich: Hast du mich jemals gehasst?«

Ich biss mir seufzend auf die Innenseite meiner Wange.

»Ich wollte dich hassen.«

Sein Griff um meine Taille wurde fester.

»Dann haben mich die Mädels zu einer Therapeutin geschleppt …«

Auch wenn ich sein Gesicht im Dunkeln kaum erkannte, bemerkte ich die hochgezogene Augenbraue.

»Frag lieber nicht. Sie hat mir allerdings ein paar Erinnerungen wiedergegeben, die mir halfen.«

»Ah.« Cole wirkte zufrieden.

Es entstand eine kurze Stille zwischen uns, die aber nicht unangenehm war. Immerhin saßen wir eng gekuschelt zusammen. Ein schönes Gefühl.

»Nun. Ich war auch bei einer Therapeutin«, räusperte er sich plötzlich.

»Warst du?«

Cole nickte.

»Als du gegangen bist, habe ich so getan, als würde es mir nichts ausmachen. Ich wusste, ich redete mir die Sache nur schön.« Sein Griff um meine Taille wurde kurz fester. »Ich habe wieder versucht, als feiernder Rockstar zu leben. Es funktionierte …«

»Nicht?«

Ich kannte die Bilder von damals. Ich hatte sie erst Wochen später gesehen und so fing auch meine Horrorfilmorgie an. Wenn jemand Zusammenhänge sah, lag er falsch! Aber sowas von!

»Es hat schon vor dir nicht mehr funktioniert, Sienna.« Er sah mich an und obwohl wir nicht viel sehen konnten, spürte ich seinen Blick wie ein Schwarm Schmetterlinge. »Aber du warst der Grund, dass ich nicht mal mehr den oberflächlichen Schein aufrechterhalten konnte. Mir war klar, dass ich es vermasselt hatte. Ich allein habe dir wehgetan. Vielleicht kanntest du nicht alle Einzelheiten, aber ich habe dich am Ende verletzt und dafür gibt es keine Entschuldigung.«

Was sollte ich darauf sagen? Normalerweise könnte ich ihm jetzt zustimmen, das fühlte sich aber nicht richtig an.

Seufzend schüttelte er den Kopf.

»Es war klar, dass du das alles nicht verdient hattest. Also musste ich etwas ändern.«

»Wie meinst du das?«

»Sagen wir mal so: Ich kurierte meinen Kater aus,

den ich mir in Vegas geholt hatte und ging zu deinem Vater.«

»Was?!«

»Wundert dich das wirklich?«

»Nein. Oder doch. Keine Ahnung. Dad meinte nur, dass du keine Annullierung wolltest. Mehr erzählte er nicht und ich wollte es ehrlich gesagt auch nicht wissen.«

»Er mochte mich nicht, aber es war auch nicht so, dass ich ihm um den Hals fiel, als ich ihn in London traf. Dein Vater bat mich, die Annullierung zu unterschreiben.«

»Und was hast du dazu gesagt?«, fragte ich neugierig nach.

»Ich bat ihn, sich das Video anzusehen, damit er begriff, dass das nie geschehen wird. Natürlich tat er es nicht. Nicht vor mir. Und dann sagte er etwas, das alles änderte.«

»Was denn?«

Cole küsste meinen Hals und seufzte.

»Er fragte, wann ich das letzte Mal nüchtern gewesen wäre und dass seine einzige Tochter sicherlich keinen reichen Alkoholiker-Rockstar heiratet, der sich ab und zu noch mit irgendwelchen Bewusstseinspräparaten eindeckt, um den Tag zu überstehen.«

»Wow. Es wäre fast liebevoll gemeint, wenn es nicht um seinen ...«

»Ruf ging«, beendete Cole den Satz. »Das erwähnte er auch im jeden zweiten Satz. Dieser Idiot weiß gar nicht, was für ein Glück er hat.«

»Glück?«, hakte ich nach.

»Du bist seine Tochter«, sagte er mit so viel Inbrunst in der Stimme, als wäre das Antwort genug.

Ich lächelte.

»Aber damit hatte er auch recht, Sienna.« Cole seufzte. »Je unglücklicher ich wurde, umso mehr baute ich ab und nahm Dinge zu mir, die nicht gesund waren.«

Das erklärte Coles Verfassung, die mir von Jahr zu Jahr immer mehr zu denken gegeben hatte.

»Warst du auch auf irgendetwas drauf, als wir …«

»Nein!«, antwortete er sofort. »Jedes Mal, wenn ich mit dir zusammen war, war ich nüchtern. Wie gesagt, mein oberflächliches Leben konnte ich nur mit Drogen und Alkohol durchstehen. Die Zeit mit dir gehört nicht zu diesen oberflächlichen Dingen.«

Ich drückte mich noch enger an ihn.

»Und was ist dann passiert?«

»So scheiße dein Dad auch war, er hatte recht. So wie ich war, konnte ich mich dir nicht stellen. Also zog ich mich zurück, suchte eine Therapeutin und kam von diesem ganzen Kram los.«

»Keine Drogen und kein Alkohol mehr?«

Cole nickte. »Keine Drogen und kein Alkohol mehr.«

»Wow.«

»Ich würde gerne sagen, dass ich es nur für dich getan habe, aber …«

»Du solltest es nicht für mich machen. Also nicht nur. Du sollst dich wohl fühlen, Cole.«

»Glaub mir«, seufzte er und drückte seinen Kopf auf mein Schlüsselbein. »Ich habe mich noch nie so wohl wie jetzt gefühlt.«

Gut, dass er mein Grinsen nicht sehen konnte. Ich konnte gar nicht mehr damit aufhören.

»Ich habe wochenlang versucht, mich fern von dir zu halten, und als die schlimmsten Entzugserscheinungen vorbei waren, rief ich dich an.«

Ich erinnerte mich.

Es war vor ein paar Wochen gewesen, als er plötzlich über den Hausanschluss angerufen hatte.

»Sienna«, sagte er. Mehr nicht.

Und ich war so geschockt und wütend, dass ich nur ein »Fick dich« von mir gegeben hatte.

»Ich konnte nicht damit umgehen, Cole«, gab ich ehrlich zu.

»Ich weiß.« Seine Antwort hätte mich vor wenigen Tagen noch wütend gemacht, aber jetzt verriet sie, wie gut er mich eigentlich schon kannte.

»Aber selbst ich muss mir eingestehen, dass es noch niemanden gab, der so viel für mich getan hat, obwohl ich ihm nichts …«, sagte ich.

»Du hast mir alles gegeben«, unterbrach er mich schnell und blickte mir wieder in die Augen. »Ich habe in einer Welt gelebt, die mir alles hätte geben können, nur nicht dich. Du bist einzigartig, Sienna. Und ich möchte, dass du mir zeigst, wie das Leben sein kann, mit …«

»Ach, hier seid ihr!«, rief Zach plötzlich durch die Dunkelheit.

Cole stöhnte genervt auf.

»Was gibts?«, rief er zurück.

»Ivy macht sich Sorgen, deswegen …«

»Natürlich«, murmelte ich und ich hörte Cole kurz auflachen.

»Sie wird nicht eher aufgeben, bis sie uns vor sich stehen sieht. Geh schon vor, ich muss mich mal frischmachen«, erklärte ich und stand auf.

Cole hielt allerdings nicht viel davon, legte seine großen Hände auf meinen Hintern und drückte mich zu sich.

»Ich könnte dir helfen«, seufzte er und ich spürte, wie seine Finger versuchten, meine Hose zu öffnen. Am liebsten hätte ich es zugelassen, aber ich wusste, wie meine Mädels funktionierten.

Ich kicherte.

Auf einmal spielte *The Power of Love*.

Cole stöhnte gequält auf und kramte in seiner Jeans herum, um sein Handy herauszufischen.

»Mimi.«

»Die Mimi?«, hakte ich nach.

»Ja, sie versucht es bereits seit Tagen.«

»Dann solltest du rangehen«, stellte ich kühl fest.

»Sienna …«

Ich brachte Abstand zwischen uns und ging zu meiner Tür.

»Es ist alles in Ordnung.«

»Ich mag womöglich kein großer Beziehungsprofi sein, aber wenn eine Frau sagt, es ist alles in Ordnung, sollte ich …«

»Solltest du ans Handy gehen und mit ihr reden«, log ich und öffnete schon die Haustür.

»Du hast zehn Minuten, dann komme ich dich holen!«, rief er mir noch nach, obwohl ich bereits hineingegangen war.

Es war niemand im Haus, als ich das Licht einschaltete und ins nächste Bad ging, um mich zu säubern. Immer wieder blickte ich mein Spiegelbild an.

Mimi hatte ich ganz vergessen. Sie war es, die diese Fake-Ehe gewollt hatte. Ich sollte Coles Alibi Braut spielen.

Normalerweise könnte ich das als Kompliment ansehen, weil sie mich ausgewählt hatte, oder?

Aber Mimi war nicht Cole! Er mochte mitgespielt haben, aber er war am Ende nicht derjenige, der es unaufrichtig meinte.

»Das ist kein Grund, wieder alles schwarz zu sehen«, teilte ich dem Spiegelbild mit, damit meine Gedanken nicht zu sehr wegdrifteten.

Seufzend verließ ich wieder das Bad und holte tief Luft.

Womöglich war Cole bereits zur Party gegangen, um Ivy zu beruhigen. Ich lächelte. Ja, so wäre Cole. Mein Cole. Mein Ehemann.

Ich war schon halb aus der Tür raus, als mir das Licht im Esszimmer auffiel.

Das war doch gar nicht an gewesen.

Langsam ging ich rüber und war irgendwie nicht so sehr über ihr Auftauchen überrascht, wie sie wohl dachte und hoffte.

Ich kannte dieses Miststück.

Mimi saß am Esstisch und lächelte mich an. Sie hatte die Beine lässig übereinandergeschlagen. Selbstverständlich steckte sie in einem teuren Businessanzug – ich setzte auf Gucci. Dazu trug sie ein paar Manolos.

Ich lehnte mich an den Türrahmen.

»Mimi, was für eine Überraschung.«

Sie konnte aus meinem Tonfall heraushören, dass ich nicht überrascht war.

»Ich hatte tatsächlich mehr erwartet«, begann sie und blickte sich im Raum um. »Aber alles, was ich sehe, ist eine alte Studentenbude und kleine Mädchen, die noch grün hinter den Ohren sind.«

»War das jetzt eine Beleidigung?«

»Fass es auf, wie du willst.«

»Gut, dann frage ich konkreter: Was willst du hier?«

Ich versuchte gar nicht erst so zu tun, als würde ich sie Siezen wollen.

»Du magst jung sein, aber du bist nicht dumm. Rate mal, warum ich hier bin?« Mimi stand auf und ging langsam auf mich zu, sie überragte mich glatt um zehn Zentimeter. »Cole und du …«

»Oh, ich glaube, du solltest diesen Satz lieber nicht beenden, Mimi. Immerhin bist du diejenige, die aus uns ein Cole und ich gemacht hat.«

»Notgedrungen«, antwortete sie. »Es war anders geplant und ganz sicher nicht …«

Ich verdrehte die Augen. »Natürlich.«

Mimi hob fragend eine perfekt gezupfte Augenbraue.

»Sie stehen auf Cole.«

»Ich stehe ganz sicher nicht …«

»Ist schon gut. Wenn ich die Managerin von Cole Turner wäre, würde ich mich auch über kurz oder lang in ihn verlieben«, teilte ich ihr sachlich mit. »Mein Ehemann ist eben superheiß.«

»Dein Ehemann? Ist dir eigentlich klar, was du da sagst?«

»Soll ich es noch mal wiederholen?«, hakte ich mit zuckersüßer Stimme nach.

Mimis Gesicht verzog sich entnervt. »Was glaubst du denn, was du da machst?«

»Wollen wir erst über deinen Einbruch reden oder kommen wir gleich zur Sache?«

»Cole wird untergehen, wenn ihr zusammenbleibt!«, fuhr sie mich plötzlich an.

Sie bemerkte, wie ich die Stirn runzelte, weil ich diesen Ausbruch nicht erwartet hatte.

»Und es geht hier nicht um meine Gefühle, es geht ganz allein um ihn. Cole war ausgebrannt und am Ende. Ich holte ihn aus Hollywood raus und er sollte sich erholen. Aber dann hing er ständig im Garten herum und schien mit dir über Gott und die Welt zu reden.« Mimi verzog verständnislos die Miene. »Ich dachte mir nichts dabei, wollte aber auch nicht, dass ihr zu viel Kontakt habt.«

»Warte mal … du wolltest keinen Kontakt zwischen uns? Hast du damals meine Handynummer abgefangen, die ich bei ihm in den Briefkasten geworfen hatte?«, fragte ich ungläubig.

Mimi zuckte mit der Schulter. Sie zuckte tatsächlich mit der Schulter, als wäre es nichts Besonderes gewesen.

»Einbrecherin und noch Diebin. Alle Achtung«, stellte ich schnaubend fest.

»Wie wir wissen, hat das nicht viel gebracht. Er suchte trotzdem immer wieder deine Nähe. Und dann kam es mir genau richtig vor, dich vorzuschlagen, als ich über eine passende Ehefrau nachdachte.« Der gefährliche Unterton in der Stimme war Absicht.

»Du wolltest, dass ich es erfahre«, stellte ich fest.

»Natürlich. Du bist vielleicht jung, scheinst aber auch deinen Stolz zu haben. Eine Ehe, die von Anfang an geplant war, ist unter deiner Würde. Auch wenn du ihn liebst.«

»Eine Einbrecherin, Diebin und eine Geistesgestörte in einer Person. Glückwunsch, du wirst mir immer sympathischer!«

»Komm schon, Sienna. Denk nach. Cole gehört nicht nach Kentucky. Er gehört auf eine Bühne. Er ist Musiker!«

»Hast du das auch Cole so gesagt?«

Sie schloss den Mund und presste ihre Lippen fest zusammen.

»Lass mich raten? Er hat dir seine Meinung gesagt, als du gerade angerufen hast und jetzt bist du hier bei mir. Was das wohl zu bedeuten hat?« Ich tippte mit dem Finger auf meine Lippen. »Hm … ich könnte es mir denken.«

Mimi wirkte noch angepisster, wenn das überhaupt noch möglich war.

»Was glaubst du denn, wie das weitergeht mit euch? Du lebst hier, er überall, nur nicht hier! Cole ist für höheres bestimmt!«

»Und das hast du zu entscheiden, Mimi? Ist dir überhaupt mal in den Sinn gekommen, ihn zu fragen, was er möchte? Was er vom Leben will?«

»Wozu? Er hat einen Vertrag!«, brüllte sie lautstark, weil sie anscheinend die Geduld verlor.

»Cole ist ein Mensch! Einer, aus Fleisch und Blut.«

»Und er gehört mir!«, schrie sie noch ungehaltener und vor allem sehr laut.

Plötzlich sprang die Haustür auf und Phoebs kam mit ihrer Schrotflinte hereingestürmt. Sie musste sie aus der Garage geholt haben.

»Hände hoch!«

Ivy kam hinter ihr rein. Sie hielt einen Baseballschläger in den Händen.

Mimi hob schnell die Hände. Ich seufzte.

»Leute, dieses Mal brauchen wir keine Waffen«, stellte ich klar.

Leider.

Phoebs benötigte einen kurzen Augenblick, dann senkte sie die Waffe. Ihr Killer-Blick war immer noch ziemlich gruselig, wenn sie ihre Waffen herumtrug.

»Wer ist das?«, fragte Ivy mit autoritärer Stimme.

»Jemand, der jetzt geht«, sagte ich.

Mimi verstand die Botschaft. Sie ging an mir vorbei, blieb aber noch mal stehen, um mich anzusehen.

»Ich habe mir dieses Techtelmechtel lang genug

angesehen. Cole wird gebraucht. Ich denke, gleich wirst du verstehen, warum für dich kein Platz in seiner Welt ist.« Dann stolzierte sie hinaus.

»Sie hat einen super Schuhgeschmack, aber diese Bitch-Ausstrahlung macht es irgendwie zunichte«, sagte Ivy und legte den Baseballschläger über ihre Schulter.

»Sie riecht auch wie eine Bitch«, stellte Phoebs fest.

Ivy und ich sahen unsere Friedensstifterin mit hochgezogenen Augenbrauen an.

»Was?«, fragte sie unschuldig nach.

Mein Blick glitt wieder zu Mimi, die darauf wartete, dass eine Limo vorfuhr.

Ich ahnte Schlimmes.

Und es dauerte nicht lang, da fuhren plötzlich mehrere Wagen vor.

»Sind das Paparazzi?«, fragte Phoebs überrascht.

Es waren unzählige Fotografen, die vorm Verbindungshaus standen und darauf warteten, dass das Objekt der Begierde endlich herauskam.

Immer mehr Schaulustige fanden auch den Weg zum Haus.

Mimi wartete vor der Limo, weil sie wusste, das Cole früher oder später auftauchen würde.

Dann war es soweit. Cole trat aus der Tür und blickte sich suchend um. Er versuchte mich zu finden.

Sein Blick schoss zu mir und ich hörte auf zu atmen. Die Paparazzi fingen wie verrückt an, Fotos zu schießen. Aber Cole stand einfach da und sah mich an.

»Geh zu ihm«, sagte Ivy.

»Sienna?«, fragte Phoebs.

Wie erstarrt stand ich immer noch an Ort und Stelle.

Mimi stand noch am Wagen und bat ihn anscheinend, zu ihr zu kommen. Nur langsam machte er sich auf den Weg Richtung Limo.

Am liebsten hätte ich immer noch so tough gewirkt wie bei Mimis Besuch. Aber die Wahrheit war, dass ich mich nicht so fühlte.

Cole und ich hatten die ganze Zeit über in einer Blase gelebt. Sein Leben war ein völlig anderes als meines.

»Er muss zurück in seine Welt«, kam es mir über die Lippen.

»Bist du verrückt geworden?«, fuhr Ivy mich an.

»Hm?«

»Ich habe dich gefragt, ob du verrückt geworden bist!«

»Ivy«, mahnte Phoebs sie.

»Was denn? Die ganze Zeit über denken wir, es gäbe keinen Mann, der unsere Sienna etwas entgegensetzen könnte. Und was macht Cole? Der zerbricht nicht nur diese undurchdringliche Mauer, er heiratet sie auch noch! Und jetzt steht sie hier und schaut sich an, wie der einzige Mann, der sie so nimmt, wie sie ist – was mich wiederum von Anfang an schockiert hat – im Begriff ist, sich von irgend so einer Barbiepuppe irgendeinen Scheiß einreden zu lassen!«

»Ich bin verrückt«, war meine erste Reaktion.

»Das ist alles, was du dazu zu sagen hast?« Ivy war geschockt.

»Unsere Geschichte hatte harmlos begonnen und endete völlig verrückt«, wiederholte ich den Satz, den ich bereits Cole in der Garage gesagt hatte.

»Was? Verstehst du, was sie meint?«, fragte Ivy jetzt Phoebs, während ich dabei zu sah, wie Cole langsam durch die Paparazzi ging.

»Nein, aber ich schätze, sie schnappt jetzt über. Ist uns allen ja schon mal passiert«, erklärte Phoebs.

»Und wie ich überschnappe«, teilte ich ihnen mit und rannte auf die Veranda. Dort suchte ich meine Anlage, die Gott sei Dank noch auf dem kleinen Tischchen stand.

»Was hast du vor? Zu deinem Traumprinzen geht es in die andere Richtung«, hörte ich Ivy sagen.

»Ich suche einen bestimmten Song«, stellte ich klar und zappte durch meine Anlage.

»Ich habe dir gesagt, dass ein *Musik Abo* die beste Option wäre, aber hörst du mir zu?«

»Nein«, antwortete ich Ivy und drückte wie verrückt durch die Playlist.

Und dann fand ich endlich den Song, den ich brauchte.

Kapitel 17

THE POWER OF COLE & SIENNA

COLE

»Mimi, was gibt es?«, war meine erste Frage, als ich den Anruf annahm.

»Wir müssen reden.«

»Nicht jetzt«, antwortete ich und ging über die Straße.

»Wann dann? Du gehst mir seit Wochen aus dem Weg und hängst in diesem Kaff ab, um einem Mädchen hinterherzurennen, die dich sowieso früher oder später langweilen wird!«, sagte sie wütend.

Sienna mich langweilen?

Sie hatte überhaupt keine Ahnung, was für einen Unsinn sie da gerade sagte.

»Ich habe hier noch etwas zu erledigen, also komm wieder runter.«

»Dein letztes Wort?«, hakte sie plötzlich mit einer gefährlich ruhigen Stimme nach.

»Bis dann, Mimi.« Ich legte auf und versuchte das Gespräch sofort wieder zu vergessen. Seit Wochen waren es immer dieselben Worte, die wir miteinander sprachen. Sie wollte, dass ich wieder Songs schrieb, ich wollte … Sienna.

»Du grinst ziemlich offensichtlich«, stellte Zach fest, als ich aus der Garage kam und auf die Veranda zuging. Er saß auf der Treppe und lächelte.

»Keine Ahnung, wovon du sprichst.« Aber ich grinste halt weiter wie ein verliebter Trottel.

Mein Blick schoss zu Siennas Haus.

Ja, anscheinend war ich wirklich verliebt.

»Gut beobachtet«, erklärte Zach und ich sah ihn überrascht an.

»Wenn du nicht mal mehr bemerkst, wann du Sätze laut aussprichst, ist es eindeutig, mein Freund. Komm, du brauchst einen Drink.«

»Ein Wasser wäre mir lieber«, teilte ich ihm mit.

Ich wollte und konnte keinen Alkohol mehr trinken.

Zach sah mich an, als wüsste er, was ich mit dieser Antwort meinte.

»Gut, dann trinken wir zwei ein gesundes Mineralwasser und du grinst weiter so debil durch die Gegend, bis deine Angebetete wieder zurückkommt.«

Erneut schaute ich rüber.

»Sie kommt schon noch.« Er drückte meine Schulter, während wir hineingingen.

Der Blick auf mein Handy löste ein merkwürdiges Gefühl in mir aus.

Mimis letzte Frage ging mir nicht mehr aus dem Kopf.

»Dein letztes Wort?«

Das Verhältnis zwischen Mimi und mir war seit Vegas im Keller. Sie verstand mich nicht, ich verstand sie nicht. Und dann war ich nach Kentucky gegangen, weil ich es nicht mehr aushielt.

Seitdem versuchte sie mich immer wieder hier wegzubekommen.

Mittlerweile war die Party im vollen Gange und wir mussten uns an einigen Menschen vorbeiquetschen, bis wir zur Bar kamen.

»Zwei Wasser, Dip«, bestellte Zach.

»Kommt sofort, Boss.«

Zach tat so, als würde er das »Boss« nicht hören.

Wo blieb Sienna?

Wollte sie nicht längst hier sein?

Mich hielt im Grunde nichts mehr an der Bar.

»Ich bin gleich wieder da«, erklärte ich und drückte mich erneut durch die Masse an Menschen.

Es war mal etwas Neues, dass sie nicht direkt zur Seite traten. Es war so verdammt … normal.

»Was ist denn da draußen los?«, hörte ich plötzlich einen Studenten laut rufen.

Sofort traten mehrere Jungs ans Fenster und starrten hinaus. Da ich fast an der Haustür war, ging ich direkt raus und erstarrte.

Unzählige Paps standen vor dem Haus und fotografierten wie wild. Sie rannten wie Aasgeier auf mich zu. Inmitten des Tumults sah ich Mimi vor einer Limo stehen. Sie schien auf mich zu warten.

Verdammte Scheiße!

Mein Blick glitt suchend über die Menge, dann sah ich rüber zu ihrem Haus. Ich machte einen Schritt nach vorn, als klar war, dass Sienna noch drüben war.

Sie sah auch zu mir.

»Cole! Was machen Sie hier?«, rief der erste Fotograf. »Sind Sie auf Urlaub?«

»Gibt es einen Grund, warum Sie inkognito sind?« »Sind Sie allein hier?«

»COLE!«

»HIERHER SEHEN, BITTE!«

Ich ignorierte sie alle, weil ich einfach nicht wegsehen konnte.

Was jetzt, Sienna? Was sollen wir jetzt tun?

Es stand nicht wirklich zwischen uns. Immerhin war Sienna eine selbstbewusste, junge Frau, die im Grunde wusste, wer ich war.

Aber was, wenn sie nicht den wollte, der ich war?

Sie machte keine Anstalten zu mir zu gehen.

Ich knirschte mit den Zähnen.

Sie kommt nicht. Sie will nicht!

Mein Blick schoss zu Mimi, die eine Augenbraue hochzog, als würde sie sagen wollen: Hab ich es dir nicht gesagt?

Die Paps drängelten zwar, sie ließen mich aber vorbei, als ich langsam auf Mimi zu ging.

»Ich habe es dir gesagt, Cole«, flüsterte Mimi und öffnete die Tür.

Ich schluckte, als ich hineinsah.

Wenn ich jetzt ging, würde es für immer sein.

Sienna und ich – uns gäbe es dann nicht mehr. Eine dritte Chance würden wir nicht bekommen. Das wusste ich so sicher, wie das Amen in der Kirche.

»Hast du«, erwiderte ich und blickte sie dann an. Mimi bemerkte die Veränderung in meinem Gesicht. »Und auch jetzt irrst du dich.«

»Was?«

Ich konnte sie nicht gehen lassen. Sienna gehörte zu mir.

Und dann ertönte da plötzlich dieser Song und meine Mundwinkel hoben sich automatisch.

Auch Mimi hörte ihn.

»Cole!«, warnte sie.

»Zu spät«, stellte ich grinsend fest und stellte mich in die Tür, um über die Limo zu sehen.

Sienna hatte ihre Anlage voll aufgedreht und sie spielte *The Power of Love* in voller Lautstärke.

Mich hielt hier nichts mehr.

Die Paps drängten sich schnell zur Seite, als ich durch die Menge lief, um über die Straße zu kommen.

Ich hörte, wie sie mir aufgeregt folgten, aber das war mir egal.

Sienna kam mir entgegen und wir trafen uns in der Mitte der Straße. Unsere Münder prallten fest aufeinander. Es gab Blitzlichtgewitter, zig Fragen, aber es interessierte uns einen Scheiß.

Kapitel 18

DIE SONNENBRILLE KANN WEICHEN

SIENNA

»Saft?«, fragte mich Ivy.

Ich schüttelte den Kopf.

»Croissant?«, kam es von Phoebs.

Erneut wollte ich den Kopf schütteln, aber Ivy kam mir zuvor.

»Wenn sie nichts trinken will, will sie auch nichts essen, Phoebs.«

»Das eine hat doch nichts mit dem anderen zu tun«, stellte diese klar.

»Ach nein? Sie hat jetzt eine ganze Woche nichts von Cole gehört. Da hat sie sicherlich weder Lust auf einen Saft, noch auf ein Croissant!«

»Ivy«, zischte jetzt July und machte sehr merkwürdige Rollbewegungen mit den Augen.

»Was denn? Es ist sicherlich nicht so, als könnte Sienna nicht selbst zählen. Eine Woche sind sieben lange Tage!«

Ich schloss die Augen und war dankbar, dass sie diese unter der dicken, großen Sonnenbrille nicht sehen konnten.

»Er ist halt ein Superstar. Schon klar, dass der nicht ewig mit einer Studentin aus Kentucky rummacht«, kam es plötzlich von July.

Alle Augen waren nun auf sie gerichtet.

»Was?«, fragte sie nervös.

»Also das war echt unter der Gürtellinie«, erklärte Ivy.

»Du solltest heute vielleicht besser außerhalb frühstücken«, setzte Phoebs hinzu.

July schluckte und verdrückte sich schnell.

Ich seufzte und legte die Serviette zurück auf den unbenutzten Teller. Wir drei saßen wie so oft allein am Frühstückstisch. Das hatte sich so eingebürgert. Immer zur gleichen Zeit, gemeinsame Zeit zu dritt genießen. Nur konnte ich das seit sieben langen Tagen nicht mehr.

Cole war aufgebrochen, nachdem die Paparazzi uns belagert hatten.

Wir hatten uns geküsst, bis wir kaum noch Luft bekommen hatten.

»Egal was auch passiert, denk dran, dass du meine Frau bist und uns auch diese Sache nicht trennen wird.«

Dann war er zur Limo gegangen und hatte die meisten Paparazzi von mir fernhalten können.

Draußen campierten zwar immer noch ab und zu welche von denen, weil sie hofften, dass Cole auftauchen würde. Aber von Tag zu Tag, an dem er nicht kam … nun, verloren nicht nur sie die Hoffnung.

»Sienna?«

Ivys Stimme riss mich aus meinen viel zu negativen Gedanken.

»Was?«, fragte ich barscher, als es eigentlich gemeint war.

Ivy und Phoebs konnten wirklich nichts dafür, dass ich mich in … Cole … verliebt hatte.

Es zu leugnen, wäre sowieso bescheuert gewesen.

»Hey.«

Erneut war es Ivys Stimme, die mich aus meinem melancholischen Gedankenkarussell holte.

»Es geht mir gut«, sprach ich.

Auf einmal zog sie mir langsam meine große Sonnenbrille von den Augen. Ich blinzelte irritiert gegen das Sonnenlicht an.

»Das sehen deine verweinten Augen aber ganz anders«, stellte Ivy mitfühlend fest.

Phoebs wirkte nicht überrascht, obwohl ich selten ohne Sonnenbrille am Tisch saß.

»Ist eine Allergie«, behauptete ich und wir alle wussten, dass ich gequirlte Scheiße redete.

Blinzelnd entriss ich ihr die Brille und setzte sie schnell wieder auf.

»Eine Allergie gegen Sonnenlicht?«

Ivys blöde Frage brachte mich sogar fast zum Lachen. Aber nur fast.

»Ja gut!« Dieses Mal warf ich die Brille praktisch über den gesamten Tisch.

»Zufrieden? Ich habe geheult. Und nicht nur Rotz und Wasser, sondern ganze Bäche. Bäche voller Selbstmitleid, Wut, Bedauern und …«, rief ich laut, weil ich meinen Frust irgendwie auch mal loswerden musste.

»Nichts, was wir nicht selbst kennen«, stellte Phoebs fest.

»Aber ich bin doch nicht so! Sienna weint nicht, Sienna heult nicht, Sienna …«

»Könntest du bitte aufhören, in der dritten Person von dir zu reden? Das klingt …«

»Verrückt?«, redete ich Ivy dazwischen. »Genau das bin ich. Und Cole ist es auf seine Weise auch. Deswegen passte es so gut. Aber jetzt seht mich nicht mit diesem Blick an, als hättet ihr es die ganze Zeit gewusst. Ihr habt ihn nicht unter Alkoholeinfluss geheiratet, um danach zu erfahren, dass das eigentlich alles geplant und dann doch wieder nicht geplant war. Ihr wisst, was ich meine.« Ich winkte ab.

»Eigentlich«, Ivy schaute zu Phoebs, die auch etwas verloren aussah, »wissen wir nicht wirklich, was du damit meinst.«

»Ist doch auch egal.« Ich stand auf. »Er ist nicht hier. Er meldet sich nicht. Cole Turner ist verschwunden! Und hey, ich komme damit klar. Wie schlimm kann es denn noch kommen? Hm?«

Die Haustür wurde aufgerissen.

»SIENNA!«

Meine beiden Mitbewohnerinnen schauten verwirrt zur Tür, nur ich hob den Kopf zum Himmel.

»Ehrlich jetzt?« Ich schloss die Augen und zählte langsam bis drei. »Ich bin hier, Dad.«

»Dad?«, flüsterte Ivy geschockt.

Mein überaus attraktiver, aber leider auch gefühlskalter Mistkerl von Vater trat ins Esszimmer.

Es war nicht mal ganz acht Uhr am Morgen und er trug bereits seinen fünftausend Dollar teuren Anzug durch die Gegend.

Man konnte genau sehen, dass er die Situation missbilligte, ebenso das Haus.

Wie konnte ich es nur wagen, Billigbutter und Billigtoast zu frühstücken?

»Du lebst also noch«, waren seine ersten Worte.

»Guten Morgen, Dad. Wie war die Fahrt? Möchtest du dich nicht setzen, bevor du mir wieder mit irgendwelchen Vorwürfen kommst?«

Sein Blick schoss kurz zu Ivy und Phoebs. Waren sie ihm etwa im Weg? Tja, Pech. Ich würde die beiden nicht wegschicken.

Als sie auch keine Anstalten machten zu gehen, obwohl mein Dad sie wütend musterte, entschied er sich wohl, klein beizugeben.

»Ich rufe dich seit einer Woche an. Und du kannst dir sicher denken, warum.«

»Vielleicht. Vielleicht auch nicht«, stellte ich fest und setzte mich wieder, um dann doch zu frühstücken.

Irgendwie bescherte mir mein Dad wieder Appetit. Oder ich wollte ihn ganz einfach provozieren. Könnte beides stimmen.

»Womöglich willst du mich nicht verstehen, Sienna. Cole Turner ist Geschichte. Und ganz sicher kein …«

»Schon klar. Dein Image und so. Sonst noch etwas?«, fragte ich und strich mir Butter auf die Scheibe Toast.

»Sonst noch etwas? Glaubst du, ich komme zum Spaß her?«

Natürlich nicht. Das würde ja auch bedeuten, er wäre an seiner einzigen Tochter interessiert.

»Entschuldigen Sie, Sir«, räusperte sich dann auf einmal Ivy.

Dad runzelte die Stirn, als er bemerkte, dass sich jemand erdreistete, ihn anzusprechen.

»Aber da Sie seit drei Jahren nicht einmal vorbeigekommen sind, nehmen wir mal an, dass es etwas Ernstes sein muss, was Sie bewogen hat, herzukommen. Aber ehrlich gesagt, finde ich es ziemlich erbärmlich, dass Cole der Grund ist.«

»Wie bitte?«, fragte dieser bei ihr nach.

Nein, Dad. Verhört hast du dich ganz sicher nicht.

»Cole ist ein toller Mann, Sir«, meldete sich dann auch noch Phoebs zu Wort.

»Ein toller Mann? Wo ist er denn dann, hm? Dein ach so toller Ehemann?«

Ich wollte den Mund öffnen, um ihm zum Teufel zu schicken, aber er konnte sehen, wie ich zögerte.

Ein selbstgefälliges Lächeln breitete sich auf Dads Gesicht aus.

»Habe ich es doch gewusst …«

Plötzlich schlug die Haustür mit einem lauten Knall zu.

Selbst wir drei zuckten vor Schreck zusammen und ich bekam den Mund nicht mehr zu, als Cole hinter meinen Dad erschien.

»Cole«, hauchte ich – ich konnte mich einfach nicht zurückhalten.

»Eine Familienfeier? Ohne mich?«, waren seine ersten Worte, die voller Ironie waren.

Cole trug Lederjacke und abgetragene Jeans. Er hatte selten so verdammt heiß ausgesehen. Wobei … im Adamskostüm sah er dann doch noch besser aus!

Falscher Moment!

Er schaute meinen Vater an, während er zur mir ging und die Stuhllehne ergriff, um mir dann einen Kuss auf die Wange zu hauchen.

Ich war so perplex, dass ich gar nichts dazu sagen konnte.

»Das ist doch lächerlich! Du kannst nicht mit ihm verhei… «

»Tut mir leid, Sie enttäuschen zu müssen, aber das haben Sie nicht zu entscheiden«, unterbrach Cole ihn ruhig. »Und wenn Sie mal darüber nachdenken, dann wüssten Sie, dass Sienna nicht auf den Kopf gefallen ist. Wäre ich nicht gut für sie, hätte Sie mir erst gar keine zweite Chance gegeben.«

Hörte ich gerade verträumte Seufzer von Ivy und Phoebs?

Da ich die ganze Zeit zwischen meinem Dad und Cole hin und her blickte, konnte ich diese Frage nicht wirklich beantworten.

Mein Dad presste die Lippen fest aufeinander, dann blickte er mich an, als er verstand, dass Cole nichts mehr sagen würde.

»Er wird dich enttäuschen, Sienna.«

Ich schüttelte den Kopf.

»Der Einzige, der mich stets enttäuscht hat, bist du, Dad. Also spar es dir.«

Es schien Dad nicht zu überraschen. Tief in ihm drin musste er wissen, dass er im Grunde kein guter Vater gewesen war.

»Das hier ist noch nicht vorbei«, sagte er dann.

»Schon klar. Grüß Mom im Spa, wenn du sie abholst«, winkte ich ihm zu und tat so, als würde das Toast köstlich schmecken. In Wirklichkeit kaute ich gerade auf Pappe.

Die Tür fiel ins Schloss, als Dad gegangen war und ich atmete erleichtert auf.

»Das war also dein Dad«, murmelte Ivy und schien noch immer geschockt von seinem Auftreten.

Ich hatte ihnen gesagt, dass da nichts mehr zu kitten war. Womöglich würden sie mich jetzt damit in Ruhe lassen.

»Danke, dass ihr für mich eingestanden seid«, lächelte ich beide aufrichtig an.

Ivy zuckte mit der Schulter. »Wofür sind Freundinnen denn da?«

Phoebs zwinkerte mir zu.

Dann erinnerten sich die beiden wieder an Cole und standen hastig auf.

»Wir haben noch etwas zu erledigen. Komm, Ivy.« Phoebs zog sie mit sich, weil Ivy für ihren Geschmack zu langsam reagierte.

Als beide um die Ecke verschwanden, wünschte ich

mir meine Sonnenbrille wieder her. Wo hatte ich sie nur hingeworfen?

»Tut mir leid«, waren Coles erste Worte. Er stand noch immer hinter mir und ich machte mir nicht mal die Mühe, mich zu ihm umzudrehen.

»Schon okay. Jeder hat mal ein paar Dinge zu erledigen«, log ich.

Dann hörte ich ihn seufzen und plötzlich drehte er meinen Stuhl, damit ich ihn ansehen musste.

Er kniete sich hin und griff meine Hände.

»Du bist sauer auf mich. Zu recht. Dieses Mal.«

»Haha.« Trotzdem konnte ich dabei nicht lächeln.

»Es gab viel zu regeln.«

»Sicher.«

»Sienna, mach es mir nicht so schwer.«

»Schwer? Ich? Wer wartet seit einer Woche auf ein Lebenszeichen von dir?«, fuhr ich ihn genervt an.

»Ich weiß«, erwiderte er dafür ziemlich ruhig.

»Du weißt? Na super. Davon kann ich mir jetzt etwas kaufen.«

»Die Paps waren hier. Und es wären noch mehr gekommen, wäre ich hiergeblieben.«

Er sah weitere Fragen in meinem Gesicht.

Was meinst du damit?

Wieso hast du dich nicht gemeldet?

Und warum küsst du mich wild, um mich dann direkt auf der Straße zurückzulassen?

»Ich bin zurück nach Hollywood und habe alles geregelt.«

»Und was bedeutet das jetzt?«

»Keine Konzerte mehr, keine Tour durch alle Kontinente und endlich Zeit für meine Frau.«

Hatte ich mich verhört?

»Du weißt, wer ich bin. Wer ich wirklich bin. Seit du mir den Laufpass gegeben hast, kriege ich nichts mehr auf die Reihe. Die Musik ist zweitrangig geworden. Und im Grunde war es genau das, was ich gesucht habe. Etwas anderes als diesen Job.«

Cole sah mich dabei die ganze Zeit an.

»Du bist die erste Wahl in meinem Leben, Sienna. Du bist der erste Grund, warum ich auf Knien herumrutsche, damit du mir eine zweite Chance gibst. Du bist es, die … die mir den wirklichen Sinn eines Lebens gegeben hat. Was sind schon zügellose Partys, wenn der wichtigste Grund, nämlich du, nicht da ist, um mit mir zusammen das Leben zu genießen? Du bringst mich zum Lachen, du weckst die Lebensgeister in mir, die ich durch den Job längst verloren habe. Ich …«

Mein Hals schnürte sich vor Rührung zusammen.

»Du musst das nicht alles sagen, Cole. Ich habe dich auch so schon verstanden.« Dann räusperte ich mich, um den trockenen Hals zu schonen. Ich grinste. »Du liebst mich.«

»Das tue ich«, sagte er ohne zu zögern.

Ich erstarrte.

»Was?«

»Ich liebe dich.«

Mir blieb die Luft weg und ich schlug ihn.

»Du Idiot, das kannst du nicht einfach so sagen!«

Er rieb sich die Schulter.

»Warum nicht?«

»Weil … Weil ich es sonst auch sagen muss und das ist praktisch die reine Selbstaufgabe!«

»Die, was?«

»Wenn ich es sage, weißt du es und das …«

»Sienna!«, fuhr er mir scharf dazwischen und drückte anschließend meine Hände fester zusammen.

»Hm?«

Er schmunzelte.

»Ich weiß bereits, dass du mich liebst.«

»Ehrlich?«, fragte ich ihn verwundert.

»Ehrlich«, bestätigte er. »Aber es wäre schön, es ab und zu mal zu hören. Immerhin habe ich dich die Woche über in Ruhe gelassen, damit ich diese ganzen Sachen erledigen konnte. Wenn ich nämlich deine Stimme am Telefon gehört oder dir geschrieben hätte, wäre ich direkt zu dir zurückgeflogen. Und das wollte ich erst, wenn ich weiß, dass die Paps, Mimi … sie uns alle in Ruhe lassen.«

Er klang so bedürftig. Und ich liebte es.

»Cole?« Ich legte die Arme um seinen Hals.

»Hm?«

»Ich liebe dich.«

Jetzt lächelte er wie der Kerl, dem ich damals aus Versehen den Apfel auf den Kopf geworfen hatte.

Eine meiner besten Ideen …

Ich küsste ihn.

Meinen Rockstar.

Meine zweitbeste Idee …

Epilog

SIENNA

Phoebs und Wills Hochzeit war wunderschön.

»Weinst du?«, fragt Ivy mich, als Braut und Bräutigam ins Zelt kamen, um sich von uns feiern zu lassen.

»Meine Allergie«, stellte ich klar und Ivy nickte, während wir weiter klatschten.

»Natürlich.«

Es war eine riesige Feier. Auch deswegen, weil Major Minton Will klargemacht hatte, dass seine Tochter eine große Feier verdient hatte. Will sah es auch so, deswegen waren über hundert Gäste in diesem großen, schön geschmückten Zelt.

Die letzten zwei Jahre war ziemlich viel passiert.

Wir alle hatten unseren Abschluss gemacht. Zach studierte bereits weiter, um seinen Master abzuschließen. Und Cole und ich? Nun, er war immer noch für die ganze Welt ein Superstar, für mich war er ... mein Ehemann.

Es war manches Mal nicht so einfach, wenn mal wieder Paparazzi hinter uns her jagten, aber vor den meisten hatten wir unsere Ruhe, da Cole in regelmäßigen Abständen Interviews gab, mit denen sie beschäftigt genug waren.

Meine Eltern reisten noch immer um die Welt, aber ich musste nie wieder Weihnachten oder die Sommerferien allein verbringen. Cole legte großen Wert darauf, dass wir so viel Zeit wie möglich miteinander verbrachten. Er hatte eine eigene Produktionsfirma gegründet, weil die Musik zwar immer ein Teil von ihm bleiben würde, aber er das Leben eines Rockstars nicht mehr leben wollte.

Wir saßen vorne, direkt gegenüber vom Brautpaar samt Familie. Zach war Wills Trauzeuge, deswegen saß er ebenfalls dort am Tisch. Immer mal wieder wurde Cole angestarrt, aber mittlerweile achtete ich nicht mehr darauf. Nun ja, gerade störte es mich, dass er mal wieder mit den Augen verschlungen wurde.

»Alles klar, Süße?«, flüsterte mir Cole zu, als wir uns alle wieder hinsetzten.

Ich funkelte ihn an, damit er begriff, dass nicht mehr nachgefragt wurde. Er wusste, mich störte es und ihm gefiel meine Eifersucht. Idiot.

Coles Schmunzeln ignorierte ich.

Zach stand auf und Ivy pfiff, weil er wirklich gut aussah in seinem Smoking. Natürlich schaute er nicht besser aus als Cole, aber das war ja auch so schon klar gewesen.

»Puh, was für eine Reise«, begann Zach. »Ich meine, William und Phoebe standen irgendwie immer schon aufeinander. Zumindest als sie sich das erste Mal begegneten, funkte es schon. Hat mir jemand zugeflüstert.« Zach zwinkerte den beiden zu, die Gäste brachen in leises Lachen aus und dann sah er zu seiner Ivy und schenkte ihr dieses gewisse Lächeln, das ich bereits von Cole kannte. Dieser ergriff meine Hand und küsste die Innenseite meines Gelenkes. Mein Ehering funkelte unter diesem Licht hier im Zelt. Cole hatte ihn behalten, als ich ihn damals vor seine Füße geworfen hatte.

Nachdem er in Hollywood gewesen war, Mimi gefeuert und alles andere geregelt hatte, steckte er mir den Ring wieder an und flüsterte mir: »*Dieses Mal ist es für immer!*«

»Aber auch die verliebtesten Paare brauchen ein echtes Drama, um zu begreifen, wie groß ihre Gefühle füreinander wirklich sind. Und glaubt mir, die beiden hatten ihr Drama«, redete Zach weiter.

Erneut lachten viele, aber nur die wenigsten wussten wirklich, wie schwierig es gewesen war.

Will gab Phoebs einen tiefen, langen Kuss und flüsterte ihr etwas zu, das ihr die Schamesröte ins Gesicht zauberte. Sie war eine wunderschöne Braut.

»Bereust du es?«

Coles Frage riss mich aus meinen Gedanken.

»Was?«

»Keine große Hochzeit.«

»Um Gottes Willen! Ich freue mich schon, aus den hohen Absätzen herauszukommen und dann willst du wirklich wissen, ob ich eine große Hochzeit vermisse?«

Cole lächelte. »Ich wollte nur auf Nummer sicher gehen.«

Plötzlich schluchzte Ivy auf und schniefte in ein Taschentuch.

»Zach macht das so toll«, sagte sie zu uns.

Cole blickte zu Zach und hob den Daumen.

Was hatte das jetzt schon wieder zu bedeuten?

Zach nickte daraufhin und räusperte sich.

»William und Phoebe wünsche ich das Beste. Liebt euch, streitet euch, aber vergesst nie, dass ihr ohne einander nichts seid.« Zach hob das Sektglas, wir alle ebenfalls und beglückwünschten das neue Ehepaar.

»Oh, und falls ich es vergessen habe.« Zach zog etwas aus seiner Sakkotasche, während er vom Tisch trat und zu Ivy ging.

Die saß da wie erstarrt.

»Jetzt?«, hakte ich erschrocken nach.

Cole bemerkte meine Frage und grinste. »Er hat darauf gewartet, dass sie emotional angeschlagen ist.«

Seit Will und Phoebs verlobt waren, versuchte Zach Ivy einen Antrag zu machen. Jedes Mal hatte sie abgelehnt oder ihn gar nicht erst aussprechen lassen. Phoebs und ich wussten, dass es an der kaputten Ehe ihrer Eltern lag, warum Ivy zögerte. Nun, mal sehen, ob Zach dieses Mal heil davon kam.

Zach kniete vor ihr. Ich blickte zu Will und Phoebs. Beide wirkten freudig erregt.

»Ivy Brenneman ... Ich versuche es jetzt vor Zeugen und ich hoffe, du trittst mir dieses Mal nicht ... na du weißt schon.«

Ich biss mir auf die Unterlippe, um nicht wieder plötzlich »diese Allergie« auszulösen.

»Bitte, heirate mich und mach mich wie Will zu einem verliebten Trottel.«

Ich war so gerührt, dass ich einen Schluckauf bekam. Cole küsste meinen Scheitel und hielt wohl wie wir alle die Luft an, während wir auf Ivys Reaktion warteten.

»Du bist doch schon ein Trottel … aber, ja, ich will«, heulte Ivy.

Zachs Mimik machte in wenigen Sekunden tausend Emotionen durch.

Panik, Verzweiflung, Angst und am Ende Unglaube und absolutes Glück.

Zach steckte ihr den Ring an und dann wurde herumgeknutscht, während alle anderen laut jubelten.

»Ist das nicht süß«, schluchzte ich und klatschte eifrig mit.

»Sicher, aber sollte ich mir Sorgen machen, Süße?«

Cole musterte mich fragend.

»Alles gut. Ich bin nur schwanger«, teilte ich ihm kurz und knapp mit und zog geräuschvoll die Nase hoch.

»Alles klar.« Ich spürte, wie er neben mir erstarrte. »Was hast du da gerade gesagt?«

Ich verzog das Gesicht. »Oh, Mist, das sollte doch eine Überraschung werden.«

»Ist dir gelungen«, stellte er geschockt fest. »Bist du dir sicher?«

»So sicher, wie ich mir mit fünf positiven Schwangerschaftstest sein kann.«

Cole grinste erst, dann wurde sein Lächeln immer breiter.

»Ein Baby. Ein echtes Baby!«

Dann packte er mich, drückte mir einen festen Kuss auf die Lippen und umarmte mich wieder.

Nachwort

Selten war ich so ergriffen und wortkarg nach einem Ende.
Es ist nicht nur ein Ende, es ist mehr als das.
Die Catch her-Reihe hat mich mehrere Jahre begleitet und deswegen ist es wirklich schwer den Protagonisten »goodbye« zu sagen.
Aber ich werde es tun, weil es Zeit wird.
Alle haben ihre Geschichte und auch ihr ganz eigenes Happy End bekommen.

Und da ich College-Geschichten so richtig gern schreibe, wird es 2022 eine neue geben. Ich plane schon eifrig, Cover, Titel und sogar den Klappentext gibt's auch schon!

Vielen lieben Dank an Anne und die Korrektur. Die Mädels wären nicht meine Mädels, hättet ihr nicht noch gezaubert.
Meine Familie ist momentan eine sehr große Stütze, weil es nicht einfach ist, alles unter einem Hut zu bringen.
Manches Mal danke ich euch echt für eure Geduld!

Ein großes Dankeschön geht auch an die Blogger. Ihr macht euch immer so viel Arbeit, schreibt, macht und tut … Danke!

Ich danke meinen Lesern, dass ihr den Weg rund um Ivy & Zach, Phoebs & Will und am Ende auch mit Sienna & Cole gegangen seid. Ich freue mich schon, wenn ich euch die neue Clique vorstellen darf.

Sienna ist genauso geblieben, wie sie sein möchte. Manches Mal darf sie auch mal zeigen, dass sie auch ihre schwachen Momente hat. Hauptsache ihr seid dabei glücklich.

Bis dahin …

Eure Emma